뽑기 게임에서 살아남는 법

임제열 퓨전 판타지 장편소설

WISHBOOKS FUSION FANTASY STORY

뽑기 게임에서 살아남는 법 1

임제열 퓨전 판타지 장편소설

초판 1쇄 찍은 날 | 2020년 11월 4일
초판 1쇄 펴낸 날 | 2020년 11월 11일

지은이 | 임제열
펴낸이 | 권태완 우천제

기획 | 위시북스
편집책임 | 한준만
편집 | 위시북스

펴낸곳 | ㈜케이더블유북스
등록번호 | 제25100-2015-43호
등록일자 | 2015. 5. 4
KFN | 제2-58호

주소 | 서울시 구로구 디지털로31길 38-9, 401호
전화 | 070-8892-7937 팩스 | 02-866-4627
E-mail | fantasy@kwbooks.co.kr

ISBN 979-11-293-6633-7 04810
979-11-293-6632-0 (set)

※ 이 도서의 국립중앙도서관 출판시도서목록(CIP)은 서지정보유통지원시스템 홈페이지(http://seoji.nl.go.kr)와 국가자료공동목록시스템(http://www.nl.go.kr/kolisnet)에서 이용하실 수 있습니다.

Wish Books
임제열 퓨전 판타지 장편소설
WISHBOOKS FUSION FANTASY STORY
1
뽑기게임에서
살아남는 법

뽑기 게임에서
살아남는 법

CONTENTS

프롤로그

참 흔한 소재다.

즐겨 하던 게임 속 세상이 현실로 뒤바뀌는 말도 안 되는 이야기.

그러나 그만큼 메이저 소재이기도 하다.

평소 보던 인기 소설 속에서도 자주 등장하고, 최근에는 드라마 소재로까지 쓰였으니까.

"뭐, 재미있긴 하겠네."

나 역시 그런 상상을 해본 적이 있다.

그 누구보다 자신 있는 나만의 게임 지식을 활용하여, 남들에게 인정받는 그런 주인공의 삶을.

막막한 현실을 내팽개치고, 새로운 세상에서 모든 걸 다시 시작할 수 있다면 얼마나 좋을까?

그것도 내가 그 누구보다 잘하는, 그런 게임을 배경으로 둔 세상에서 말이다.

"다 개소리지."

나는 고개를 절레절레 흔들었다.

현실이 얼마나 시궁창이면 이런 쓸데없는 상상이나 할까.

"빌어먹을 인생."

정말 쓰레기 같은 인생이었다.

공부도 못했고, 노력할 줄도 몰랐으며, 그렇다고 금을 물고 태어난 것도 아니었다.

그뿐인가?

친구도, 가족도, 연인도 없었다.

"그냥 폰 게임이나 해야지."

어차피 망해 버린 그런 인생.

그래도 신이 내게 주신 재주라는 게 딱 하나 있다면, 그건 바로 게임 실력이었다. 물론, 얼마 지나지 않아 비주류 게임으로 변해 버려 그마저도 쓸모없어졌지만.

그래도 나는 꾸준히 했다.

게임 속에도 분명히 또 하나의 세상이 있었다.

그리고 그 세상은 망할 현실보다 따듯하게 느껴졌다.

시련과 고통이 있었지만, 보상과 뿌듯함 또한 존재했다.

그리고 2020년.

그 선택이 나를 살렸다.

이 이야기는 여기서부터 시작된다.

내가 즐기던 어떤 뽑기 게임이…… 아니, 뽑기 게임을 가장한 빌어먹을 생존 게임이 과거 상상하던 현실로 뒤바뀌었을 때부터.

Chapter 1

한 게임이 있다. 다른 여느 게임과 마찬가지로 레벨업을 하고, 캐릭터를 강화하는 MMORPG 게임 「몬스터즈」.

2010년 혜성처럼 등장한 이 폰 게임은 많은 이들에게 충격을 주었다. 수집형 MMORPG의 시초. 흔히들 말하는 갓챠(gotcha)게임. 다른 말로 하면 운빨×망겜이다.

기존 RPG와 달리 몬스터를 뽑아 성장시켜 조합해 싸워나가는 시스템. 그것에 신선함을 느낀 사람들 덕분인지, 출시한 지 1년 만에 선풍적인 인기를 끌게 된다.

인기 요소가 분명 있기는 했다. 첫 번째는 1성(★)부터 6성(★★★★★★)까지 존재하는 수억 마리의 몬스터들. 그것을 수집하고 강화하는 재미다.

세상에 소환할 수 있는 몬스터가 수억 마리라니. 말이 되는가? 100마리만 추가해도 개발자들 골머리가 빠개질 테고 몇 달을 야근으로 밤새워야 할 텐데 말이다.

그러나 개발사 「갓 컴퍼니」는 그 불가능한 일을 간단히 해낸다. 전세계가 들썩였지만, 「갓 컴퍼니」는 보안을 철저히 지키며, 그 기술을 밝히지 않았다. 어쨌든, 이는 게이머들이 본인이 뽑은 몬스터에 대해 과한 애정을 쏟게 하는 원동력이 되었다.

생각해 봐라. 우리나라 인구수보다 많은 수의 몬스터다. 각자의 몬스터 조합이 중복될 확률이 거의 0에 수렴한다는 말이다. 오직 자신만의 소환몹이라니 얼마나 매력적인 일인가. 과거 8090세대의 다마고치 감성을 일깨우기 충분했다.

게다가 서로의 몬스터를 거래할 수 있는 '거래소 시스템'은 이들의 투자를 더욱 과감하게 만들어줬다. 겨우 폰 게임에 수십억 원을 질러 버린 사람도 나왔다니 말 다 했지.

당연한 말이겠지만 별이 높을수록, 뽑을 확률은 희박해지고 더욱 강력해진다. 그리고, 비싸진다.

두 번째는 게임의 난해한 밸런스다. 보통의 게임은 돈을 많이 처바를수록, 강력해진다. 이 게임도 그 틀을 벗어나는 건 아니었지만, 분명히 예외는 있었다.

"조합만 잘 꾸리면 6성으로 도배한 군단도 충분히 상대할 수 있어."

"겜알못들은 절대 못 하는 게임이지."

"몬스터가 아닌 본인 캐릭터가 강해지는 방법도 있던데?"

강화와 운도 중요하지만, 게임에 대한 연구 의지와 기본적인 지식 역시 중요했다. 이는 통칭 핵과금러들로 불리는 자들의 원성을 불러일으키기도 했지만, 유저 대다수를 차지하는 무과금 유저들의 환호를 받기에 충분했다.

[매우큰사람:그럼 뭐하냐, 이제는 그냥 ×망한 겜인데.]

순식간에 쌓아 올린 「몬스터즈」의 아성은 무너지는 것 또한 순식간이었다. 대망의 출시일 이후, 불과 3년을 넘기지 못하고 유저의 95%가 떠나갔다.

수많은 이유가 있었지만, 그중 대표적인 이유를 뽑자면…… 이 세상 사람들이 너무 바쁘다는 것이다.

게임의 주 수입원인 3~40대의 유저들은 대부분 직장인들이었고, 그들은 쉽고 간편한 게임을 원했다. 업무 시간에도 몰래 가능한 방치형 게임들처럼 말이다.

하지만 「몬스터즈」는 그러지 못했다. 순간마다 하나하나 조합을 해줘야 했고, 난이도 역시 하드코어 했다. 게임 인터페이스나 가이드 또한 친절하지 못했다.

[토실토실:그래서 다른겜 하시려고?]

[매우큰사람:무슨 개소리냐. 내가 여기에 투자한 돈만 20억이야.]

[토실토실:겨우 20억 가지고 왜 꿍시렁댐. 걍 하셈.]

[곱창사랑:인마. 그래도 형인데 버릇없게 꿍시렁이 뭐냐?]

[모찌:오빠들 또 저러네;; 94층 공략준비는 하고 떠드는 거야?]

그리고 이들은 출시일로부터 10년 후인 2020년까지 이 게임에 남아 있는 고인물들이자, 썩어버린 석유 그 자체였다. 알고 지낸 지 10년이 넘었기에, 나이를 초월해 서로 친구처럼 지내는 수준까지 온 그들.

랭킹 1위, 매우큰사람(나이 42)
랭킹 2위, 토실토실(나이 34)
랭킹 3위, 곱창사랑(나이 35)
랭킹 5위, 모찌(나이 안 밝힘)

그리고 랭킹 4위가 나, "비운"이었다.

우리는 다섯 명이서 '소수정예' 길드를 창설했다. 이 게임의 최종 콘텐츠인 탑 등반을 즐기기 위해서였다. 60층 이상부터는 적어도 100명의 유저가 필요한 초대형 콘텐츠. 그러나 우리는 고작 다섯 명이서 93층까지 공략해 온, 게임 내 진성 변태들이었다. 물론, 우리를 제외하고 60층 근처까지 가본 팀은 단 하나도 없었다.

[매우큰사람:공략준비는 비운이가 다 할 텐데 뭔 걱정이냐?]

[모찌:헐, 양심 보소.]

[비운:…….]

그리고 나는 이들과 분명히 달랐다.

내 나이 이제 갓 30. 물려받을 재산도 없고, 벌어 모아둔 돈도 없는 평범한 직장인이다. 매우큰사람 형처럼 건물 10채를 가진 건물주도 아니었으며, 토실이 형처럼 개인 자산이 수천억대인 재벌가 자제도 아니었고, 곱형처럼 강남 땅 부자도 아니었다.

그렇다. 나는 10년 동안 무과금으로 여기까지 일궈냈다. 돈 만 원도 게임에 쓰지 않았다.

'힘들었지.'

흙수저에, 반년 전 간신히 들어간 중소기업 회계 관련 계약직 업무. 내게 게임에 할애할 돈이 있을 리 만무했다. 다만, 평소 게임을 좋아했기에 시간은 할애했다. 혹자는 왜 없는 살림에 게임에 시간을 투자하냐 하겠지만, 난 그런 사람을 꼰대라 부르고 싶다. 물론 누군가에겐 멍청하고 한심해 보일 수 있겠지만, 이는 내 유일한 취미 생활이었다. 또한, 암울한 내 삶의 유일한 활력소이기도 했다.

'내가 가장 잘하는 것이기도 하고.'

게임에 한 번 빠지면 끝까지 파고드는 성격 탓에, 공부하고 또 공부했다. 유튜버들과 카페 글들을 모두 섭렵했으며, 그 수많은 몬스터의 특징들과 성격들을 분석해 정리했다. 일만 시간의 법칙이라고, 그 짓을 10년간 하니 이 게임의 윤곽이 대충 머릿속에 들어찼다. 오직 운영과 노하우, 컨트롤만으로 모든 것을 커버할 수 있는 경지에 오른 것이다.

몬스터즈에 학위가 있다면, 박사 정도는 손쉽게 딸 수 있었을 것이다.

'그리고…… 내 아이디 비운.'

처음 내 아이디는 비운이 아니었다. 그저 뽑기 운이 더럽게 없는 나에게 형들이 닉변(닉네임 변경)을 권유했고, 나도 홧김에 승낙했다.

지금껏 뽑아본 소환수 중 최고는 3성(★★★). 통계로 따지면, 1년 이상 무과금 플레이 시 4성 한 마리쯤은 무조건 있어야 한다고 했다. 그러나 10년이 지난 지금에도 내가 뽑은 최고의 몬스터는 태생 3성이었다. 정말 빌어먹게도 운이 없는 것이다.

6성으로 떡칠한 형들에 비하면 초라한 스펙. 그러나 아무도 날 무시하진 못했다. 오로지 실력으로 PVP 최강자 자리에 올랐으며, 이들을 데리고 93층까지 클리어한 장본인이자 팀의 리더이기도 했으니까.

[비운:오늘은 쉬죠. 운영진 측에서 10주년 공지사항 있다니까, 그거 확인하고 내일 달려요.]

[모찌:아, 기대했는데…… 아쉽.]

[매우큰사람:레알? 벌써 10주년이야?]

[토실토실:ㅎㅎ 형 바보임? 랭킹 1위는 어떻게 찍음? 2시간 후 공지한다고 게시판에 계속 올라오고 있잖음.]

[매우큰사람:넌 좀 닥쳐.]

나는 채팅창을 흐뭇하게 바라보다 곧이어 화면을 닫았다. 이제 곧 점심 시간이 끝나고 회사 업무 시간이 다가오기 때문이다.

"후, 설레네."

게임을 시작한 지 어언 10주년이다. 그리고 운영진은 어느 때보다 강한 이벤트를 예고했다.

남아 있는 유저 수 142명. 당장에라도 서버를 닫아야 할 인원임에도 불구하고 꾸준히 서비스해 오는 「갓 컴퍼니」.

어떤 돈으로 운영하고 있는지는 모르겠지만, 이미 이 게임은 내 마음속 인생 게임이자, 삶 그 자체였다. 내 인생의 1/3을 함께해 왔으니까.

"이번엔 꼭 벽을 넘는다."

이 게임의 최종 콘텐츠는 탑 100층 정복. 그리고 94층에서 한 달째 막혀 있다. 말도 안 되는 난이도에 답도 안 나오는 강력한 적들. 팀원들은 나만 바라보고 있는 상황이다.

"분명, 답은 이벤트에 있어."

항상, 운영진들은 막힐 때마다 적절한 이벤트를 통해 보상을 내어준다. 그리고 짐작건대, 이번 10주년 이벤트 역시 마찬가지일 것 같았다.

2시간 후. 나는 벙찐 얼굴로 휴대폰 화면을 멍하니 쳐다보고 있었다.

"미친?"

느닷없이 찾아온 새드 뉴스.

[지금까지 「몬스터즈」를 사랑해 주신 여러분들. 진심으로 감사합니다. 「몬스터즈」는 오늘부로 클로즈베타 서비스를 종료합니다.]

간결하고도 충격적인 문장이었다. 몇 년 전부터 언젠가는 이런 날이 올 거라 예상했지만 그게 하필 오늘이라니.

인생의 무언가가 송두리째 뜯겨나가는 그런 섭섭하고도 허탈한 기분이었다.

띠링- 띠링-

역시나 길드 단톡방도 불타오르고 있었다.

[모찌:아니, 이게 무슨 날벼락이에요?]

[곱창사랑:여태 클로즈베타였다고?ㅡㅡ]

[매우큰사람:세상에 클로즈베타를 유료로 하는 양아치들이 어딨어! 내 20억!]

[토실토실:하…….]

사실, 이해는 했다. 회사 입장에서도 망겜을 계속 유지하는 데는 큰 무리가 따랐을 테니. 그래도 10년이라는 기간 동안 나에게 이런 추억을 선사한 「갓 컴퍼니」에는 감사한 마음뿐이다.

물론, 배신감도 있었다.

"……100층만 좀 깨게 해주면 안 되는 거였냐?"

찝찝한 건 찝찝한 거였다. 10년 동안 도전해서 이제 7층만 남겨놓은 상태였으니까. 게다가 10주년 이벤트는 엄청난 무언가가 될 거라고 예고까지 하지 않았는가.

"차라리 말을 말든가."

아쉬웠다. 조금만 더 노력했으면, 조금만 더 강했으면 이 게임의 끝을 보는 거였는데.

답답한 마음에 무의식적으로 게시판 새로 고침 버튼을 연달아 눌러댔다.

'추가 전달사항입니다'라는 공지가 떠오른 것은 그때였다.

"응?"

나는 황급히 공지를 터치했다. 지금이 업무 시간이라는 것도 잊은 상태로.

[그리고 내일 이 시간부로 「몬스터즈」 오픈베타를 서비스합니다. 본 게임을 사랑해 주신 기존 몇몇 유저들에겐 각종 특전이 존재할 예정이며, 별도의 다운로드 없이 즐길 수 있도록 설계했습니다.]

순간, 어안이 벙벙했다. 그 천하의 망겜 「몬스터즈」가 오픈베타를 실시한다고? 그것도, 사전 예약이나 별도의 광고도 없이? 거기다 다운로드 없이 즐긴다니 그게 무슨 말인가.

출시일, 서버 오픈 시간, 아이디 선점 등의 정보 또한 어디에도 보이지 않았다. 그저 무성의한 두 문장뿐.

아무리 생각해 봐도 기존 운영진들의 농간이라는 생각밖에 들지 않았다. 참나, 아무리 망했다 해도 유저들한테 이런 장난을 쳐? 짜증이 난 나는 그대로 게시판을 종료해 버렸다. 그리고 다시 더존(회계 프로그램)을 띄운 후, 영수증 더미를 수북이 쌓아 올렸다. 다음날 지구, 아니, 이 세상에 무슨 일이 닥칠지 전혀 예상하지 못한 채로 말이다.

쾅쾅쾅-

"어이, 총각! 밀린 월세 안내?"

들려오는 소리는 내가 요즘 애용하는 알람이다.

뭐, 나름 유용하다면 유용하다. 찌뿌둥하고 피곤한 아침마다 강제로 기상시켜주는 거라 생각하면 되니까.

물론, 오늘이 빌어먹을 토요일만 아니라면 말이다.

"네~ 나갑니다."

내가 사는 곳은 지하 단칸방. 본의 아니게 바퀴벌레나 집게벌레 따위와 동거할 수밖에 없는 그런 공간이다.

집주인은 70세가 다 넘어가는 노인이신데, 전화보다는 저렇게 찾아오는 것을 즐기신다.

덜컥-

"안녕하세요. 할아버……."

서늘하게 불어 들어오는 바람. 문을 여니, 이미 앞에는 아무도 없다. 나를 반기는 것은 바닥에 위치한, 아침을 든든하게 해줄 우유 한 팩뿐.

물론, 내가 주문한 우유는 아니다. 이런 누추한 곳에 사는 내가 정기적으로 시킬 여유가 어디 있겠는가. 집주인 할아버지가 두고 가신 게 뻔하다.

"후우."

내 사정을 잘 알고 있는 집주인은 약 2년 동안 세를 받지 않았다. 물론, 공짜라는 말은 아니다. 반년 전부터 천천히 갚아 나가고 있는 실정이니까. 내가 죄송스러워하는 것을 아셔서인지 가끔씩 이렇게 문 앞에 우유 하나만 두고 가신다.

추운 겨울에 따듯해지는 가슴이었다.

"……오늘도 감사합니다."

시원한 우유를 받아든 나는 습관적으로 핸드폰을 찾았다. 거의 반사적인 행동이었다. 내 인생 게임 「몬스터즈」의 진행 상황을 확인하기 위한…….

"아, 제기랄. 서비스 종료했었지."

깜빡 잊었다. 20세 이후, 내 성인 생활의 반을 책임졌던 이 게임이 바로 어제 명을 달리했다는 것을…….

나는 삼가 고겜의 명복을 빌며, 다시 이불 위에 뒹굴었다. 주말 아르바이트는 점심부터 새벽까지 진행되기 때문이다.

"하아, 지긋지긋 하구먼."

나도 원래는 평범한 대학생이었다. 정상적으로 병역의무를 마치고, 무난하게 졸업을 해서, 무난한 직장에 들어갈…….

그러나 3년 전. 부모님의 교통사고 이후 내 인생은 나락으로 떨어졌다. 독자였던 내게 남겨진 재산이나, 해바라기밭에 숨겨진 화폐 같은 건 없었다. 아버지는 연이은 사업 실패로 산더미 같은 빚을 지니고 있었고, 난 채무를 피하고자 별수 없이 상속을 포기해야 했다. 그때부터 내게 기댈 곳이라곤 아무 데도 없었다. 오직 내가 일해서, 내가 번 돈으로 먹고살아야 했다. 검은 정장을 입은 형님들이 내가 혹여라도 빼돌린 돈이 있을까 호시탐탐 감시하고 있었으니까.

띠링-띠링-

아침 댓바람부터 울려대는 핸드폰. 나처럼 갈 곳 잃은 길드원들이 분명했다.

[매우큰사람:주말인데 무료하네. 쩝. 게임 접속도 안 되고. 오늘 모일까?]

[곱창사랑:좋죠. 또 형네 집에서?]

[토실토실:그 좁은데는 뭐 하러 감?ㅋㅋ.]

[매우큰사람:ㅅㅂ. 넌 오지마.]

[토실토실:ㅋㅋ. 그래도 가드림. 위스키 사둔 거 있음.]

[모찌:오빠들 또 모여?]

[매우큰사람:응. 모찌야. 그리고 비운이. 너희들도 이번엔 좀 나와라. 어찌 10년 동안 한 번도 안 나오누.]

[곱창사랑:그래, 궁금하네~.]

이들의 모임에 안 나가는 이유는 별거 없다. 대학생 때도,

지금도 그들과는 삶의 격차가 느껴졌기 때문이다.

여러 개의 스포츠카, 요트. 각종 명품 옷과 시계들. 넓은 마당이 딸린 집. 나랑은 완전히 다른 삶을 사는 사람들이었다. 졸부들은 땅을 사서 값이 뛰길 바란다면, 이들은 그냥 본인 땅값 올리려고 랜드마크를 건설하는 차원이 다른 자들.

내가 흙수저라면 저들은 금수저, 아니, 다이아몬드 수저였다. 조금 도와달라 해보고 싶은 마음도 있었지만, 그러지 않았다. 자존심 문제보다는, 게임에서 만난 사람이라는 거리감이 있었기 때문이다. 서로 얼굴 한번 본 적도 없는데 말 꺼내기 어렵기도 했고.

[모찌:헤헤, 전 오늘도 일 때문에 바빠서요.]

[비운:저도요. 일이 있어서요. 죄송합니다. 형님들…….]

내려놓는 핸드폰이 무거웠다. 몸도, 마음도, 현실도 한없이 무거웠다. 이들은 위스키를 기울이며 부동산 이야기를 할 때, 나는 당장의 끼니 걱정을 하며 살아야 한다. 이들은 주말에 여가생활을 즐길 때, 나는 아르바이트를 가야 한다.

"뭐, 세상이 다 그런 거지."

알고 있었다. 원래 세상은 공정하지 않다는 것을. 소설 속에서나, 혹은 영화에서나 나오던 사람들보다 더한 자들이 현실에 실존한다는 사실을. 그리고 그 격차는 로또에 당첨된다 할지라도 줄어들지 않을 것이다.

"에라이. 잡생각 말고 준비나 하자."

14:00~18:00 편의점 알바, 19:00~22:00 고깃집 서빙 알바, 23:00~03:00까지 술집 홀서빙 알바.

오늘 하루 일정이다. 주중엔 회계 사무직, 주말은 알바. 적어도 사람답게 살기 위해서는 빠듯하게 움직여야 한다.

내 나이 30. 아직 젊다면 젊지 않은가? 뛰어다니자.

"건호 씨."

내 이름 담건호. '굳셀' 건(健)자에 '밝을' 호(晧). 굳세고 밝게 자라라며 부모님께서 지어준 이름인데, 사실 '풀칠할' 호(糊)가 더 어울리지 않았을까 싶다.

비범한 재능, 남다른 노력, 타고난 운. 이 삼박자가 갖춰지지 않으면, 아무리 노력해도 정상에 콘크리트처럼 들러붙은 기득권층을 끌어내리기 힘들었으니까. 그저 지금처럼 입에 풀칠할 걱정만 하고 살아야 할 테니까.

물론, 사회 탓만 할 건 아니다. 남들이 정말 노력할 때, 난 평범하게 공부했고, 미련하게 「몬스터즈」나 즐겼다.

제기랄, 생각해 보니 정말 엿 같다. 나름 10년간 투자했는데, 남은 게 하나도 없다. 개발사는 비정하게 돌아섰고, 내 소중한 데이터는 허공으로 공중분해 됐다.

내 머릿속에 가득 차 있는 게임 지식들은 이제 누구도 알아주지 못할 무용지물이 되어버렸다.

"건호 씨! 무슨 생각을 그리 하세요?"

"아."

집 근처 편의점 안. 정신을 차리고 고개를 털었다. 그러자 눈앞에는 살짝 피곤한지 이마가 패어 있는 한 여성이 날 바라보고 있었다.

알바생 빈서율. 26세의 대학생으로 알고 있는데, 사실 정확한 정보는 잘 모른다. 그저 교대 할 때마다 이렇게 잠깐 마주칠 뿐. 한 가지 확실한 건, 예쁘장한 외모에 꽤 인기가 많아 보인다는 것이다.

"죄송합니다. 잠깐 정신을……."

"괜찮아요. 그래도 오늘은 그 게임 안 하고 계시네요?"

쩝. 하긴, 그녀 눈에는 내가 온종일 폰만 들여다보는 게임 폐인으로 보였을 수도 있겠다.

입맛을 다시고 시계를 바라보니 벌써 17시 50분이다.

벌써, 교대할 시간. 그녀는 항상 10분 일찍 온다. 유니폼을 갈아입고, 인수인계를 받기 위해서다.

"네, 망했거든요. 그 게임."

"허얼, 정말요? 어쩌다가요?"

"으음……. 뭐, 인기가 없어서겠죠?"

난 그녀의 질문에 대충 대답했다.

쫙 달라붙은 청바지에 청순한 패션. 딱 봐도 성실해 보이는 인상을 가진 그녀가 망겜 「몬스터즈」를 알 리 없었으니까. 딱히 게임에 관심 있어 보이지도 않았고.

"그렇군요. 좀 아쉽다."

"예?"

갑자기?

평소 가벼운 인사만 했지, 1분 이상 대화를 붙이지 않던 그녀가 오늘따라 이상했다.

"재밌어 보였거든요. 그거."

오호, 그건 뜻밖이었다.

소위 말하는 '인싸'일 것만 같은 그녀가 게임에 관심을 보이다니. 눈빛을 보아하니 인사차 하는 말이 아닌 진심으로 하는 말이다.

"정말요?"

"네, 그거 「몬스터즈」 맞죠?"

"오! 그걸 어떻게?"

이런, 나도 모르게 흥분해 버렸다.

사실, 「몬스터즈」 덕후로서 신날 수밖에 없었다. 7년 전 폭삭 망한 이후 그 누구도 거들떠보지 않는 게임이었다. 오직 이 세상에 나만 즐기고 있는 것 같은 그런 게임을, 편의점 동료가 알아보다니! 마치 가라앉고 있는 내 정체성을 잡아채 끄집어 내 주는 느낌이었다.

"같은 과 언니가 하는 거 몇 번 봤었거든요."

아쉽게도 직접 해보진 않았나 보다. 그래도, 반가운 건 반가운 거였다. 그래서인지 불과 몇 분 전보다 더 친밀감이 든다.

"의외네요."

"네?"

"서율 씨는 게임에 별 관심 없으신 줄 알았는데."

"에이, 설마요. 저 게임 엄청 좋아해요. 지금도 간혹 피시방에 다니는걸요?"

역시, 사람은 대화를 나눠봐야 안다는 건가. 어쩌면 나 혼자 너무 피해 의식에 찌들어 있었던 걸지도 모른다. 30살에 제대로 된 직장 하나 없이 주말에 알바나 하고 있으니.

"어쨌든, 시재 다 맞춰놨으니 한 번 확인해 보세요."

대화를 더 이어가고 싶었지만, 끊어야 했다. 저녁도 먹어야 하고, 다음 일정도 있었으니까.

"아니에요. 건호 씨야 항상 정확하신데요, 뭘."

"음? 그래도."

교대 시 금액이나 물건 이상은 꼭 확인해 줘야 한다. 잘못하다 펑크 나면 인수인계받지 못한 사람이 물어줘야 하니까.

"믿을게요."

싱긋 웃으며 말하는 빈서율. 인수인계는 철저히 하는 게 좋다고 말해주고 싶지만 뭐, 나야 편하고 좋으니.

"그럼 저는 이만."

"아, 건호 씨!"

짐을 꾸려 등을 돌리자 그녀가 멈춰 세운다. 무슨 일이지? 하고 고개를 돌림과 동시에.

지이이잉 징징징-

그녀와 내 핸드폰이 급속도로 진동하기 시작했다. 단발성 진동이 아닌 끝없이 울리는 진동이었다. 그리고 나는 핸드폰 진동 설정을 해둔 적이 없다. 항상 알림음이 울리게끔 해놓는다.

"……뭐지?"

"저도, 잠시만요. 재난문자인가?"

소름 돋는 느낌을 애써 떨쳐 버리고, 폰을 들어 알람 창을 확인했다.

[안내 문자:「갓 컴퍼니」에서 보내드리는 공지사항입니다.]

공지사항? 그걸 게시판에 올리는 것도 아니고, 이렇게 개인 문자로 보내준다고? 그녀에게 온 문자도 궁금했지만, 우선은 클릭해 봤다. 이게 더 궁금했기 때문이다.

-오늘, 오후 18시를 기준으로 「몬스터즈」가 대망의 오픈베타 서비스를 시행합니다. 많은 사랑과 관심 부탁드립니다.

내용을 보는 즉시 힘이 빠졌다. 참나, 이것들이 이제 게시판으로 모자라 문자 장난질까지 쳐?

"……건호 씨."

앞에 있던 빈서율이 본인의 스마트폰을 앞으로 내민다.

"……몬스터즈 공지사항이 왔는데요?"

그녀에게도 나와 동일한 문자가 도착해 있었다. 문득 느껴지는 기시감에 닭살이 돋으려 하는 찰나.

콰아아앙-

어디선가 먼 곳에서 폭발 소리가 들려왔다. 그와 동시에 편의점이 지진이라도 난 것처럼 흔들리기 시작했고, 칼같이 진열시켜 놓은 물품들이 바닥에 떨어지기 시작했다.

"뭐, 뭐야!"

"꺄악, 건호 씨!"

난 재빨리 고개를 숙여 카운터 밑으로 들어갔다. 그리고 멍하니 서 있는 빈서율의 팔을 반사적으로 잡아끌었다. 내 의도를 알아챘는지 그녀도 밑으로 쭈그려 들어왔다.

"빈서율 씨, 최대한 자세를 낮추세요."

난 몸통을 계산대와 바닥에 최대한 견착한 채 상황을 지켜봤다.

"……지, 지진일까요?"

"일단, 제 상식선에서는 그런 것 같군요."

일단 지진이 발생하고 있는 도중이면 재빨리 머리를 보호하고, 고정된 물체를 잡아야 한다. 건물 밖으로 나가는 게 최선이긴 하지만 여유가 없었다. 그만큼 강하게 흔들리고 있었다.

"별일 없겠죠?"

"일단 무사하길 빌어보자구요."

나로서도 딱히 방법이 없다.

하나 있다면, 신에게 기도하는 것?

그때였다. 시야에 전기가 파즈즉-튕겼다.

비현실적으로 느껴지는 기묘한 감각. 이윽고 글자가 허공에 아로새겨지기 시작했다.

[「몬스터즈」에 접속하신 여러분들 환영합니다! 지금부터 튜토리얼을 시작하겠습니다.]

그리고 우리는 흔들리는 편의점 속에서 멍하니 그 글자를 쳐다봐야만 했다.

제기랄. 아무래도 신이 기도를 받아주지 않은 것 같다.

지금으로부터 10년 전. 「몬스터즈」가 한창 인기를 끌었을 때, 유저들에게 화제가 되었던 사건이 있었다.

"뭐지, 이 불친절한 게임은?"

"이거 튜토리얼……. 깨라고 만든 거야? 아니지? 제발 아니라고 해줘."

"보통 시작은 토끼나 고블린 이런 거 아냐? 무슨 시작부터 이딴……."

그것은 바로 튜토리얼의 난이도였다.

보통의 게임이라 하면, 도우미라는 존재가 등장해 각종 인터페이스 정보와 게임에 관한 지식을 설명한다. 그 후, 누구나 깰 수 있는 난이도의 미션을 배치해 유저들이 게임에 쉽게 적응할 수 있도록 도와준다.

하지만 「몬스터즈」는 그러지 않았다.

갑작스러운 천재지변. 도시에 나타나는 거인. 그것들을 상대로 아무런 정보 없이 맨땅에 헤딩해야만 했다. 추후, 공략이 발견되기 전까지 개발사를 향해 많은 욕이 쏟아졌지만, 「갓 컴퍼니」는 별다른 움직임이 없었다.

"갓 컴퍼니, 고것들 참 고집 있단 말이지."

"그치. 유저랑 소통 자체를 안 하잖어."

"게임은 신선하고 재밌는데. 운영이 참, 뭐 같긴 하지."

갓 컴퍼니 하면 떠오르는 위대한 업적이 있다. 그것은 바로 10년이란 기간 동안 패치나 점검을 단 한 번도 하지 않았다는 것. 이벤트는 간혹 제공했어도, 절대 업데이트는 하지 않았다. 그들은 항상 완벽한 게임을 내놓았다는 듯이 자신감에 차 있었다. 그리고 그것은 「몬스터즈」가 3년 후 쫄딱 망한 이유 중 하나다.

"빌어먹을."

그리고 나는 지금 이 순간, 10년 전 그 당시를 떠올릴 수밖에 없었다. 그 지옥 같은 난이도의 튜토리얼…….

[지금부터 튜토리얼을 시작하겠습니다.]

[당신이 위치한 곳은 1 서버. 1,312 채널입니다.]

삐빅-

[튜토리얼이 채널 상황에 맞게 변경됩니다.]

[채널 인원 총 50/50명]

[튜토리얼 도전과제 ① '중앙 도달'

도시에 나타난 거인을 피해 채널 중앙으로 이동하라.]

[튜토리얼 도전과제 ② '몬스터 소환'

채널 중앙으로 이동하여 몬스터를 소환하라.]

[제한 시간 01:00:00]

어느새 멈춰 버린 지진, 허공에 새겨진 글자, 익숙한 알림창, 그리고 한 시간의 제한 시간. 비현실적인 상황이었다.

"……말도 안 돼."

오른손으로 뺨을 두어 번 힘주어 쳐봤다. 사실 그러지 않아도 느낄 수 있었다. 지금 이 상황이 꿈이 아닌 현실이라는 것을. 꿈속에서는 꿈이라는 것을 자각하지 못해도, 현실에서는 꿈이 아니란 것을 확실히 알고 있지 않은가.

"……저기, 건호 씨."

"네."

"……지금 이거 저한테만 보이는 거 아니죠?"

옆에 붙어 있던 빈서율이 손가락으로 글자를 가리키며 속삭였다. 편의점 천장에는 전선에 문제가 생겼는지 형광등이 깜빡거리고 있었다.

"네, 저도 보여요. 다행히 저만 미친 건 아닌 것 같군요."

빈서율 역시 글자가 보인단다. 그리고 난 우습게도, 그것이 참 다행이라 생각했다. 적어도 내가 게임 중독으로 인한 정신병에 걸린 것은 아니라는 거니까.

하지만, 그 감정은 얼마 지나지 않아 공포로 바뀔 수밖에 없었다.

쿵-쿵- 쿵-쿵-

공간 전체를 뒤흔드는 걸음 소리. 곧이어, 그게 무엇인지 추측하는 것은 어렵지 않았다.

"……거인."

내가 미친 게 아니라면…… 지금 이 상황이 정말 '현실'이라면…… 저것은 틀림없이 거인이다. '튜토리얼의 공포'라고 불리었던, 수많은 유저들을 절망으로 빠트렸던 그 망할 놈의 거인 말이다.

"아무래도 나가봐야겠어요."

빈서율의 당돌한 말. 그저 황당해서 되물었다.

"……지금 뭐라고요?"

"지진도 멈춘 것 같고, 여기 가만히 있을 수만은 없잖아요. 뭐라도 해봐야죠."

나는 그녀의 말을 천천히 곱씹었다. 그러자 결론이 나왔다. '거인'에 대해 아예 모른다. 그것이 얼마나 흉악하고 포악한 존재인지를.

"네, 아무래도 주변 증강현실 시스템에 이상이 생겼거나, 영화 촬영하다 실수로……."

"빈서율 씨, 잠시만요."

나는 어느새 일어나 밖으로 나가려는 그녀의 팔목을 꽉 잡았다. 머릿속에 스치듯 떠올랐기 때문이다.

10년 전 튜토리얼. 그곳에서 거인은 건물 밖으로 나오는 유저들'만' 잔인하게 짓밟아 죽였다. 만약, 내 기억이 맞다면 그녀가 나가는 즉시 놈의 표적이 될 것이다.

"네?"

"일단, 가만히 있어봐요."

빈서율은 분명히 지금 이 상황을 믿지 않고 있다. 그러기에 이렇듯 과감하게 행동하는 걸 거다.

하지만 난 알 수 있었다. 원인은 모르지만, 그냥 느껴졌다.

온몸의 감각 세포가 경종을 울렸다. 이 상황을 믿으라고.

정말 위험하다고. 지속해서 울부짖었다.

"서율 씨, 멋대로 움직이지 마세요. 정말 위험한 상황이니까."

"……건호 씨?"

"절 믿으세요."

뭐라 설득할 방법은 없었지만, 우길 수밖에 없었다. 그저 최악의 상황은 피하고 싶었다. 비록 나와 하등 상관없는 여자라고는 하지만 눈앞에서 누군가 죽어 나가는 걸 보고 싶은 마음은 없었으니까. 그리고 곧이어, 내 예측은 현실이 되었다.

쿠웅-

약 100m 전방. 편의점 바깥 도로에 떨어진 거인의 커다란 발이 유리창을 통해 비쳤다. 흉측하면서도 기괴하게 생긴 발이었다.

그리고 그 발 주변에는…… 안타깝게도 미처 건물 안에 들어가지 못한 약 20여 명의 사람이 있었다.

"……어, 어어?"

그 모습을 본 빈서율의 눈이 휘둥그레졌다. 거인의 모습에 많이 놀랐는지 뒷걸음치기까지 했다.

"거, 건호 씨? 저게 무슨?"

이윽고, 콰즈즉- 하는, 무언가 터지는 소리가 들려왔다. 한 아주머니와 남자아이가 거인의 발에 짓밟히는 모습이었다. 인간의 형체였던 그들은 단숨에 으깨져 벌건 핏물로 변해 버렸다.

"꺄아아악!"

"으아아아!"

삽시간에 아수라장이 되어버린 도로. 사람들이 울부짖으며 도망치기 시작했고, 거인은 그런 그들을 하나하나 공격하기 시작했다. 마치 개미를 학살하는 어린아이처럼 신속 정확하게 그들을 밟아댔다.

"이, 이게 무슨."

그들이 전부 죽어 나가는 데는 채 1분이 걸리지 않았다. 어느새 건물 밖 도로는 피와 인육 덩어리로 가득했다.

공포스러운 광경이었다. 압도적인 괴물이 펼치는 학살극에 말도 나오지 않았다. 숨이 턱턱 막혀오고 심장이 미친 듯이 뛰기 시작했다.

빈서율 역시 주저앉은 채로 양손으로 입을 틀어막고 있었다. 어깨를 부들부들 떨고 있는 것이 흐느끼고 있는 것 같았다.

그럴 만도 했다. 나 역시 30년 인생에서 가장 충격적인 장면이었으니까.

끔찍했다. 그저 악몽이었으면 싶었다.

[채널 인원 총 25/50명]

[제한 시간 00:49:21]

단숨에 절반이나 죽어 나갔다. 오금이 저리고 다리가 후들후들 떨려왔다. 그러나 떨리는 몸과 반대로 머리는 빠르게 굴러갔다.

'튜토리얼이라…….'

아무리 어렵다고 말이 많았지만, 튜토리얼은 튜토리얼일 뿐이다. 안타깝게도 앞으로 있을 여정에 비하자면, '누워서 떡 먹기 급'도 안 되는 난이도라는 것이다.

「몬스터즈」는 그만큼 하드한 난이도를 자랑했다.

그리고 나는, 그곳에서 93층까지 오른 사람이었다.

'하지만, 그건 게임이었고.'

이곳은 현실이다. 요컨대 오락실 코인이 하나밖에 없다는 것이다.

기회는 오직 한 번. 실수하는 즉시, 게임 종료. 인생에서 아웃이다. 이것은 분명한 사실이다.

불과 몇 초 전에 '진짜' 사람이 피떡으로 변해 죽었으니까.

이는 나에게 엄청난 부담이었다. 폰 게임이었을 때는 생명에 대한 위협을 전혀 느끼지 않았었으니까. 그저 공략 실패하면 다시 도전하면 되는 거였으니까.

'일단, 천천히 생각해 보자.'

튜토리얼 공략은 분명히 있었다. 그리고 2010년 그 당시 꽤나 많은 인원이 즐겼기에, 분명히 아는 사람도 많을 것이다.

우선, 거인은 본래 잡아야 하는 존재가 아니다. 그저 채널 중앙으로 이동하는 유저를 방해하는 장애물일 뿐.

만약 단 한 명이라도 중앙으로 이동한다면, 거인은 공격을 멈춘다. 그래서 게임 초창기 때 튜토리얼을 깨는 방법은 가관도 그런 가관이 없었다.

20명 정도가 합을 맞추어 사방에서 어그로를 끌며 함께 돌진하는 방법. 약 10명 정도의 희생으로 나머지 40명이 클리어하는 방법이었다.

'……그건 너무 비효율적이야.'

게다가 지금은 폰 화면이 아니라 현실. 나머지 인원과 연락할 수단도 없을뿐더러 이미 25명이 죽은 상태였다.

옛날에는 공계정으로 시도했다지만, 지금은 그 누가 희생을 자처하겠는가. 하나뿐인 목숨일 텐데.

그리고, 몇 달 후 다른 방안이 나온다.

사건의 발단은 이랬다. 거인에게 초점이 맞추어 있던 튜토리얼에서 누군가가 무차별 PK(Player Kill)를 시도했었다. 그리고 두 명의 유저를 죽일 경우, 히든 퀘스트가 발동해 한가지 선물을 받을 수 있다는 사실을 발견해 냈다.

[하급 몬스터 소환 이용권 1개]

1성(★)에서 2성(★★)까지의 몬스터 한 마리를 랜덤으로 소환할 수 있는 주문서.

나름 획기적인 발견이었다. 그걸 이용해 많은 이들이 계정을 반복적으로 만들어 수없이 뽑기를 시도했고, 2성 몬스터를 얻어냈다. 게임 용어로 '리세마라'라 하는 건데, 나 역시 시도했었던 기억이 있다.

2성 몬스터만 뽑게 되면 튜토리얼은 쉬워진다. 몬스터를 통해 어그로를 끌고, 러너들이 달려 중앙으로 들어가면 끝이니까. 그리고 이 방법이 최종적으로 자리 잡은 국룰이었다.

'……하지만 이 역시 지금은 불가능하지.'

우선, 두 명을 죽일 수 없는 상황이다. 편의점 밖으로 이동할 수도 없었고, 눈앞에는 흐르는 눈물을 정신없이 닦고 있는 빈서율뿐이다.

게다가 지금은 게임이 아닌 현실. 아무리 위급하다 해도, 곧바로 살인을 계획할 만큼 미치지는 않았다.

"제길……."

답답했다. 국룰 말고는 딱히 떠오르는 방법이 없었다. 게임 속에서 알던 정보들이 현실로 바뀌었다는 이유만으로 무용지물이 되어버린 것이다. 시간은 계속 의미 없이 흘러갔고, 나는 다시 한번 시간을 확인했다.

[제한 시간 00:31:00]

멍하니 글자를 바라봤다. 그러다 문득, 소름이 돋았다.

“아.”

갑자기 떠올랐기 때문이다. 내가 알고 있는 튜토리얼의 기억이 맞다면…… 제한 시간이 30분 남았을 때…….

“빌어먹을.”

제기랄, 설마…… 아니야. 아닐 거야. 제발, 아니라 해줘.

그러나 항상 그렇듯, 세상은 내가 원하는 데로 흘러가지 않는다. 비록 30년밖에 살지 못했지만, 그것만은 확실했다.

그래서 내 아이디도 ‘비운(否運)’이지 않는가.

[제한 시간 00:30:00]

[속도감 있는 진행을 위해 채널 내 페널티를 부여합니다. 지금부터 채널 내 모든 건물을 연결합니다.]

[채널 인원 총 23/50명]

맞다. 빌어먹게도, 이 게임은 초반부터 ‘희생’ 또는 ‘살인’을 강요했었다.

‘지금부터 정신 똑바로 차려야 한다.’

나는 천천히 호흡을 다스리며 마음을 가다듬었다. 건물이 연결된다는 것은, 이제부터 남은 생존자들과 접촉이 가능하다는 것. 그리고…….

[채널 인원 총 23/50명]

나는 이 알람을 유심히 뜯어보았다. 그리고 상황이 생각보다 더 심각하다는 것을 깨달았다.

'그새 줄었어.'

거인이 학살을 끝낼 당시, 분명 25명이었다. 그러나 지금은 23명이다. 그 말은…….

'살인자가 있다.'

자살이 아닌 이상 분명히 살인일 것이다.

도로를 피로 물들인 거인의 참혹한 학살. 그 이후, 놈의 발소리가 따로 들려온 적은 없었으니까. 즉, 지금은 거인보다 사람이 더 위험할 수도 있는 상황이었다.

게다가 공교롭게도 딱 2명이 죽었다. 이는 살인자가 룰을 알고 있을 확률이 높다는 것.

나는 말 없이 주변을 둘러다 봤다. 어느새 각 건물들 사이에는 푸른 빛의 통로가 생겼다.

이곳 편의점 역시 마찬가지였다. 그곳으로 지나가면 거인의 공격을 받지 않는다. 이 역시 과거 튜토리얼의 모습과 동일했다.

즉, 이제는 인정해야 한다. 이제는 이 미쳐 버린 현실을 받아들여야 한다.

"빈서율 씨."

"예?"

한동안 멍하니 흐느끼던 빈서율은 내 부름에 반사적으로 대답했다. 아마, 그녀의 머릿속도 나 못지않게 복잡할 테지.

"몬스터즈 게임 알고 있다 하셨죠? 과 언니가 했다는 그거요."

"네, 그랬죠. 설마……."

"맞습니다. 똑같아요. 지금 이 상황이……. 그 게임의 초반 부분이랑."

내 말에 빈서율이 침을 꿀꺽 삼킨다.

"……정말 이게 다 게임이라고요?"

"이유는 모릅니다. 말도 안 된다는 것도 압니다. 하지만 알아요. 분명히 현실은 게임 속 세계로 변했어요."

"……그, 그런."

빈서율의 동공이 흔들렸다. 그래서 난 양손으로 그녀의 어깨를 꽈악- 움켜쥐었다.

"빈서율 씨, 잘 들으세요."

"……네, 네."

「몬스터즈」의 특성상 초반엔 최대한 많은 인원을 확보해야 한다. 그래야 가용할 수 있는 몬스터가 많아지고 남은 튜토리얼도 수월하게 깰 수 있다. 게다가 「몬스터즈」의 필드는 무차별 PK가 가능한 공간. 초반에는 확실한 내 팀을 늘려놔야 했다.

팀이 많을수록 유리한 게임. 그리고 난 지금 그녀를 도움으로써 확실한 빚을 만들어놓을 수 있다.

"제 말이 사실이든 아니든 그게 중요한 게 아닙니다. 진짜 중요한 것은 지금 누군가 우리의 생명을 위협하고 있고, 정신 차리지 않으면 다 죽을 거라는 거예요."

"그, 그렇죠."

빈서율이 정신없이 고개를 끄덕인다. 다행히, 그녀도 현 상황에 대해 어느 정도 납득한 것 같았다. 또한, 날 쳐다보는 눈동자에서 생존하고 싶다는 의지 역시 강하게 느껴졌다.

"그럼 이제 어떡해야 하죠?"

"서율 씨는 지금부터 제가 시키는 대로 해야 합니다. 그럴 수 있겠어요?"

"아, 알겠어요."

"그럼, 일어나세요. 박스를 옮길 겁니다."

"박스요?"

본래 게임이었다면, 남은 23명을 한곳에 모아 작전을 짜고 거인을 공략했을 거다. 하지만 지금은 그러기에 많은 부담이 따른다.

"네, 우선 몸을 숨길 겁니다."

안타깝게도 나는 게임 속 '비운'이 아니다. 평범한 남성 '담건호'일 뿐이다. 누군가 악의를 가지고 살인을 저지른다면, 지금으로서 완벽하게 막아낼 수 있다는 보장이 없다.

[채널 인원 총 21/50명]

나는 다시 한번 알림판을 확인했다. 제기랄, 지금 이 순간에도 또 두 명이 줄어들었다.

역시, 살인자는 존재한다. 신속하게 움직여야 한다.

"빨리요!"

"알겠어요!"

그리고 그녀는 군말 없이 따라왔다.

우리는 정신없이 움직였다. 창고에 있는 재고 박스를 바깥이 보이는 곳에 어색하지 않게 쌓았고 그 속에 몸을 숨겼다. 그러면서도 때가 되면 곧바로 뛰어나갈 수 있게 만반의 대비를 갖췄다.

계획은 간단했다. 남은 생존자들이 어떻게든 어그로를 끌 때, 나는 러너(Runner)가 된다.

무조건 중앙 구역으로 달려야 한다. 내 기억 속, 그곳은 세이프 존(Safe Zone). 그곳에 도달하기만 한다면, 거인이나 살인자로부터 충분히 몸을 보호할 수 있을 것이다.

중앙 구역은 이곳으로부터 약 150m. 건물이 아닌 평지였고, 푸른 빛으로 표시되어 있었다.

[제한 시간 00:17:21]

쌓여 있는 상자 무더기. 그 속에 붙어 있는 나와 빈서율.

사실, 이렇게까지 할 필요는 없었다. 살인자도 생각이 있으면, 이제 거인을 공략해야만 할 테니까. 놈이 공략도 모르고 무차별 살인을 저지르는 사이코패스가 아닌 이상, 분명히 움직임을 보일 터.

"건호 씨."

"네."

"혹시, 제한 시간이 지나면 어찌 되는 걸까요?"

빈서율이 조용히 속삭였다.

물론, 내가 알 수 있을 리 없었다. 게임에서는 튜토리얼 실패 표시가 뜨면서 '재도전'할 수 있도록 설정되었지만, 현실은 어떻게 반영될지 모른다.

"최악의 경우 죽겠죠. 뭐."

세상에 완벽한 수는 없다. 변수는 언제 어디서든 존재할 수 있다.

가령, 이럴 수도 있다. 우리 빼고 남은 19명이 사실 공략 따윈 모른 채 건물 속에 박혀 있는 상태일 경우.

두 명씩 딱 맞게 떨어진 살인 또한 사실 그냥 자살이었고, 정말 사이코패스가 존재해 이유 없이 사람들을 살해하고 있는 말도 안 되는 경우 말이다.

'……가능성은 희박하지만.'

그럴 수도 있는 거 아닌가?

그럼 사실 나로서도 별수 없다. 그냥 그러지 않길 빌어야지.

다만, 나는 선택할 수 있는 방안들 중 최선을 선택할 뿐이다. 그리고…….

"건호 씨! 저기!"

역시, 예상은 맞았다.

쿵-쿵-.

거인의 발소리가 울려왔고-.

[근처에 조류족 '가루다'(★)가 소환됩니다.]

[근처에 늑대족 '하운드'(★)가 소환됩니다.]

제한 시간 10분 즈음 남겨두고, 반대쪽 건물에서 누군가가 몬스터를 소환한 것이다.

'저기에 살인자가 있겠군.'

두 마리가 같은 곳에서 소환되는 것을 보니 역시 한 놈 혹은 한팀이 계획적으로 저지른 일이 분명했다.

물론, 놈의 잘잘못을 따지자는 건 아니다. 그저 내가 표적이 될까 두려웠던 것일 뿐.

본인의 목숨이 급급한 상황에서 법이고 도덕이고 나발이고 무슨 의미가 있겠는가. 나에겐 그것을 따져 물을 자격도, 의무도 없다. 지금 중요한 건…….

"거, 건호 씨?"

"여기서 기다리세요!"

그저 살아남기 위해 전속력으로 뛰는 것이다. 나는 마치 단

거리 경주를 하듯 숨도 쉬지 않고 뛰어나갔다.

-끼아아악!

-컹! 컹!

흔들리는 시야에는 가루다가 왼쪽으로, 하운드가 오른쪽으로 나뉘어 갈라지고 있었다. 그리고 잠깐의 혼란 후, 그나마 잡기 쉬워 보이는 하운드를 쫓는 거인.

'역시 놈은 공략을 확실히 알고 있어.'

이로써 부담을 덜었다. 앞으로 100m만 달려 나가면 거인을 공략할 수 있게 된다. 아마 놈이 생각이 있다면 내가 중앙지역에 도달할 수 있도록 시간을 끌어주겠지.

[근처에 '하운드'(★)가 소멸합니다.]

쿵-쿵-

어느새 늑대를 가볍게 짓이긴 거인이 주변을 돌아보며 표적을 찾았다. 거대하고 흉측한 거인의 울부짖음.

순간, 왠지 모르게 웃음이 나왔다. 그냥 이 상황 자체가 말이 웃겼다. 불과 1시간 전만 해도 평범한 계약직이었던 내가 목숨을 건 질주를 하고 있다니.

'저놈이겠군.'

중앙 구역에 가까워지자 반대쪽 건물도 어렴풋이 보였다. 그리고 그곳에는 웬 운동복을 입은 사내가 놀란 눈으로 나를 보고 있었다. 주변에 그 말고 아무도 없는 것을 보니, 아마도 어그로를 끌어놓고 본인이 뛰려 했을 것이다. 그러나 나를 보고 생각을 바꾼 거겠지.

'좋은 생각이야.'

어차피 한 명만 들어가면 튜토리얼은 클리어된다. 그리고, 그 가능성은 거인으로부터 멀리 떨어져 있는 내가 더 유리하다.

'제발, 좀만 더! 좀만 더!'

나는 발을 좀 더 빠르게 움직이려 노력했다. 있는 힘껏 바닥을 박차며 중앙으로 치달렸다. 다행히 거인은 '가루다'가 있는 곳으로 방향을 틀었다.

'빙고.'

마음이 놓였다. 상황이 순조롭게 흘러가고 있었다.

미친 듯이 뛰는 심장, 산소를 요구하는 폐, 붉어져 달아오른 얼굴. 그리고 마침내, 내 발이 중앙 구역 위에 닿았을 때.

[축하드립니다. 채널 중앙에 도달하였습니다.]

[튜토리얼 ① '중앙 도달'이 종료되었습니다.]

[생존자 전원에게 특수한 보상이 지급됩니다.]

[채널 인원 총 21/50명]

[기본 보상:하급 몬스터 소환 이용권 2개, 500골드]

[★★1서버 최초로 채널 중앙에 도달하여 '선두주자' 업적을 달성하였습니다. 당신의 위대한 업적을 응원합니다.★★]

[특수 보상:최상급 랜덤 스킬 박스 1개]

[★★1,312 채널 최초로 중앙에 도달하였습니다. 당신의 용기에 감탄합니다.★★]

[특수 보상:3,000 골드]

무수히 쏟아지는 메시지. 나는 그렇게 목숨 건 도박에 성공할 수 있었다.

업적 시스템. 「몬스터즈」가 처음 나왔을 때, 많은 유저들에게 반발을 샀던 시스템이다.

"에라이, 고인물들만 퍼주는 게임."

"최초 보상이 이렇게 많은 게임은 처음이야."

특히 뒤늦게 시작한 유저들. 소위 '후발주자'라 말하는 이들은 목에 핏대까지 세워가며 격렬하게 반발했다.

그럴 수밖에 없었다. RPG 게임을 즐기다 보면 자연스레 경쟁 심리가 생기게 마련이니까. 안 그래도 뒤늦게 시작해서 따라잡기 힘든 랭커들이었다. 그런 그들이 '업적 시스템'을 이용하여 더욱 격차를 벌린다. 당연히 의욕이 떨어질 수밖에 없었다.

'난 개꿀이었지만.'

물론, 나는 초창기부터 이 시스템을 잘 활용해 왔다. 무과금으로 랭커가 될 수 있었던 것도 다 이 '업적 시스템' 덕분이었다.

'역시나, 있었어.'

최초 업적 보상. 내가 굳이 위험을 무릅쓰면서까지 중앙 구역을 먼저 밟은 이유였다.

"후우, 후우."

채널 중앙. 나는 자리에 주저앉아 심호흡했다. 오랜만에 시도하는 달리기에 심장이 뜨겁게 달구어져 있었다.

[중앙 구역이 활성화됩니다. 중앙 구역에서는 서로를 해할 수 없습니다. 유저분들은 모두 중앙 구역으로 이동하세요.]

['시련의 화신' 거인이 완전히 소멸합니다.]

[지금부터 스테이터스를 활용할 수 있습니다.]

[Tip 마음속으로 '스테이터스'를 외쳐보세요.]

"스테이터스?"

들어온 보상을 확인하기 전, 나는 먼저 주어진 팁을 활용했다. 입으로 살짝 중얼거리니, 시야의 일부가 번뜩이며 상태창이 떠오른다.

[이름:담건호]

[나이:30]

[집단:없음]

[레벨:1 (Exp 50/150)]

[보유 몬스터]

등록 가능한 몬스터가 없습니다.

[등록 몬스터:0/2]

소환 가능한 몬스터가 없습니다.

[보유 스킬:0/2]

보유한 스킬이 없습니다.

[능력치]

힘 10, 민첩10, 체력10

[보유 아이템]

최상급 랜덤 스킬 박스 1개

[보유 골드]

3,500골드

[Tip 캐릭터의 레벨을 올려보세요. 더 많은 몬스터를 부릴 수 있어요.]

인상이 찌푸려졌다. 혹시나 기대했는데 역시나였다. 과거 화려했던 '비운'의 캐릭터가 아닌 현실의 비루한 '담건호'의 정보. 입맛이 썼다.

"다시 키워야겠군."

이제부터 정신 바짝 차려야 한다. 활용 가능한 모든 정보를 이용해 캐릭터를 효율적으로 성장시켜야 한다. 그래야 이 영문도 모르는 공간에서 살아남을 확률이 높아진다.

"먼저, 3,500 골드."

골드는 게임 화폐다. 몬스터나 아이템 등을 거래할 때 사용하기도 하며, 몬스터를 합성하거나 강화할 때에도 필요하다.

그리고 초반의 3,500골드는 무척이나 큰돈이다. 이건, 차차 설명하기로 하고…… 문제는 이거다.

[최상급 랜덤 스킬 박스]
몬스터가 착용할 수 있는 S급 스킬을 랜덤으로 뽑을 수 있는 상자.

두근-두근-
지금까지 심장이 벌떡이고 있는 이유는 튜토리얼을 해냈다는 성취감도, 갑작스러운 달리기로 인한 힘겨움도 아니었다. 바로 이것 때문이었다.
'서버 최초 업적 보상…….'
「몬스터즈」를 즐길 때는 단 한 번도 보지 못했던 업적이었다. 분명 누군가가 받아놓고 입 싹-닫고 있었을 거다.
'세상에…….'
「몬스터즈」에서 최상급 랜덤 스킬 박스는 감히 값으로 측정할 수 없을 정도의 가치를 지니고 있었다. 숨겨진 업적을 최초로 깨는 계정에만 단발성으로 주는 아이템이기 때문이다. 실제로 초창기 3년 동안, 이 아이템은 전 서버에 약 100개 정도밖에 풀리지 않았고 나 역시 초반에는 구할 수 없었다. 나중에 탑 60층 이후, 몇 개 떨어지긴 했지만…….
'일단 킵해두자.'
무려 S급 스킬이다. 어느 하나 오버밸런스가 아닌 적이 없었던 그 악명 높은 S급 스킬들. 절대 거쳐가는 몬스터에게 줄 수는 없었다. 적어도 3성 이상의 몬스터에게 사용해야 최대한 뽑아 먹을 수 있다.

아직, 튜토리얼일 뿐이다. 제대로 된 메인 퀘스트는 시작도 하지 않았다. 최종 콘텐츠인 탑은 아직 나오지도 않았다.

조금 더 천천히 가도 된다.

"이봐."

잡념이 끊어진 것은 누군가의 등장 때문이었다. 짧은 스포츠머리에 운동복을 입은 사내. 아까 반대쪽 건물에 서 있던 그 남자였다. 그는 거인이 사라지자마자 중앙 지역으로 달려온 듯했다.

나는 즉시 자리에서 일어나 경계 태세를 했다. 비록 이곳이 안전 구역이라지만, 놈은 적어도 4명 이상을 살해한 살인자다. 조심해서 나쁠 건 없었다.

"오우, 친구. 그렇게 무섭게 경계하지 말라고. 위협하려는 건 아니니까."

내가 물끄러미 바라보자 그가 조심히 손을 내민다. 살인자 치고는 과하게 넉살이 좋았다.

"인사부터 하지. 난 고주호라고 한다."

"……."

"난 그저, 그쪽도 룰을 알고 있다 생각해서 대화하고 싶은 것뿐이야. 혹시 내가 꺼려진다면 말해. 그럼 나도 관심 끄지."

잠깐의 침묵 후, 나는 고주호에게 물었다.

"몬스터즈를 아나?"

그의 외형은 살짝 험악하다지만, 기껏해야 내 또래 정도.
먼저 반말하는데 굳이 존대해 줄 이유는 없었다.
"한 1년간 했었지."
그는 품속에서 담배를 꺼내 입에 물었다.
그리고 한탄하듯 말한다.
"……×망겜이라 금방 접었지만. 그러는 그쪽도?"
"마찬가지다. 나도 약 1년 즈음했던 거 같군."
나는 대충 답변했다. 굳이 내가 이 게임을 10년 동안 즐겼고, 무려 랭킹 4위까지 올라갔던 고인물이라는 걸 밝힐 필요는 없겠지. 목숨이 걸려 있는 이상 필요 이상으로 드러내는 것은 최대한 자제해야 한다.
"그래서, 그쪽 이름은 뭔데?"
"건호, 담건호다."
"오, 같은 호자 돌림이네. 이 동네 살아?"
"그것보단, 할 말이 있어 보이는데."
나는 말을 돌렸다. 고주호의 표정에서 무언가 급박한 티가 났기 때문이다. 여유로운 말투와 달리 그의 동공은 확실히 흔들리고 있었다.
죄책감일까? 아니면 두려움 때문일까.
주변을 돌아보니, 건물에선 남은 생존자들이 다가오고 있었다.
"제길……. 그쪽이 먹었지? 특수 보상 3,000 골드."
역시 목적은 그거였나?
그는 역시 특수 조건에 대해 알고 있었다. 다행히 서버 최초 업적까지는 모르는 듯했지만.

"그렇다면?"

"내가 어그로를 끌어주는 덕분에 말이야."

맞는 말이다. 덕분에 쉽게 해결했다. 물론, 저쪽 입장에선 내가 업적 보상을 가로챈 날강도로 보일 수도 있다.

그러나 난 장담할 수 있다. 고주호가 본인의 계획대로 뛰어들었다면, 그는 이미 이 자리에 있지도 못했을 것이다.

러너 작전이 성공하기 위한 필수조건은 거인과의 충분한 거리다.

"지분을 요구하는 건가?"

"아니, 아니. 그런 건 아냐. 다만, 부탁이 하나 있어."

"부탁?"

"탁 까놓고 말할게. 그쪽도 알겠지만, 난 사람 넷을 죽였어."

실실 웃던 그의 표정이 딱딱하게 변한다. 그러나 난 놀라지 않았다. 짐작하고 있었으니까.

"들어봐. 앞으로 튜토리얼을 하려면 많은 사람들의 협조가 필요해. 그런데 굳이 위화감을 조성할 필요가 있을까? 그것도 뻔히 단합 안 될 것 같은 무리들에게 말이지."

"저들에게 말하지 말아달란 말이로군."

"그래. 만약 저들이 모른다면, 굳이 언급하지 말아달라는 거야. 괜한 경계심은 튜토리얼에 지장이 있을 수 있으니까. 그리고 그쪽도 알 거야. 이미 세상은 변했어. 그리고 이제부터 사람들도 점차 변해가겠지."

그의 말은 알기 쉬웠다. 본인의 살인을 간단하게 정당화한 것이다. 그저 변한 세상에 맞게 자신도 변한 것뿐이라고. 새로운 세상에서 살아남기 위한 선택이었다고.

그리고 나 역시 그 생각에는 동의한다. 어느 정도까지만.

변해 버린 세상이었다. 게임에서 화면으로만 봤던 놈들이 실제 본인의 목숨을 위협하는 말도 안 되는 세상. 그런 곳에서 조금이나마 정보를 아는 사람이 있으면 생존 가능성은 높아질 것이다. 하지만, 고주호의 생각은 전혀 달랐다.

'빌어먹을 놈.'

본인이 얻었어야 할 3,000골드를 담건호란 녀석이 가져가 버렸다. 약이 바짝 올랐다. 사람들이 모이기 전에 단숨에 죽여야 했는데 그러지 못했다.

'경계심이 보통이 아니야.'

자신이 죽였던 4명의 연놈들과는 확실히 다른 무언가가 있었다. 그래서 일단 살인 사실을 오픈했다. 솔직함을 보여줌으로써 경계심을 죽일 생각이었다.

'일단 골드를 가져와야 해.'

골드의 중요성은 말해봐야 입 아플 정도다. 초반 골드의 활용에 따라 격차는 눈 불어나듯 벌어질 테니까.

'기회를 봐서 죽인다.'

PK를 하면 소유하고 있는 아이템과 골드를 일부 떨어뜨린다. 아쉽지만 그거라도 손에 얻어야 했다. 남들은 바뀐 세상에 절망할지 모르겠지만 고주호는 기회라 생각했다. 평생 엑스트라로 살아가던 자신에게 마침내 찾아온 주인공이 될 기회 말이다.

그러나 그는 꿈에도 몰랐다. 자신이 건드리려고 한 사람이 10년 차 고인물이며, 한때 무자본으로 랭킹 4위까지 올랐던 괴물 중의 괴물이라는 사실을.

중앙 구역이 활성화된 후, 사람들이 전부 모이는 데는 시간이 얼마 걸리지 않았다. 편의점에 있던 빈서율까지 총 21명이 중앙 구역에 모두 모였다.

"아이고, 이게 도대체 무슨 일이래."

"다, 다들 괜찮습니까?"

"경찰 불러야 하는 거 아냐? 전화는 또 왜 안 먹혀!"

"으, 으으. 엄마……."

그저 상황을 한탄하는 노부부, 남들을 걱정하는 임신한 여성, 경찰을 찾는 회사원, 실금을 지린 아이.

나는 확신할 수 있었다. 이들은 「몬스터즈」를 모른다. 그저 공포에 질린 채 메시지가 이끄는 대로 끌려오고 있을 뿐이다.

"제기랄. 스테이터스? 몬스터? 이게 다 뭐야?"

"장난치지 말고 나와! 날 이곳에서 내보내 줘!"

시간이 흐르자 소란은 점점 커지기 시작했다.

누군가가 나선 것은 그때였다.

"여러분, 잠깐 진정들 해보세요."

나에게 협상을 제안했던 남자, 고주호였다.

"지금 소란 피워봐야 누구에게도 득 될 게 없습니다."

갑작스러운 고주호의 발언에 모두의 이목이 그에게로 집중됐다. 사방팔방 소리치던 자들도, 울먹이며 신을 찾던 자들도 전부 목소리를 줄였다.

나 역시 그를 쳐다봤다. 나서기 싫었는데 다행이라는 생각으로.

"보다시피 세상이 변해 버렸습니다. 어떤 현상인지는 저도 모릅니다. 외계인이나 어떤 초월적인 존재의 소행일 수도 있고, 어떤 미친 과학자의 테러일 수도 있겠죠. 하지만 단 하나 확실한 건……."

고주호는 본인이 「몬스터즈」를 안다는 것을 굳이 밝히지 않았다. 하긴, 나였어도 그랬을 거다. 당장 생존이 급급한데 저 많은 이들에게 언제다 설명하고 앉아 있겠는가.

"메시지에 따르지 않으면 죽을 거라는 겁니다. 저 도로에 있는 이들처럼요."

꼴깍-

사람들의 침 넘기는 소리가 들려왔다. 그리고 아직도 시야에는 알람 하나가 띄워져 있었다.

[튜토리얼 도전과제 ② '몬스터 소환'

채널 중앙으로 이동하여 몬스터를 소환하라.]

[Tip 자신의 목숨을 지켜 줄 몬스터를 소환해 보세요. 마음속으로 '몬스터 소환'을 외치면 된답니다.]

[Tip 튜토리얼을 진행해 주세요. 오랜 시간 진행이 없으면 자동으로 접속 종료됩니다.]

"저, 접속 종료?"

저건 또 뭐지. 접속 종료면 게임이 끝난다는 말인가? 아니면, 그대로 죽는다는 말?

뭔지는 모르겠지만 확실히 좋은 느낌은 아니다.

"제기랄. 몬스터를 소환해야 해!"

누군가가 다급하게 외쳤다. 그러자 다른 이들도 서둘러 스테이터스를 외치고, 받은 보상 주문서를 꺼냈다. 뒤쪽에서 잠자코 듣던 빈서율도 주문서를 꺼내 들고 있었다. 다들 '접속 종료'라는 말에 위기감을 느낀 것이다.

"으음……."

그와 별개로 나는 머리가 빠개질 듯 아파왔다. 이곳은 아직 몬스터즈의 튜토리얼 스테이지다. 그리고 진정한 튜토리얼은 사실 이제부터 시작이다.

'우선 강해져야 해.'

일단 정해둔 제1의 목표. 이 빌어먹을 세계에서 살아남는 것. 그러기 위해서는 누구보다 강해져야 한다.

내가 말하는 강함은 육체적인 것만을 뜻하지 않는다. 정신적인 면도 뜯어고쳐야 한다.

저들은 죽었다 깨나도 모를 것이다. 앞으로 벌어질 시련이 얼마나 답도 없고 절망적일지.

'그리고 빨리 적응해야 해.'

살인, 핏덩이, 시체 조각 등등. 30년 일생 생각조차 못 했던 것들에 빨리 적응해야 했다. 아까처럼 놀라고 당황하면, 절대 살아남을 수 없다.

'마지막으로 거래를 잘해야 한다.'

빌어먹게도 이 게임은 운빨×망겜이다. 즉, 내가 아무리 잘나도 진짜 쓰레기 같은 몬스터를 뽑으면 생존하기 힘들어질 수 있다는 말이다.

게다가 내 아이디는 '비운'. 지랄 맞게도 운이 없는 편에 속한다.

하지만 나에게는 큰 힘이 있다. 앞으로의 최초 업적, 그리고 히든 퀘스트들.

'내가 다 선점한다.'

그곳에서 벌어들이는 아이템과 골드. 그것들을 모아 '거래소'를 활용해 이곳에서 살아남을 최소한의 구색은 갖춰야 한다.

할 수 있어. 넌 무과금으로 랭커자리까지 올랐던 사람이야.

난 거칠게 심호흡을 한 후, 스테이터스에서 '하급 몬스터 소환 이용권' 2개를 꺼냈다.

'몬스터 소환.'

그러자 눈앞이 번쩍이며 메시지가 뜬다.

[몬스터 소환소가 열립니다.]
[소환하시겠습니까?]

그리고 설레는 마음으로 '1회 소환' 버튼을 클릭했다.
제발. 가즈아.

Chapter 2

[두근두근. 어떤 몬스터가 나올까요?]

볼 때마다 설레는 익숙한 메시지. 곧이어 시야가 번쩍인다.

“끼루룩-”

그와 동시에 들려오는 새소리.

[조류족 ‘뿔하피’(★)가 소환됩니다.]

[등록하시겠습니까?]

[Tip 등록은 신중하게 하세요. 한 번 등록하시면 유저끼리 거래가 불가능해진답니다.]

제기랄.

처음엔 조류족이군.

대부분의 조류족은 기동성이 좋지만 딜이나 체력이 약해서 애매하다. 그렇다고 완전히 나쁜 건 아니다. 한 마리쯤 있으면 유용하게 쓰일 수 있다.

'우선 등록은 보류하고.'

한 번 더 눌러보자. 지금 나에게 가장 필요한 건 내 몸을 보호할 수 있는 '보호족'이나 '합체족'이다. 특히 지금 상황에선 '합체족'이 압도적으로 좋다. 몬스터를 캐릭터와 잠깐 융합해 능력치를 뻥튀기할 수 있기 때문이다.

[소환소가 활성화됩니다.]

[두근두근. 어떤 몬스터가 나올까요?]

번쩍-

"우어어어-"

[곰족 '우버'(★)가 소환됩니다.]

[등록하시겠습니까?]

[Tip 보통의 몬스터는 대화를 못 한답니다. 하지만 고등급의 몬스터라면? 어쩌면, 가능할 수도요.]

오. 곰족이라면 나름 근거리 탱커다. 1성 치고는 그냥저냥 쓸 만한 수준.

"좋았어. 등록!"

우선, 이걸 키우기로 했다. 최우선으로 두어야 할 것은 내 안전. 외관상으로도 조류족보단 곰족이 훨씬 듬직해 보인다.

[등록하지 않은 몬스터는 '스테이터스'에 자동 보관됩니다.]

나는 우선 뾸하피를 집어넣은 채 우버에게 다가갔다. 솔직히 가슴이 두근두근했다.

'세상에. 이렇게 잘 구현되어 있다니.'

이상하게 두렵다는 생각은 들지 않았다. 무려 곰이다. 그것도 보통의 작은 곰이 아닌 덩치 큰 놈. 보통 같았으면 가까이 가기도 꺼려졌을 거다.

"우어어어-"

내가 조심히 쓰다듬자 기분 좋다는 듯 울부짖는다. 난 그렇게 조심히 곰과 교감하기 시작했다.

"곰이 참 웅장해 보이네요."

빈서율이 내 옆으로 다가온 것은 약 5분 정도 흐른 후였다. 주변을 둘러보니 다들 각자 몬스터들을 소환해 놓고 그것들을 돌보느라 정신이 팔려 있었다.

그럴 수밖에 없을 것이다. 저 몬스터들이 앞으로 본인들의 생명줄이라는 것을 인지했을 테니.

그래도 나름 빨리 적응하는 모습들을 보니 안심이 된다.

"무슨 일인가요?"

"혹시 잠깐 얘기 좀 할 수 있을까요?"

조심히 다가오는 그녀의 안색이 별로 좋아 보이지 않는다. 그러고 보니 그녀의 옆에는 몬스터가 없다. 설마 아직도 뽑지 않은 건가?

"말씀하세요."

"분명 저도 몬스터를 소환했거든요? 그런데 남들처럼 싸울 수 있는 괴물이 나온 게 아니라서요."

괴물이 아니다?

"으음……. 그게 무슨 이상한 구슬 하나만 떨어졌어요. 건호 씨라면 왠지 알고 계실 것 같아서. 그러니까……."

빈서율의 말이 채 끝나기도 전에 나는 소름이 돋았다.

'설마?'

「몬스터즈」에는 수억 마리가 넘는 몬스터가 존재한다. 종족은 정해져 있지만 뽑히는 몬스터마다 생김새나 이름 스킬 등이 전부 다르다고 보면 된다.

하지만, 예외가 있다. 바로 '오브젝트'형 몬스터. 좀 전에 말했던 '합체족'이며, 내가 가장 원하고 있는 종류의 몬스터다.

"혹시 그거 몇 성인가요?"

"몇 성이라니요?"

"그, 혹시 정보창에 뭐라고 떠져 있었는지 알려주실 수 있나요? 그리고 옆에 있는 별 개수도요."

"으음……. 그게 좀 복잡해서. 여기 드릴 테니 한번 살펴보세요."

그녀가 손에 쥔 구슬을 나에게 넘기려 하자 갑자기 메시지가 떠오른다.

[유저 '빈서율'이 교환을 원합니다.]

[교환 물품:합체족 '엔트로피'(★★)]

[요구 대가:없습니다.]

[동의하시겠습니까?]

[Tip 거래는 항상 조심하세요. 상호 동의 후 소유권이 넘어가면 다시 못 찾을 수도 있답니다.]

"앗?"

"어엇."

나와 그녀가 동시에 놀랐다. 그녀는 팁 칸을 보고 놀란 듯했고, 난 여러 가지로 놀랐다. 첫째는 이런 서비스까지 구현되어 있는지 몰랐기 때문이고, 둘째는…….

'2성이라고?'

닭살이 돋았다. 비록 저티어라지만 아직 튜토리얼이다. 보아하니 아직 한 장밖에 안 깐 것 같은데 벌써 2성이 뜨다니. 저런 걸 두고 우리는 '축캐'라고 부른다.

"자, 잠시 취소할게요."

[유저 '빈서율'이 교환을 취소합니다.]

빈서율이 허둥지둥 뒷걸음쳤다. 소유권이 넘어간다는 말에 당황한 것 같았다.

걱정 마. 안 가져가.

"아, 아니 그게……. 죄송해요."

"아니, 이해합니다."

목숨이 걸린 일이다. 그리고 현 상황에서 몬스터는 본인의 유일한 방어수단. 저렇게 반응하는 게 맞다.

물론, 욕심은 났다. 저걸 내가 가져올 수만 있다면, 앞으로의 생존이 좀 더 수월해질 텐데.

"혹시, 이걸 어떻게 사용하는지 알 수 있을까요?"

"합체족은 말 그대로 캐릭터와 몬스터가 하나가 되는 겁니다."

"네, 네?"

"정확히 말하면 몬스터의 힘을 빌려 캐릭터가 대신 싸우는 거죠."

합체족. 사실 초창기에는, 아니, 현재까지도 거의 쓰레기 취급 받고 있는 종족이다.

「몬스터즈」의 정체성은 소환을 통한 전투. 당연히 캐릭터에 씌워지는 종류의 몬스터는 동일 티어 대비 약할 수밖에 없었다.

그러나 출시 4년 후, 고인물이었던 내가 심심해서 이것저것 연구하다 '합체족'의 엄청난 특징을 발견해 낸다.

'바로 성장한다는 것.'

사용하면 사용할수록, 또 캐릭터가 직접 전투에 참여할 때마다 미약하게나마 '캐릭터'의 능력치가 오른다. 여기서 주목

할 점은 '합체족'의 능력치가 오르는 것이 아닌 '캐릭터'의 능력치가 오른다는 것.

'거의 버그나 다름없지.'

「몬스터즈」는 PK가 가능한 RPG 게임이다. 즉, 아무리 소환하고 있는 몬스터가 강력해도 캐릭터가 공격당하면 말짱 도루묵이라는 것이다.

놀랐던 나는 이 정보를 통제하고, 혼자 몰래몰래 키웠었다. 그러자 나중 가서는 PVP 한정, 그 누구도 날 이길 수 없을 정도로 성장했었다.

"비운은 너무 단단해."

"쟤는 무과금인데 왜 이렇게 세냐?"

"몬스터도 쓰레기 같은 거만 쓰는데."

"그냥 겜잘알인가?"

형들이 이상하게 여기기는 했지만 어쩌겠는가. 「갓 컴퍼니」는 운영에 신경 쓰지 않는 회사. 이용할 수 있는 건 전부 이용해야지.

하여튼, 합체족은 내가 돈 한 푼 없이 랭킹권에 오를 수 있었던 비결 중 하나다.

"나름 쓸 만할 겁니다. 그런데 싸우시려면 무기류 정도는 구해두는 게 좋을 거예요."

나는 버그 이야기는 숨겼고, 나머지는 대중의 평판 그대로 설명해 줬다. 그러자 그녀의 안색이 푸르죽죽해진다.

그럴 수밖에.

"그, 그 말은 제가 직접 싸워야 한다는 말인가요?"

"당연히 그렇죠. 합체족인데."

"말도 안 돼!"

역시, 예상대로의 반응이다.

게임에서나 쓸 만하지, 이곳은 현실. 남들은 전부 몬스터가 대신 싸워주는데, 본인은 직접 싸워야 한다니 얼마나 절망스럽겠는가.

"아직 하나 더 남으신 거 아닌가요? 이용권."

"그, 그건 그래요."

"우선, 전부 다 뽑아보고 생각하세요. 아마 그게 편할 겁니다. 전 잠시 생각할 게 있어서."

난 다시 시선을 우버에게 돌렸다. 표면적으로는 앞으로의 계획을 짜야 했기 때문인데, 실은 미끼를 던진 거다.

합체족. 솔직히 정말 가지고 싶었다.

6년 동안 키워봐서 안다. 만약, 지금부터 그 버그를 사용한다면…….

'정말 어마어마하겠군.'

내 입장, 합체족은 최대한 빨리 선점할수록 이득이다. 비록 직접 싸워야 하는 부담감이 있었지만, 어차피 이 극악의 난이도인 게임에서 살아남으려면 어쩔 수 없다. 적응할 수밖에.

나는 다시 우버의 머리를 쓰다듬었다. 그러면서 기다렸다. 그녀가 먼저 도움을 요청하길, 그녀의 경계심이 살짝 풀리길.

"잠시만요, 건호 씨."

"예?"

"도, 도와주세요. 제발."

역시 걸려들었다.

"어떤걸요?"

미끼를 물었으니, 이제 밀고 당기기를 할 차례. 나는 다시 그녀를 돌아다 봤다.

"건호 씨는 뭔가 아시잖아요. 앞으로 어떤 일이 벌어질지. 또 어떻게 해야 살아남을 수 있을지. 아까 편의점일 때도 그랬고."

"으음……."

맞는 말이다. 생각해 보니 그녀는 나에게 한번 빚을 졌다. 그러니, 한 번쯤은 이래도 괜찮지 않을까?

내가 고민하자, 그녀가 한층 달아오른다.

"저도 뭐든 도움이 되려고 노력할게요. 제발."

"좋아요. 그럼……."

그녀에겐 살짝 미안하지만 '합체족'은 내가 가질 거다. 지금은 남에게 베풀 선의보다는 내 목숨을 지키는 게 더 중요하기 때문.

"계약을 하죠."

"계, 계약이요?"

갑작스러운 제안에 빈서율의 눈이 휘둥그레진다. 나는 그런 그녀를 향해 마주 웃으며 단도직입적으로 말했다.

"그거, 엔트로피. 제게 주세요."

"……이걸요?"

"확실히 그 몬스터는 빈서율 씨가 쓰기 힘들 거예요. 위험하기도 하고. 대신 제가 뽑은 조류족 1성짜리가 있는데 그걸 드리겠습니다. 원거리고 비행이 가능해서 나름 쓸 만할 거예요."

살짝 머뭇거리는 그녀. 그녀도 바보가 아닌 이상 알 거다. 아무리 별로여도 2성이 1성보다 좋다는 것쯤은.

하지만, 그녀는 깊게 고민할 수 있는 처지가 아니었다. 갑자기 하늘에서 슈우웅-하는 소리가 들려왔기 때문이다.

"응?"

"뭐, 뭐지?"

모두의 이목이 하늘로 집중될 찰나.

콰아앙-

[축하드립니다. 진행 조건이 충족되었습니다.]

[튜토리얼 ② '몬스터 소환'이 종료되었습니다.]

[채널 인원 총 21/50명]

떨어지던 운석이 허공에서 폭발했고, 그곳을 기점으로 시커멓고 조그마한 무언가가 기어 나오기 시작했다. 잠깐. 아직 시작하려면 한창인데? 설마 벌써?

[현재 채널의 속도는 1등입니다.]

[축하합니다! 압도적인 전적!]

[상위 1% 채널로, 튜토리얼의 난이도가 상승합니다.]

[튜토리얼이 채널 상황에 맞게 변경됩니다.]

뭐, 뭐라고? 여기서 또 난이도 상승이라고? 「몬스터즈」에 이런 건 없었는데?

[중앙 구역이 안전 구역에서 해제됩니다.]

[새로운 튜토리얼 과제가 도착합니다.]

[튜토리얼 도전과제 ③ '생존']

['시련의 군단 1중대'를 상대로 도시에서 생존하라.]

[제한 시간 96:00:00]

"제기랄. 이런 건 예상에 없긴 했는데."

주어진 시간은 나흘. 그동안 몰려오는 몬스터 웨이브를 상대로 버텨내야 한다. 본래 세 번째 튜토리얼은 고스트 군단 1개 소대를 처리하기만 하면 됐었다. 시간제한 같은 것도 없었다. 그것만 해도 빡빡했었는데 이젠 1개 중대라고?

"뭐야! 이건 또 뭐야!"

"꺄아아악! 엄마!"

"모두 정신 차리고 전부 중앙으로 모이세요!"

"흐흐흑, 이제 그만해. 싫어."

"닥치고, 이리 오라고! 전부 몬스터를 꺼내! 죽고 싶지 않으면!"

다시 주변이 시끌벅적해지기 시작했다. 고주호 역시 위기감을 느꼈는지 으름장을 놓으며 사람들을 통제하기 시작했고.

"건호 씨."

빈서율 역시 다급한 표정으로 날 쳐다봤다.

"그래서 하실 거예요?"

"좋아요. 대신 한 가지만 약속해 줘요."

"뭐를요?"

"이번 튜토리얼까지만 절 지켜주세요. 최대한 방해 안 되게 노력할게요."

튜토리얼까지만? 그 정도면 나야 땡큐지. 남는 장사다.

난 굳은 표정으로 제안하는 그녀를 마주 보며 미소 지었다.

"좋아요. 계약 체결입니다."

시련의 군단. 「몬스터즈」를 1년 이상 플레이해, 탑에 단 한 번이라도 도전했던 자라면 절대 모를 수 없는 이름이다.

100개의 층으로 이루어져 있는, 이 게임의 최종 콘텐츠라 불릴 만큼 막대한 보상과 경험치를 자랑하는 그곳.

'통칭 시련의 탑.'

그곳에 존재하는 모든 몬스터를 통틀어 시련의 군단이라 하니까.

그리고 지금 눈앞에 보이는 3개의 소대는 탑 1층에 서식하고 있는 '고스트'들이다.

'고스트는 그나마 할 만한데.'

고스트들은 기본적으로 1성 몬스터다. 그 1성들 중에서도 거의 피라미드 아래층에 서식할 만큼 약하다. 그나마 튜토리얼 인원들을 데리고 비벼볼 수 있다는 말이다.

문제는…….

-끼아아아아!

['고스트 중대장'(★★)이 포효합니다. '고스트'(★)들이 흥분하기 시작합니다. 공격력과 체력이 한층 강해집니다.]

[Tip 중대장을 처리하세요. 그렇지 않으면 고스트들은 끝없이 부활한답니다. 끔찍하죠?]

저 앞 허공에서 울부짖는 놈이었다. 저놈이 존재하는 것만으로 상황은 많이 까다로워진다. 아니, 말도 안 되게 어려워진다.

"다들, 피해!"

"전부 중앙을 포기하고 구석으로 이동하세요!"

일단, 정석대로 가기로 했다. 놈들의 수량이 예상보다 많기에, 중앙 지역에서 싸우다가는 금세 포위당한다. 지금 필요한 것은 양옆을 막아줄 커다란 장애물.

"저기! 빌딩 골목으로 모두 들어가요! 빨리!"

내가 구석으로 가자는 말을 정확히 캐치한 고주호가 나섰다. 아까 남들 앞에서 연설한 전적이 있어서인지 사람들은 그의 통제를 잘 따랐다. 나 역시 무리를 뒤따르며 조용히 빈서율에게 건네받은 구슬을 확인했다.

[몬스터:'엔트로피'(★★)]
[종족:합체족]
[레벨:1 (Exp 0/50)]
[보유 스킬:2/2]
합체(Lv.1):합체 시 힘5, 민첩5, 체력5 증가
소환(Lv.1):'수련용 철검' 소환 가능
[Tip 몬스터의 경험치를 전부 채운 후 '강화소'로 가보세요. 다음 단계로 성장할 수 있는 길이 열린답니다.]

마음에 쏙 들었다. 이런 걸 뿔하피 따위와 맞바꿨다는 소리를 형들이 듣게 된다면 아마 사기꾼이라며 경악할 거다.
'일단 합체해 보자.'
나는 스테이터스에 엔트로피를 등록한 후, '합체' 스킬을 사용해봤다. 그러자 구슬이 내 몸속으로 스르륵- 들어온다.

['엔트로피'(★★)의 기운이 몸속에 깃듭니다.]
[유저 '담건호'의 능력치가 증가합니다.]
['수련용 철검'을 소환하시겠습니까?]

'검이라…….'
태어나서 한 번도 사용해 본 적 없는 무기다. 평소 운동과 거리가 멀었기도 했고, 현대 사회에 검도가 아니면 누가 그런 걸 사용해 보겠는가.

"소환할게."

그래도 들어야만 했다. 맨손으로 싸우는 것보다는 훨씬 나을 테니까.

[수련용 철검]

[등급 F]

순간, 번쩍이며 눈앞에 나타나는 철검. 제기랄, 녹슬어 있고 이가 빠져 있어 그런지 튼튼해 보이진 않는다.

우선 급한 대로 그것을 들었다.

'합체'의 효과 때문인지, 본래 가벼운 것인지 생각보다 들 만하다.

"각자 몬스터로 입구를 틀어막으세요!"

"뒤, 뒷부분도 막아야 합니다!"

어느새 우리는 커다란 건물들 사이에 있는 어느 골목으로 도착했다. 난 우버를 앞에다 세워놓고 호흡을 다스렸고, 남은 인원들도 각자의 몬스터를 꺼내 앞에다 세워뒀다.

-키아아아!

얼마 지나지 않아 고스트들과 몬스터들의 1차 충돌이 시작됐다. 핸드폰 화면으로 바라볼 때와는 차원이 다른 전장 스케일.

"과, 과연 버틸 수 있을까요?"

"이걸 나흘을 어떻게 버틴답니까……."

아군의 몬스터는 총 41마리. 그것도 전부 다 1성이다.

그에 비교해 고스트의 수는 판단 불가, 아니, 죽여도 중앙에서 다시 부활하니 거의 무한대라고 보면 된다.

"제기랄."

"흐흐흑."

사람들이 점점 공포에 질리기 시작했다.

시커멓게 밀려 들어오는 고스트들, 그와 치열하게 맞서 싸우는 몬스터들.

"다들 정신 차려요! 지금부터 제가 통제하겠습니다. 먼저 힐링 스킬 가지고 계신 분?"

고주호가 다시 한번 나섰다. 사람들을 달래며 몬스터들을 배치하기 시작한 것이다.

그래도 1년 짬밥 어디 안 갔는지, 그는 나름 효율적인 배치 방법을 사용했다. 그리고 그것은 나도 강력하게 추천하는 괜찮은 방법이었다.

이곳은 좁은 골목이다. 많은 몬스터를 풀어놓으면 오히려 서로 꼬이게 된다는 말이다. 그래서 그는 시간별 교대 방식을 사용했다.

"앞쪽과 뒤쪽에는 몬스터를 각각 열 마리씩 배치할 겁니다."

"비율이 중요해요."

"전방에 탱커 두 마리, 후방에 힐러 두 마리씩…… 그리고 중간에는 딜러 여섯 마리를 배치합니다."

"앞에 있는 본인 몬스터의 피가 빠지면 즉시 소환 해제하세요. 그리고 대기 인원이 곧바로 채워 넣습니다."

일명, 무한 돌리기다. 몬스터의 피로도도 생각하면서, 절대 죽지 않고 꾸준히 버틸 수 있는 배치 방법. 한때 꾸준하게 사용되었던 방법이기도 하다.

'문제는 중대장이지.'

이 배치에는 약점이 존재한다. 바로, 앞에 있는 몬스터를 한 방에 보내 버릴 수 있는 존재가 있다면 무용지물이 된다는 것. 그리고 중앙에서 아직 울부짖고만 있는 중대장은 무려 2성이다.

2성과 1성의 차이는 끔찍하게 높다. 아마, 놈이 제대로 크리티컬을 터뜨린다면 1성 따위는 한방에 소멸할 것이다.

'아직까진 중앙에서만 울부짖고 있지만.'

솔직히 언제 움직일지 모르는 일이다. 나흘 동안 그곳에 가만히 있어준다면 고맙겠지만, 어디 세상이 그렇게 쉽게 흘러만 가겠는가.

"후우, 그래도 한숨 놓였네요."

"어이, 그쪽 양반. 대단한데? 정체가 뭐야?"

"주호 씨라고 했나? 정말 고마워요."

시간이 흘렀고, 어느새 고주호는 무리의 리더가 되어 있었다. 절망 속에서 잠깐의 희망을 보여준 것만으로도 사람들은 점점 그에게 의지하기 시작했다.

'다행이야.'

난 속으로 안도했다. 만약, 고주호가 없었다면 저러한 주목을 내가 받았을 것이다. 분명히 튜토리얼 내에서 저들은 필요한 존재였고, 결국 내가 살아남기 위해 저들을 이용했을 테니까.

하지만 리더는 책임감이 따른다. 저들이 의지하는 만큼의 성과를 지속해서 보여줘야 한다. 빠르게 쌓아 올린 만큼, 빠르게 무너질 수 있는 자리란 말이다.

'그리고. 제일 중요한 건.'

난 저들을 책임질 깜냥도 안 되고, 책임지기도 싫었다. 나 하나 살기에도 빠듯한 게임이다. 누굴 챙기고 자시고 할 때가 아니란 말이다.

어두운 밤. 나는 골목 중앙에 모여 휴식하고 있는 사람들을 뒤로하고 잠깐 자리를 이동했다. 골목이었지만 굴곡진 곳이 있어, 사람들의 눈에 띄지 않는 곳이었다.

'적응하지 못하면 도태된다.'

서늘한 공기, 치열하게 싸우는 소리. 나는 구석에서 몰래 오른손의 철검을 들고 자세를 잡았다.

'조금이라도 연습해 놔야 해.'

앞으로 엔트로피를 계속 사용하기로 마음먹은 이상, 놈들과 직접 싸워야 한다. 그러기 위해서는 이 검을 다룰 수 있어야겠지. 나는 가볍게 숨을 고른 후 검을 휘두르기 시작했다. 비록 자세는 엉성했지만, 상관없었다. 지금은 그저 휘두르는 근육을 길러놓는 거니까.

찌르기, 종 베기, 횡 베기.

계속 반복했다. 30분이 지나자 온몸에 땀이 흐르기 시작했고, 오른팔이 저릿하게 아파 오기 시작했다. 손가락 마디도 검 손잡이에 쓸렸는지 쓰라려 왔다.

이 정도밖에 안 되다니. 아무리 '합체'한 몸이라 해도 아직 저레벨은 저레벨인가 보다.

'정말 빌어먹게도 약하군.'

괜찮다. 아직 '합체'한 지 하루밖에 지나지 않았다. 건물도 바닥이 튼튼해야 높이 쌓을 수 있는 것처럼, 지금부터 기반을 다지면 된다.

'포기만 하지 말자.'

내 장담하건대, '합체족'으로 성장한 캐릭터는 태생 5성과도 견줄 수 있을 만큼 강력해진다. 게다가 이곳은 모두가 무과금 플레이어나 마찬가지. 지금은 비루하지만, 시간이 지날수록 내 경쟁력은 압도적으로 높아질 것이다.

그렇게 한참을 휘두르고 있자니-

"뭐 하세요?"

뒤에서 익숙한 목소리가 들려왔다.

중앙에서 휴식하고 있던 빈서율이었다.

"흐엑, 땀 봐. 운동하신 거예요?"

"네. 서율 씨와 계약한 덕분에 이제 직접 싸워야 하게 됐으니까요."

"아……."

빈서율이 짐짓 미안한 표정을 짓는다. 그녀 입장에서도 확실히 손해 보는 장사는 아니었다. 만약 엔트로피가 좋다는 것을 알았다 해도 그렇다. 직접 몬스터와 싸울 용기가 없다면, 엔트로피만큼 쓸모없는 몬스터도 없을 테니까.

"그래서 여긴 무슨 일인가요?"

"아, 그게. 그 고주호라는 사람이 그쪽을 찾는 것 같더라구요."

"저를요?"

"네."

고주호가 날? 왜?

뭐, 작전 짜다 막히는 거라도 생긴 걸까?

"으음, 알겠습니다. 곧 간다고 전해주세요."

내가 고개를 끄덕이자 빈서율이 잠깐의 침묵 후, 다시 말을 건다.

"저, 건호 씨."

"예?"

"음……. 조금 조심스러운 말이긴 한데."

빈서율이 머뭇거린다. 갑자기 왜 저러지?

"고주호, 그 사람. 조심하는 게 좋을 거예요."

"네? 무슨 일이라도 있었습니까?"

"여기에서 그런 건 아닌데, 으음……. 사실 긴가민가했는데 아무래도 그 사람이 맞는 것 같아서요."

"무슨……."

"동네에서 어렸을 때부터 양아치로 유명했던 사람이에요. 실수로 사람 죽였다가 빵에서 몇 년 살고 나왔다던데, 아는 사람은 다 알아요. 그게 실수가 아니었다는 거."

호오, 어쩐지 살인을 쉽게 인정한다 했더니. 이미 경력자였어?

"그냥, 혹시나 해서 말해주는 거예요. 건호 씨는 일단은 제

보디가드니까."

"오케이. 인지했습니다."

별 충격적인 내용도 아니다. 그가 살인했다는 것은 이미 알고 있었으니까.

게다가 이곳은 바뀐 세상. 나는 이전 세상에서 누가 어떻게 뭘 했든 전혀 신경 쓰지 않는다. 지금 가장 중요한 건, 내 생존에 얼마큼 도움이 되는가. 그것뿐이다.

"그래서, 그쪽이 좀 다녀와 줘야겠는데?"

그 생각은 불과 10분 만에 깨져 버렸다.

고주호. 저 새끼가 지금 뭐라는 거야?

"……지금 뭐라고?"

"음, 친구. 이건 부탁이 아니라 명령이야. 나도 내가 가고 싶지. 그런데 이곳을 통제하는 건 나고, 이들도 내가 가는 것을 원치 않는걸."

상황은 이랬다. 시간이 어둑해지자 몇몇 인원들이 배고픔을 호소하기 시작한 것이다. 게임에서는 공복 개념이 없었는데, 이곳은 현실. 당연히 생리현상을 충족시켜 줘야 했다.

분명히 아직까지는 참을 만했다. 하지만 이곳에서 나흘을 버텨야 한다. 즉, 게임과 다르게 물과 식량이라는 변수가 생겨 버린 것이다.

"편의점은 이곳에서 고작해야 100m 정도야."

"게다가 모두 몬스터 두 마리씩을 협조해 줬는데, 그쪽은 이유도 없이 한 마리밖에 협조하지 않았잖아. 공동체 생활인데 공정하게 해야지."

웃음이 나왔다. 물론 내가 '엔트로피'에 대해 밝히진 않았다지만, 그래도 고주호의 처우는 분명 심한 부분이 있었다. 고스트들 천지인 골목 밖으로 나가라는 건, 그냥 죽으라는 말밖에 되질 않으니까.

"나한테 왜 이러는 거지?"

"어차피 누군가는 해야 할 일이야. 집단의 리더로서 나는 그 누군가를 찾아야 했고, 마침 그쪽이 적임자라 판단했을 뿐이지."

난 고주호의 눈을 똑바로 바라봤다. 뱀처럼 생긴 그의 눈빛은 나에게 이렇게 말하는 듯했다.

'하늘에 두 개의 태양이 있을 수는 없는 법이지. 나만큼 정보를 아는 놈은 더 이상 필요 없으니 이만 꺼져. 내가 살인했다는 사실을 아는 놈은 저놈뿐이야.'

벌써부터 견제하고 있는 것이다.

하지만, 나에겐 그저 웃음만 나올 뿐이다. 겨우, 1년 치 허접한 경험으로 날 건드려? 미안하지만, 고주호. 당신은 날 건드릴 대가를 똑똑히 치르게 될 거다.

나와 고주호의 대치, 그리고 그 모습을 말없이 지켜보고 있는 사람들. 서늘한 공기는 어느새 더욱 차가워져 있었다.

"이건, 좀 너무한 거 아닌가요?"

빈서율이 나선 것은 그때였다.

"너무하다?"

"네. 지금 상황에서 저 밖으로 나가라는 것은 그냥 죽으라는 말밖에 안 되잖아요."

"허어, 거기 아가씨. 누군진 모르겠지만 잘 들어봐."

고주호가 짐짓 여유로운 표정으로 말했다.

"난 어쩌다 보니 이곳 리더를 맡게 됐어. 이곳 사람들을 통제하는 대신 그만큼 책임을 져야 하지. 이게 말처럼 쉬운 일인 줄 알아?"

여기까진 바로 전에 나에게 했던 말과 별다를 거 없다.

"물과 식량을 가져오는 일? 튜토리얼을 깨려면 누군가는 해야 하는 일이야. 그럼 내가 반대로 질문하지. 어디 아가씨가 한번 골라볼까?"

"……뭐라구요?"

"누굴 보내야 할까 한번 생각해 보란 거야. 답답하지? 아마 답이 안 나올 거야. 그게 정상이거든. 나라고 이러고 싶어서 이러는 줄 알아? 그래도 누군가는 총대 메서 나서야 하고, 난 그 괴로운 짓을 대신해서 해줬을 뿐이야."

"궤변이에요."

"뭐가 궤변이라는 거지?"

"그러다 건호 씨가 죽으면 어찌할 거예요? 또 다른 사람 찾아서 보낼 거예요? 만약 그쪽 말이 진심이었다면 적어도 건호 씨의 생존도 같이 고려해 줬어야 해요."

"호오, 그러는 아가씨는 뭐 다른 좋은 생각이라도 있는 건가? 어디 들어나 볼까?"

"……그건, 지금부터 다 같이 의논해 봐야죠. 같이 생존하는 건데."

"글쎄, 난 그것보다 더 좋은 방법이 있는 것 같은데."

고주호가 나를 한번 훑어보더니, 다시 주변을 전부 훑는다. 그러더니 천천히 말을 잇는다.

"투표를 하는 거야. 비록 세상이 바뀌었다지만 우리는 민주주의 사회의 문물을 받아들인 지성체잖아?"

"무, 무슨?"

"방법은 간단해. 무기명으로 투표하는 거야. 여기 골목 구석에 이렇게 구덩이를 파고."

고주호는 사람들의 시야가 닿지 않는 곳으로 이동했다. 그 후, 발로 바닥에 있는 흙을 쓱쓱 긁어 원(○) 모양과 세모(△) 모양의 틀을 만들었다.

"저 남자를 보낸다는 것에 동의하는 자는 원에, 동의하지 않는 자는 세모 모양에 돌멩이를 집어넣는 거야."

"……."

꽤 영리한 놈이었다. 사람들의 심리를 이용할 줄 알았으니까. 주변을 둘러보자 사람들의 노골적인 시선이 느껴진다.

'미안하게 됐소. 총각.'

'그렇다고 내가 갈 순 없잖아?'

'리더에게 밉보일 순 없지.'

저들 처지에선 고주호가 총대를 메고 명분을 만들어준 것이다. 아마 내가 고주호가 살인자라는 것을 밝힌다 해도 마찬가지겠지.

뻔했다. 저들은 고주호가 뭐든 전혀 신경 쓰지 않을 것이다. 그저 본인들의 목숨을 구해줄 희생양을 찾고 있을 뿐.

'역겹지만 이런 게 현실이니까.'

뭐, 잘됐다. 앞으로 내가 할 일에 대한 죄책감 따위 가지지 않아도 된다는 말이니까. 오히려 판을 깔아준 고주호에게 고마울 따름이다. 그래서 난 그들에게 툭 던지듯 내뱉었다.

"투표는 됐어. 내가 가지."

결과가 뻔한 투표 따위 할 생각 없었다. 사실, 어차피 밖으로 나갈 생각이었기도 했고. 마침 딱 좋은 방법이 떠올랐거든.

"호오?"

"건호 씨?"

고주호가 의외라는 듯 쳐다봤고, 사람들은 살짝 안도의 한숨을 내쉬었다. 오직, 빈서율만 놀란 토끼 눈을 뜨고 쳐다보고 있었다.

"건호 씨, 갑자기 왜 그러세요. 미치셨어요?"

"서율 씨, 부탁 하나만 해도 될까요?"

난 그녀에게 다가가 속삭였다. 그 누구에게도 들리지 않게.

하필 떠오른 그 방법이 빈서율이 없으면 힘들어지는 그런 방법이기 때문이다.

"제게 좋은 방법이 있어요."

"무, 무슨……."

"몬스터즈 제가 오랫동안 했었다는 거 기억하시죠?"

"네."

"그럼 우리 한 번 더 계약하죠."

난 잠시 그녀와 뒤로 빠져서 이야기했다.

조건은 간단하고도 명확했다.

저쪽에서 이탈해 나와 함께할 것.

어떤 통제든 믿고 따라와 줄 것.

대신 튜토리얼 내에서 함께 얻는 모든 것에 대한 지분은 각각 50%.

어찌 보면 그녀에게 부담스러울 수 있는 조건이었다. 나름 안전해 보이는 집단을 버리고 나에게 목숨을 걸어보라는 거였으니까.

"따라오지 않더라도 이해할게요."

그녀가 굳이 날 선택하지 않는다고 해도 원망하지 않을 것이다. 솔직히 나라 해도 따라오지 않았을 테니까.

그렇게 된다면 조금은 힘들어지겠지만 이래 봬도 짬밥 10년 차다. 아무리 어려워졌다지만, 탑 93층에 비하면 이런 튜토리얼 따위는 식은 죽 먹기지.

"아니요. 따라갈 거예요."

그리나 빈서율은 나를 택했다.

"저는 고스트보다 저 사람 독재가 더 무섭거든요."

시원한 바람. 나와 빈서율이 무리를 이탈해 올라온 곳은 건물 옥상이었다.

"세상에 뿔하피를 이렇게 쓸 수도 있었군요."

간단한 발상이었다. 골목 양쪽만을 막아뒀는데 고스트들이 뚫지 못한다는 것은, 놈들이 일정 높이 이상의 공중으로 뜨지 못한다는 말.

정말로 옥상에 오르니 고스트들이 다가오지 못한다.

"나름 히든 버그네요."

"이게 버그라고요?"

물론이다. 이번 것은 게임과 현실의 간극 때문에 발생하는 버그이긴 하지만.

「몬스터즈」는 잘 찾아보면 숨겨진 버그들이 많다. 그리고 그걸 잘 이용하는 것도 실력이라는 것이 세간의 판단이다. 그렇다면 모든 인원들을 데리고 옥상으로 올라오면 되지 않는가? 하지만 그건 불가능하다.

[몬스터:'뿔하피'(★)]

[종족:조류족]

[레벨:2 (Exp 20/50)]

[보유 스킬:2/2]

타기(Lv.1):캐릭터나 몬스터 하나를 태울 수 있다. (제한:하루 4번)

뿔 날리기(Lv.1):공중에서 뿔을 쏘아 공격한다. (제한:30분에 1번)

'타기라니.'

게임에서는 하등 쓸모없는 쓰레기 같은 능력이었다. 그런데 현실에서는 이토록 유용하게 써먹을 수도 있다.

'제한은 총 네 번.'

이게 모든 인원들을 데리고 올라오지 못하는 이유다. 하루에 네 명씩 빼내다 보면, 추후 누군가는 부족한 몬스터 때문에 고스트의 공격을 당해내야 할 테니까.

"우와- 그냥, 여기서 대기만 해도 튜토리얼 깨겠는데요?"

빈서율이 신난 듯 말했다. 악몽 같았던 고스트에게 벗어나니, 숨통이 좀 트이나 보다.

"아니요. 우린 편의점에 갈 거예요."

"왜요? 저 나흘쯤은 그냥 굶어도 되는데."

"저 사람들은 아닌 것 같거든요."

"네? 설마 저런 정 없는 애들한테 가져다주시려고요? 그냥 굶어 죽으라지요!"

그녀가 흥분했다. 불과 몇 분 전, 고주호와 논쟁을 벌일 때 사람들의 표정이 어땠는지 봤으니 그럴 만도 했다. 물론, 나 역시 그냥 가져다줄 생각은 없었다.

'우선은 강해지기 위해 가는 거기도 하고.'

고주호의 꼬라지를 보니까 알겠다. 이곳은 조금만 지나면 힘이 곧 정의인 세상이 될 것이다. 법을 심판하는 사법기관도 없고, 법을 집행할 힘도 없어진 세계였으니까.

'일단, 스테이터스를 보자.'

나는 그녀에게 잠깐 주변 상황 좀 확인하겠다고 말하며 거리를 둔 후, 상태창을 열었다.

'아직, 능력치가 그대로야.'

합성으로 인한 +5를 빼고는 아직 1도 성장하지 못했다. 이제는 그 능력치를 올릴 차례다.

'튜토리얼을 최대한 이용해야지.'

어려워진 튜토리얼. 현실로 따지면 최악의 상황이지만, 시선을 바꿔 게임으로 따지면 최고의 상황이다.

생각해 봐라. 무려 나흘 동안 몬스터가 무한대로 쏟아지는 사냥터를…… 그야말로 노다지가 따로 없다.

'역시 써야겠어.'

나는 스테이터스에서 최상급 랜덤 스킬 박스 1개를 꺼냈다. 기회가 왔을 때는 과감하게 질러야 한다. 이곳에서 나흘 동안 무한 파밍을 할 수 있게 해준다면 투자할 만하지.

본래는 나중에 쓰는 게 최고의 효율이지만, 빈서율이 얻은 엔트로피 덕분에 마음이 바뀌었다. 게다가 이곳은 게임이 아니라 현실. 아끼다가 똥 될 수도 있다.

[상자를 개봉하시겠습니까?]

우습게도 이 박스만은 내 운에서 빗나간다. 왜냐. 몬스터가 착용할 수 있는 S급 스킬을 확정으로 주기 때문이다. S급 스킬 중, 구진 것은 단 하나도 없다.

"개봉한다."

[두근두근! 엄청난 기운이 상자에 집중됩니다. 몬스터가 착용할 수 있는 S급 스킬을 랜덤으로 뽑을 수 있는 상자입니다.]

번쩍이는 황금빛 메시지에 손에 땀이 고였다. 특히 현실에서 하는 뽑기다 보니, 게임 할 때보다 배는 떨리고 긴장된다.

제발!

[빰빠바~ 축하드립니다! S급 스킬을 뽑으셨습니다!]

[스킬 '아누비스의 손길'을 얻으셨습니다!]

[★★1서버 최초로 S급 스킬을 뽑아 '행운의 여신' 업적을 달성하였습니다. 당신의 위대한 업적을 응원합니다.★★]

[특수 보상:5,000 골드]

어엇.

이건 예상 못 했다. 여기에도 최초 보상이 있다니?

나야 땡큐다.

'그나저나 아누비스의 손길이라면?'

[영혼을 꿰뚫는 죽은 자들의 신 아누비스는 손을 뻗는 것만으로도 상대를 위압한다. 타격 시, 300%의 피해를 입히고 적의 공격속도를 20% 늦춘다. 타격 시, 일정량의 피로도를 회복한다.]

오오, 나쁘지 않았다.

성장할수록 사기라 불리는 패시브 스킬. 거기에 Lv.1 임에도 불구하고 꽤나 준수한 능력치다. 특히, 엔트로피에 장착하는 순간 캐릭터에게도 적용되니 일거양득.

2성짜리에 박기는 좀 아깝긴 하지만. '합체족' 3성을 기다리기엔 기약이 없으니.

['아누비스의 손길'(S급)을 '엔트로피'(★★)에 등록하시겠습니까?]

[삐빅, 실패하였습니다.]

[스킬 슬롯을 확장하거나, 기존 스킬을 삭제해 주세요.]

[Tip 스킬 슬롯은 추후, 골드로 구매할 수 있답니다.]

"아, 맞다."

엔트로피의 스킬은 이미 두 개다.

'합체'와 '소환'. 합체는 절대 버릴 수 없으니, 아쉬운 대로 소환을 버린다. 이미 수련용 철검은 소환해 뒀으니 이걸로 계속 써봐야지.

['엔트로피'(★★)의 '소환'(Lv.1) 스킬을 삭제하겠습니까?]
[Tip 삭제는 신중하게 해주세요. 다시 돌릴 수 없답니다.]

삭제 그리고 다시 등록.

[정상적으로 등록되었습니다.]

"후우."
결국, 저질러 버렸다. 그래도 든든했다.
"서율 씨."
"네?"
"이제 출발합시다."
이제부터 본격적인 사냥의 시작이다.

「몬스터즈」의 퀘스트들을 많이 수행하다 보면 자연스레 깨닫는 것들이 있다. 그중 하나는 바로 사람들이 많이 몰려 있는 곳에 몬스터들의 어그로가 더 끌린다는 것.
지금도 마찬가지였다.
"정말이네요? 고스트들이 저렇게 많은데 우리한테는 눈길

하나 안 줘요.”

수많은 고스트들이 고주호 무리가 있는 골목으로 사정없이 들이닥치고 있었다. 마치 교통 정체라도 오듯 빽빽하게 밀려 있는 고스트들. 게다가 전방에서 죽은 고스트들은 중앙 구역에 있는 ‘고스트 중대장’에 의해 다시 부활한다.

“진짜 어마어마하네요.”

“아마, 간혹가다 한두 마리 정도는 어그로가 튈 겁니다. 빨리 몬스터 배치하세요.”

“알았어요.”

우리는 뿔하피를 이용해 편의점으로 내려왔고, 방어 태세를 갖추기 시작했다. 난 문 앞에 탱커인 ‘우버’를 배치한 후, 수련용 철검을 들었으며 빈서율은 나름 딜러인 ‘뿔하피’를 후방에 배치했다. 그리고…….

“제가 경계하고 있을 테니 서율 씨가 먹을 만한 것 좀 챙겨 보세요.”

“네, 여기서 ‘나르’를 이용하라 하셨죠?”

“맞아요.”

‘나르’가 무엇이냐. 빈서율이 뽑아낸 또 하나의 몬스터…….

[몬스터:‘나르’(★)]

[종족:낙타족]

[레벨:2 (Exp 20/50)]

[보유 스킬:2/2]

모래 방패(Lv.1):모래 벽을 쌓아 적의 진입을 방해한다. (제한:30분에 1번)

견디기(Lv.1):최대 100kg의 짐을 보관할 수 있다.

낙타족 탱커. 이 역시 게임 내에서 하등 쓸모없는 취급을 받던 종족이다. 그 이유는 낙타족이 기본적으로 지니고 있는 '견디기' 스킬 때문인데…….

'의아했었지.'

게임 내에서는 분명 짐을 담을 일이 없었는데, 스킬은 구현되어 있었으니까. 많은 사람들이, 그리고 나 역시 '견디기'에 대해 연구하고 연구해 봤었다.

게임에 의문점이 있으면 밝히고 싶은 게 고인물의 특성이었으니까. 그러나 아무리 시간을 투자해도 결론은 나오지 않았었다.

'그렇다는 건.'

순간 소름이 돋았다. 「몬스터즈」는 애초에 현실을 겨냥하고 만든 게임이었단 말인가?

"일단 뭐 좀 먹을래요? 배고프실 텐데."

"좋아요. 아무거나 줘봐요."

날이 어둑해진 지 이미 한창이다. 세상이 변해 버린 후, 벌써 반나절 이상이 지났다는 것. 당연히 나도 배가 고플 수밖에 없었다.

"김밥 괜찮으세요?"

"고마워요."

겨울이라 그런지 차갑게 굳어 있는 김밥과 캔 음료. 무심코 전자레인지를 바라봤지만 이미 바닥에 떨어져 박살 나 있다. 어차피 전기가 끊긴 이상 쓰지도 못할 텐데 괜히 아쉽다.

우적-

나는 김밥을 한입 베어 물며 생각했다.

「몬스터즈」가 뭔지. 「갓 컴퍼니」가 어떤 존재인지. 왜 갑자기 이런 재앙이 펼쳐진 건지. 지금은 그런 게 중요한 게 아니었다. 알 수도 없었고.

'살아남는 게 먼저지.'

고스트들은 지금도 계속 죽어 나가고 있다. 즉, 저들은 19명이서 경험치를 계속 나누어 먹고 있다는 것.

"서율 씨."

나 역시 가만히 있을 순 없었다. 앞으로 남은 기간 동안 저 고스트의 대다수는 내가 가져와야 한다.

"예?"

"짐은 다 쌌나요?"

"네. 혹시 몰라서 물이랑 통조림, 건빵 위주로 채워 담았어요."

"좋습니다. 바로 출발하죠."

식사는 이동하면서도 할 수 있다. 지금은 한시가 아까웠다.

우리가 찾은 곳은 좁은 골목이었다. 이제부터 고스트를 조금씩 유인해 와야 하는데, 넓은 곳보단 좁은 곳이 더 유리하기 때문이다.

"정말 괜찮으시겠어요?"

"네, 괜찮아요."

빈서율이 불안한 표정을 했다. 그것은 배치 때문이었다.

내가 골목 최전방에 있었고, 빈서율이 중앙. 그리고 탱커인 '우버'와 '나르'가 후방에 자리 잡고 있었다.

"다칠지도 몰라요."

"2성이라 괜찮을 거예요. 생각보다 격차가 있거든요."

직접 싸우는 것은 나. 고스트를 유인하는 것은 빈서율.

그리고 '우버'와 '나르'는 만약을 위한 비상용이었다.

"자, 그럼 데리고 올게요!"

빈서율의 말이 떨어지는 즉시, 뿔하피가 출동했다. 뿔하피는 몰려 있는 고스트들의 후방에서 뿔을 한 방 쏘았고, 곧바로 후퇴했다.

그러자, 괴성을 지르며 몰려드는 고스트들. 약 다섯 마리 정도가 뿔하피에게 따라붙는다. 딱 적당한 수다.

"후우."

나는 심호흡을 했다. 말로는 자신감이 넘쳤지만, 나 역시 실전은 처음이다.

피부 깊숙이 느껴지는 고스트들의 적의. 그리고 본능적으로 느껴지는 두려움.

'할 수 있어.'

아니, 정확히는 해야만 한다. 못하면 절대 이곳에서 생존할 수 없다. 난 입술을 꽉 깨물었다.

-후웅!

녹슨 칼을 두 손으로 잡고 힘차게 휘둘렀다. 목표는 가장 앞에 있는 고스트.

-키에에엑!

놈의 비명 소리와 함께 손끝에 느껴지는 기묘한 감각. 일격에 죽지 않은 놈은 고통스러운지 미친 듯이 몸부림치기 시작했다.

"제길, 약했나!"

급하게 사방을 둘러보니 나머지 고스트들이 달려들고 있다. 나는 즉시 몸을 핑그르-돌려 옆에서 돌진하는 고스트의 옆을 횡으로 베었다. 정교한 움직임이 아닌, 되는 대로 휘두르는 투박한 움직임이었다.

[크리티컬!]

['고스트'(★)를 처리합니다!]

"좋았어."

느낌이 왔다. 크리티컬이 터지면 한방 컷. 대충 맞으면 두 방 컷.

아마 이렇게 할 수 있는 것 자체가 '아누비스의 손길' 효과 덕분일 것이다.

'좋아. 이 정도면 할 만해.'

한 마리를 처리한 나는 그대로 뛰어올라 발악하던 고스트의 머리에 칼을 꽂았다. 그러자 스르륵 사라지는 고스트.

나머지 세 마리는 어떻게 됐지?

뒤를 돌아보니 우버, 나르, 그리고 뿔하피가 각 고스트들을 커버하고 있었다. 나는 즉시 내달려 놈들의 뒤에다 칼을 막무가내로 꽂고, 베고, 휘둘렀다.

이것도 나름 괜찮은데?

"됐어요!"

다섯 마리 전부 다 소멸했는지 빈서율의 흥분한 목소리가 들려왔다. 나 역시 전투 의지로 피가 들끓었다. 온몸이 달아올랐다.

생각보다 할 만했다. 다섯 마리를 처리하는데 고작 30초 정도밖에 걸리지 않았다. 어느새 긴장감이 사라지고 자신감이 붙기 시작한다.

'좋아.'

벌써 힘이 1 올랐다. 고작 다섯 마리로 스텟이 오를 일은 없으니, 아마 골목에서 휘두르던 것도 포함해서 적용된 것 같았다.

'그렇다는 건.'

몬스터를 잡는 것 말고도, 훈련으로도 능력치를 키울 수 있다는 말. 그렇게 되면 더 빠르게 성장할 수 있다.

"좋아. 서율 씨, 한 번 더 가죠."

1분에 5마리씩. 급하게 하기보단, 안전하게 사냥한다. 내가 혼자 전부를 커버할 수 있다면 몰라도, 여기서 수를 더 늘리게 되면 빈서율이 위험해질 수도 있으니까.

그렇게 사냥을 지속하는 사이에 어느새 이틀이 흘렀다. 그 동안 나는 어딘가에 홀린 듯 쉴 새 없이 사냥했다.

무려 경험치를 무한히 제공하는 사냥터다. 조금의 휴식도 용납할 수 없었다.

"저, 정말 대단하세요."

빈서율은 나를 미친놈 보듯 쳐다봤다. 그럴 수밖에 없었다. 잠도 자지 않고 사냥과 수련에만 몰두했으니까.

'역시 S급 스킬은 사기야.'

확실히 '아누비스의 손길'은 대단했다.

'타격 시, 일정량의 피로도를 회복한다.'

간단한 설명이었지만 효과는 훌륭했다. 사냥하면 할수록, 정신이 또렷해지고 피로가 사라졌다. 덕분에 수면을 취할 필요도 없었다. 빈서율이 잘 때는 허공에 칼을 휘둘렀고, 빈서율이 깨어 있을 때는 계속 사냥을 했다.

식사 시간을 제외하고는 오직 칼만 휘둘렀던 것 같다.

그 결과 힘과 체력이 3씩 올랐고 민첩이 2 올랐다. 또한, 레벨이 3으로 오른 보상으로 각 능력치가 3씩 올랐고, 엔트로피의 '합체' 스킬의 상승으로 각 능력치가 1씩 올랐으니까.

'총 능력치가 20이나 올랐어.'

짧은 시간에 대단한 성과였다. 그뿐만 아니라 우버와 엔트로피의 경험치도 채웠으니 일거양득이었다.

물론, 나중을 생각하면 그렇게 많이 오른 것은 아니다. 요컨대 능력치가 이렇게 많이 오른 것은 초창기이기 때문일 것이다.

내 경험상, 사냥이든 훈련이든 갈수록 오르는 폭은 점차 줄어들 테니까.

'그래도 초반부터 시작할 수 있다면, 본인이 성장하는 것만큼 좋은 게 없지.'

매번 몬스터에게만 의지할 수는 없다. 태생 5성짜리 '보호족'이라도 있지 않은 이상, 캐릭터는 꾸준히 위험에 노출될 테니까.

"슬슬 이동하죠."

나는 얼얼한 팔을 주무르며 떠날 채비를 했다. 그러자 빈서율이 고개를 갸웃했다.

"네? 어디를요?"

"어디긴요. 쫄쫄 굶주린 자들에게 먹이를 주러 가야죠."

"……거길 가신다고요?"

우리가 무리에서 나온 후, 저쪽에선 어떠한 움직임도 없었다. 이쪽 골목에서 항상 편의점 방향을 확인했으니 확실하다.

둘 중 하나다. 몇몇이 시도했지만 성공하지 못했거나. 아니면, 내가 돌아오지 않는 걸 보고 나흘 동안 버티기로 했거나.

"서율 씨는 궁금하지 않아요?"

"어떤 게요?"

고주호의 부당한 결정에 암묵적으로 동의한 자들이다. 본인의 안전과 편의를 위해 타인의 희생을 강요한 자들이다. 그런 자들이 이틀을 쫄쫄 굶었다.

"우리가 식량을 가지고 도착하면 저들이 어떤 반응을 보일지요."

나는 저들과 거래를 할 생각이다.

우리는 뿔하피를 타고 다시 옥상으로 이동했다. 저들이 위치한 골목, 바로 옆에 있는 건물의 옥상이었다.

"빈서율 씨는 이곳에서 대기하세요."

"네."

"대충 식량 19인분만 봉지에 담아주시고요."

"알겠어요."

물론, 저들이 굶도록 내버려 둘 수도 있다. 날 쫓아낸 저들의 입장도 이해 가긴 했지만, 난 그 쫓겨난 당사자다. 즉, 도와주지 않을 명분이 있었다.

하지만 그러지 않기로 했다. 난 그렇게 속 좁은 남자가 아니었으니까.

곧이어 식량을 들고 뿔하피로 내려가자, 사람들이 몰려들었다.

"드, 드디어 왔다!"

"세상에, 지금까지 살아 있었다고?"

"오오, 신이시여! 역시 우리를 버리지 않으셨군요."

난 그런 그들을 천천히 둘러보았다. 어느새 피골이 상접해 있는 사람들. 배고파서 흐느끼고 있는 자들부터 손가락을 쪽쪽 빠는 아이까지. 그리고 그 뒤에는 눈가를 찌푸리고 있는 고주호가 보였다.

"……정말로 가지고 돌아왔군."

조용히 읊조리던 그가 곧 마음을 굳힌 듯 고개를 끄덕이며 다가왔다.

"건호 씨, 고생했어."

그와 동시에 내 등을 톡톡 두들긴다.

인제 와서? 하는 행동이 우스웠지만, 우선은 가만히 있었다. 또 무슨 말을 할지 궁금했기 때문이다.

"배가 너무 고파."

"무, 물이 필요해. 갈증 나."

"일단 먹을 것 먼저 좀 주시오."

그와 동시에, 사람들도 천천히 다가오기 시작했다. 아마 내가 들고 있는 식량을 본 탓이겠지.

그러자 고주호가 나선다.

"자, 자. 여러분들. 일단 진정하세요. 담건호 씨는 우리를 위해 본인을 희생해서 소중한 음식을 구해 온 영웅이지 않습니까. 대우를 해줘야지요."

음? 내가? 이들을 위해?

"이는 인정해 줘야 합니다. 앞으로 우리는 담건호 씨를 무리에 받아들이고, 함께 싸울 겁니다. 앞으로 담건호 씨의 안전을 최대한 보장해 주고……."

저건 병이라도 있는 건가? 사람들 앞에 나서지 않으면 몸에 고뿔이 나는 리더병. 그리고 인제 와서 안전 보장은 무슨 놈의 안전 보장이란 말인가. 더는 들어주기 역겨웠다.

"다들 뭔가 착오가 있으신 것 같은데요."

그리고 그 생각이 곧바로 입으로 튀어나왔다. 내 발언에 놀라 동공이 흔들리는 사람들. 놀라긴 뭘 놀라?

"제가 과연 여러분들을 위해 목숨을 걸고 식량을 구해 왔을까요?"

애초에 이들은 착각하고 있었다. 외면할 땐 언제고 인제 와서 당연하다는 듯 다가와 음식을 요구는 철면피 같은 자들. 내가 그런 자들과 같은 무리일 리 없지 않은가.

"여러분들은 제가 정말 호구로 보이십니까?"

내가 손에 들려 있는 검은 봉다리를 내려두고 발을 들어 올리자, 그들은 마치 소중한 인질이라도 잡힌 듯 멈칫거렸다. 그 꼴이 참 우스웠다.

"지, 진정하시오."

"총각, 갑자기 왜 그래?"

"미쳤어?"

사람들이 흥분하기 시작했다. 특히 나이 먹은 몇몇은 나를 향해 삿대질하기도 했다. 나는 그런 그들을 바라보며 고개를 저었다.

"참 우습네요. 뻔히 죽을 걸 아는 곳에 내보낼 땐 언제고 인제 와서 당당하게 식량의 권리를 요구하다니. 누가 보면 제가 자원봉사자라도 되는 줄 알겠어요."

속이 매스꺼웠다. 이들이 나에게 조금이나마 미안한 감정이 있었다면 참아야 했다. 아무리 배가 고파도 내가 어떠한 모션을 취할 때까지 기다려야 했다.

"미안하지만, 전 자선단체가 아닙니다. 원하는 것을 얻고 싶으면 그만한 대가를 지불해야죠."

난 이걸 구하기 위해 목숨을 걸었다. 하지만, 저들은 아무런 행동 없이 기다리기만 했다. 그러고는 이제 와 당당하게 무전취식 하려고 한다. 그런 걸 두고만 볼 수는 없지.

"그게 무슨?"

"어, 어떤 대가를 말하는 것이오?"

"우리가 딱히 줄 수 있는 게 없는데……."

없긴 왜 없어.

"간단해요. 각자 튜토리얼 보상으로 받은 500골드 있죠? 그중 200골드만 제게 넘기세요."

사람들의 표정이 굳는다. 세상에, 200골드면 나름 엄청나게 싸게 파는 건데 왜 표정이 저렇게 굳어질꼬?

난 씨익 웃으며 고주호를 향해 시선을 돌렸다. 물론, 내가 이걸로 만족할 성격이 아니다.

"거기에 그쪽 리더가 가지고 있는, 최초 살인 업적으로 받은 보상을 내놓으세요. 그럼 식량을 넘겨 드리죠. 이 정도는 되어야 제가 목숨 걸고 다녀온 값으로 적절하지 않겠어요?"

누군가는 영악하다 할지도 모른다. 또 누군가는 인정이 없다고 손가락질할지도 모른다.

'다 ×까라지.'

이미 세상은 변했다. 우리가 알던 그런 세상이 아니란 말이다. 하물며 이들은 마녀사냥을 통해 날 사지로 내몰았던 자들이다. 정을 베풀어줄 이유 따윈 하등 없었다. 아니, 나로서는 엄청난 정을 베풀어준 거다.

"어이, 총각. 먹는 거 가지고 너무 한 거 아니야?"

"200골드나 주라고? 앞으로 어떤 일이 있을지도 모르는 건데?"

"최초 살인 업적은 또 뭔데?"

최초 살인 업적? 사실 그런 게 있는지는 모른다. 그건 그냥 떠본 건데.

"하, 건호 씨."

웅성거리는 사람들 속에서 고주호가 나선 것은 그때였다. 흉신악살처럼 변한 얼굴을 보니, 떠본 게 제대로 정곡을 찌른 것 같았다.

"지금 보니 건호 씨는 참 이기적인 사람 같아."

"이기적?"

"맞잖아. 1차 튜토리얼 보상으로 혼자 3,000골드 먹은 거로도 부족해서 이젠 다른 사람들의 피 같은 골드까지 뽑아가려고 하다니. 그것도 치사하게 먹는 걸 이용해서 말이야."

"뭐, 뭐라고? 저 양반 혼자 3,000골드를 먹었어?"

"거 참, 욕심 많은 사람이었네."

사람들의 눈빛이 흉흉하게 변하기 시작했다. 이미 저들의 머릿속엔 '최초 살인'이라는 글자가 지워진 것 같았다. 오직 본인들이 듣고 싶은 말만 듣고, 믿고 싶은 말만 믿는 상태로 변해 버린 것이다.

"그리고 건호 씨는 참 용기 있는 사람이기도 해, 아니, 무모한 건가?"

"무모하다고?"

"그래. 아직도 상황 파악이 되질 않나 본데."

고주호가 눈짓하자 몇몇 사람들이 몬스터를 소환했다.

양쪽을 틀어막고 있는 몬스터를 제외한 잔여 몬스터였다.

"허."

저들이 의미하는 바는 분명했다. 무방비인 유저를 상대로 몬스터를 꺼낸다는 것은 PK도 감수하겠다는 뜻. 게다가 눈짓만으로 이런 포지션을 취한다는 것은 이미 입을 맞춘 상태라는 거다.

"총각, 다 들었수. 그짝이 죄 없는 사람 4명이나 죽였다지?"

"몬스터 하나밖에 협조 안 하는 거도 뭔가 뒤가 구려서라던데?"

"딱 보면 척이지. 저 봐. 서로 좋지 않은 처지에 먹을 거 가지고 돈이나 뜯는 놈이 제대로 된 놈이겠어?"

가관이었다. 살인자 프레임이라니. 내가 없는 동안 놈이 열심히 정치질까지 했나 보다. 비겁한 새끼.

고주호는 이 상황이 나름 만족스러운지 고개를 끄덕이며 앞으로 나섰다.

"지금이라도 기회를 주지. 식량을 내놔."

"애초에 작정하고 있었군."

"작정은 무슨. 거기에 그쪽이 가진 3,500골드도 줘야겠어."

"맞는 말이오! 리더!"

"가진 걸 다 내놔! 그러면 목숨만은 살려주지."

난 사람들의 눈빛을 일일이 확인했다. 적대적인 눈빛. 탐욕으로 물들어 있는 눈빛.

그렇다. 이들은 이미 하나의 도적 떼와 다름없었다.

"예상치 못한 반응이라 당황스럽긴 하네요. 고작 200골드면 제 목숨값으로 저렴한 가격이라 생각했는데."

솔직히 그랬다. 겨우 200골드 가지고 이렇게 공격적으로 나올 줄은 꿈에도 몰랐다.

"됐습니다. 200골드는 무슨. 여기 가져온 식량은 드리죠. 어차피 제가 가지고 있는 거에 비하면 아무것도 아니니. 대신, 그쪽들과의 인연은 여기까지입니다."

고주호의 정치놀음에 참여할 생각은 없었다. 혹시나 튜토리얼 이후에도 함께할 자들이 있을까 해서 내려온 것뿐인데, 입맛이 씁쓸했다.

"앞으로 추후에 절 만나도 제 도움을 기대하기는 힘들 거란 말입니다."

"누구 맘대로?"

순간, 어떤 아주머니가 나섰다.

"젊은 사람이 살인을 저질러 놓고 어쩜 저렇게 뻔뻔할까? 그때 같이 떠났던 년은 어디 숨겨뒀니? 그리고 편의점을 털었단 놈이 식량이 왜 저거밖에 없어?"

"어딘가 꼭꼭 숨겨놨겠지. 이기적인 연놈들이니까."

40대 정도로 되어 보이는 아저씨도 참여했다.

"저런 놈은 죽여야 해요! 이미 살인 전적이 있는데 언제 어디서 우리 뒤통수를 칠지 또 알아요?"

"맞습니다. 사지를 찢어 죽입시다!"

"맞소! 감히 우릴 상대로 욕심부린 대가는 치러야지."

남은 인원들이 전부 동조했다. 그 모습에 나는 어이가 없었다. 불과 며칠 전만 해도 평범했던 사람들이 이제는 죽여야 한다는 말까지 하다니……. 군중심리라는 게 이렇게 무섭다.

"경고합니다. 후회할 짓들 하지 마세요. 그리고 전 아직까진 살인을 저지른 적 없습니다. 고작 고주호 씨가 하는 말만 듣고 단정하지 마세요."

난 씹어내듯 내뱉었다.

"후회는 무슨."

"거짓말이야."

"붙잡아서 조지자!"

"그래, 조지다 보면 다 불 거야. 식량도 더 가져올걸?"

"좋네, 솔직히 저걸로 누구 코에 붙여?"

사람들은 더 폭력적으로 변해갔다. 아무리 선동당했다고 해도 정도라는 것이 있는데, 이젠 그 한계를 넘어섰다. 짜증 나서 오해를 풀어주기도 싫을 정도로.

"마지막 경고입니다. 전 분명히 말했습니다."

"저 버르장머리 없는 새끼가 아까부터 자꾸 경고는 무슨."

"뭘 망설여? 어차피 살인자일 뿐인데, 그냥 죽이고 3,500골드 나눠 가지면 되지."

그러나 이들은 내 충고를 무시했다. 사실 놈들이 몬스터를 꺼내든 순간부터 상황은 명백해졌었다.

"좋아. 협상 결렬이야."

그와 동시에 난 들고 있던 식량을 땅바닥에 내팽개친 후, 발로 으깨버렸다. 별로 아깝지는 않았다. 어차피 바깥에 식량은 넘쳐나니까.

'약해지지 말자.'

난 보살이 아니다. 이제부터 이들은 내 적이고, 자비 따위를 가지면 안 된다. 나를 건드렸으면, 그만큼의 대가를 치러야 한다. 개인이든 집단이든 날 죽이려 했으면, 본인이 죽을 것도 예상해야 한다. 그것이 내가 이 미쳐 버린 세상에서 살아남기 위해 만들어낸 일종의 법칙이자 도리다.

"저 자식이 뭐 하는 거야!"

"개 같은 새끼 뒈져라!"

두 놈의 눈깔이 뒤집혔다. 그리고 달려오는 두 마리의 몬스터. 한 마리는 탱커인 곰족이었고, 한 마리는 딜러인 늑대족이었다.

1성 몬스터 두 마리라. 예전 같았으면 겁에 질렸을 테지만, 지금은 아니다. 지난 이틀 동안 수많은 고스트들을 '직접' 학살했던 나다. 겨우 이런 거에 당황할 내가 아니지.

'우버 소환.'

일단 우버를 앞에 세워 놈들의 돌진을 막은 후, 제자리에서 뛰어올랐다. 그러자 급격하게 멈추는 두 몬스터의 등이 보인다.

'우선 딜러부터.'

훗차!

늑대의 등 위에 낙하한 나는 두 다리에 힘을 꽉 주고 놈의 목덜미 뒤에 철검을 침착하게 꽂아 넣었다.

푸숙!

-크허헝!

눈가에 어지럽게 튀는 놈의 뜨거운 피와 고통스러워 보이는 울음소리. 난 멈추지 않고 뽑았다 찔렀다를 계속 반복했다. 그러자 곧이어 쓰러지는 늑대.

딜러는 끝냈고.

그 즉시 옆으로 돌아, 우버와 치열하게 싸우는 곰탱이의 척추에 칼을 힘차게 꽂아버린다. 그리고 있는 힘껏 손잡이를 비튼다.

-우어어어!

순간, 비명을 지르며 튀어 오르는 놈.

콰득!

틈이 보이는 즉시, 놈의 목덜미를 우버가 빠르게 물어버렸다. 나이스. 잘했어.

깔끔한 마무리였다. 아무리 '합체족'이라지만 2성에 S급 스킬을 지닌 나다. 1성 두 마리쯤은 식은 죽 먹기나 다름없었다.

"뭐, 뭐야. 저거!"

"무슨 인간이 저렇게 쌔!"

잔인한 결투 장면을 보고 새하얗게 질려 있는 사람들. 난 피 묻은 칼을 크르르의 가죽에 닦으며, 그런 그들을 비웃었다.

"여러분 각개격파 당하면 안 됩니다!"

"다들 당황하지 마세요! 놈도 인간일 뿐입니다!"

"다들 한꺼번에 공격해!"

고주호가 사람들을 독려하기 시작했다. 놈은 이미 내가 사용하는 것이 '합체족'이라는 사실을 알고 있었다. 그리고 '합체족'이 다른 종족보다 현저히 약하다는 사실도.

"진을 짜세요!"

"전과 똑같습니다. 탱커는 전방, 힐러는 후방!"

"천천히 압박하시면 됩니다!"

총 16마리의 몬스터였다.

그리고 나 역시 알고 있었다. 저렇게 체계적으로 들어오면 아무리 나라 해도 당해낼 도리가 없다는 것을.

"……."

난 한숨을 쉬며 하늘을 올려다봤다. 그러자 건물 옥상에서 얼굴을 빼꼼 내밀고 상황을 지켜보는 빈서율이 보인다.

"크흐흐, 어떠냐. 이 건방진 놈아."

고주호는 내 모습이 상황을 포기한 것처럼 보였는지 다시 여유를 되찾았다.

"겨우 쓰레기 같은 2성 합체족 얻어놓고 뭐라도 된 줄 알았나 보지?"

"리더 그냥 빨리 처리하는 게 어떻소? 배가 너무 고픈데. 바닥에 있는 거라도 빨리 회수해야 하지 않겠소?"

"맞아! 뭘 망설여? 어차피 변해 버린 세상. 한 놈 없다고 달라질 거 없잖아."

사람들 역시 고주호의 명령만을 기다리고 있었다. 그런 그들의 모습이 참으로 우스웠다. 현 상황이 본인들에게 우위에 있을 거라 착각하고 있는 그 모습들이 말이다.

"참 안타깝게 생각해."

난 고주호를 바라보며 말했다.

"뭐가 안타깝다는 말이지?"

"그래도 나름 하드한 게임, 1년씩이나 즐겼다는 놈이 시야가 이렇게 좁으니."

"그게 무슨 헛소리냐."

"내가 이런 기본적인 배치의 약점도 모르리라 생각했나?"

"호오, 혼자서 이걸 뚫을 수 있다고?"

"아니, 그걸 뚫겠다 한 적은 없는데."

난 놈을 마주 보며 웃어줬다.

그러자 놈의 여유롭던 표정이 점차 굳기 시작한다.

"서, 설마?"

이제 슬슬 시작해야지.

안타깝지만 어쩔 수 없다. 이미 감정적으로 부딪친 이상 튜토리얼이 끝난 후, 언제 어디서 부딪힐지 모르는 사람들. 즉, 언제든 후환이 될 수 있는 사람들이니까.

"이제야 알아챘나?"

"이런 미친! 그건 다 같이 죽자는 짓이야!"

"글세, 과연 그럴까?"

난 흥분하는 고주호를 뒤로하고 골목 후방을 향해 냅다 뛰기 시작했다. 물론, 다가오는 놈들을 멈추게 해둘 '몸빵' 우버도 세워놓고.

"다들 저놈을 막아! 아니, 죽여!"

"무, 무슨 일인데 그러시오?"

"닥치고 죽이라고! 안 그럼 다 뒈지니까!"

방법은 간단했다.

내가 직접 처리하지 못한다면? 고스트들에게 맡기면 된다.

현재 골목 양쪽에 배치되어 있는 저들의 몬스터들은 고스트와 정확히 균형을 이루고 있는 상태다. 몬스터들의 휴식을 위해 효율적으로 배치해 놓은 것이다.

만약 거기서 한 마리가 사라진다면? 점차 밀릴 것이다.

두 마리가 사라진다면? 버티기 힘들어지겠지.

세 마리가 사라진다면? 치명적일 것이다.

['우버'(★)가 소멸합니다!]

[등록이 자동 해제됩니다.]

[Tip 몬스터를 신중하게 사용해 주세요. 한 번 잃은 몬스터는 영원히 부활할 수 없답니다.]

'이런. 제기랄.'

조금은 버텨주길 바랐는데, 벌써 당하다니. 우버에겐 미안했지만 그래도 괜찮다. 이미 도착했으니까.

서걱! 스각! 스각!

후방에 도착한 나는 고스트들과 싸우느라 정신없는 몬스터들의 후방을 빠르게 베어나갔다. 그냥 미친 듯이 난도질했다.

고스트에 집중하고 있어서 그런지 상대하기는 쉬웠다. 그냥 가만히 서 있는 수련용 짚 인형을 베는 느낌이었다.

-끼아아악!

-우어어어!

밸런스가 무너지는 것은 금방이었다. 빽빽하게 몰려 있던 고스트들이 한 마리, 한 마리 안으로 휘젓고 들어오기 시작했다. 그 수량이 엄청나 몸에 점점 생채기가 늘어나기 시작했다. 점점 버거워졌다.

'빈서윤!'

나는 속으로 그녀를 불렀다. 저들이 미리 입을 맞추어 놓았던 것처럼, 나도 내려오기 전 그녀에게 지시를 해뒀다.

상황이 악화되면 뿔하피를 내려보내라.

그리고 다행히 그녀는 내 말을 철저히 이행했다.

-끼아아!

내려오는 뿔 달린 새. 난 신속히 점프해 뿔하피의 앞발을 잡고 매달렸다.

"미, 미친."

"야 이, 개새끼야!"

밑에서 사람들의 욕지거리가 들려왔지만 신경 쓰지 않았다. 신경 쓸 필요가 없었다. 곧이어 골목 공간을 가득 채우는 고스트들의 파도에 전부 집어 삼켜졌으니까.

고주호도, 아주머니들도, 아저씨들도.

예외는 없었다. 모두가 파묻혀 비명도 지르지 못한 채 사라졌다. 난 허공에 떠올라 그 참혹한 모습을 텁텁하게 바라봤다.

과연 이게 새로운 세상의 진면목일까?

아니, 이 정도는 아무것도 아닐 거다. 앞으로 더 심했으면 심했지, 이것보다 덜 하지는 않으리라.

물론, 내 결정이 옳다는 것은 절대 아니다. 다만, 다짐했을 뿐이다. 독하게 변한 세상에 맞추어 나 역시 독하게 변하기로.

"후우."

일정 고도로 오르자 올라오지 못하는 고스트들. 그 순간, 우습게도 든 생각은 이거였다.

'골드는 나중에 회수해야겠네.'

Chapter 3

다음 날 아침. 눈을 뜨자마자 확인한 것은 옥상 밑이었다.

"조용하군."

말 그대로 필드는 고요했다. 표적을 잃은 고스트 3개 소대는 필드 사방으로 넓게 퍼진 채 천천히 움직이고 있었고, 고스트 중대장 역시 일정 수량이 채워지자 더 이상 고스트를 만들어내지 않았다.

"오랜만에 푹 주무셨나 보네요? 잘했어요. 아무리 체력이 좋다 해도 수면은 꼭 해줘야 해요."

빈서율의 말대로였다. 어젯밤은 간단한 체력 단련 후 간만에 잠에 빠졌다. 멘탈 관리 측면이기도 했지만, 사실 할 수 있는 게 없었기 때문이다. 내가 아무리 각오했다 해도, 맨몸으로 고스트 무리에게 덤빌 정도로 무모하진 않았으니까.

"오늘도 운동만 하시려고요?"

내가 팔굽혀펴기 자세를 취하자 빈서율이 물었다. 무서웠음일까? 아니면 배려일까. 그녀는 어제 벌어진 일들에 관해서 일언반구 언급도 없었다.

그것은 좀 의외였다. 어제 일은 좀 많이 충격적이었을 텐데. 저들이 먼저 건드렸다 해도, 비록 직접 죽인 건 아니라 해도, 결론은 무참한 학살이었다. 평범한 여자가 보고 견디기엔 끔찍할 수도 있는 그런 학살.

"아니요. 좀 있다 내려갈 겁니다."

"내려간다고요?"

"네, 수거할 게 좀 있어서요."

과거는 과거일 뿐 이제 다시 생존만을 생각할 때다.

[튜토리얼 도전과제 ③ '생존']

['시련의 군단 1중대'를 상대로 도시에서 생존하라.]

[제한 시간 31:00:00]

이제 클리어까지 남은 시간은 약 하루하고 반나절. 그동안 바닥에 떨어져 있는 골드와 아이템을 다 수거해야 한다.

"읏차."

훈련을 이어서 하자, 빈서율이 내 맞은편에서 나란히 엎드렸다. 나와 같은 기초 운동 자세였다. 내가 하는 걸 그대로 따라 하려는 건가?

"지난밤에 많이 생각해 봤거든요."

내 시선을 의식했음일까, 그녀가 먼저 말을 건넸다.

"뭘요?"

"바뀐 세상에서는 힘이 없으면 곧 죽음이라는 걸요. 만약 건호 씨가 힘이나 지식이 없었다면 저 밑에서 어떤 꼴을 당했을까 생각해 보니 게을러질 수가 없겠더라구요."

그녀는 힘겹게 운동을 시작했다. 생전 처음 해보는 운동인지 팔을 부들부들 떨어가면서까지.

합체족이 없는 이상 드라마틱한 효과는 못 볼 테지만, 굳이 말리지는 않았다. 그래도 안 하는 것보다는, 하는 게 더 도움될 테니까. 스트레칭과 근력, 유산소 운동은 2시간 동안 이어졌다. 물론, 그것은 시작에 불과했다.

곧이어 시작된 철검 휘두르기. 그래도 며칠 휘둘렀다고 이제는 조금 자세가 잡히는 느낌이었다. 비록 전문적으로 배운 자들이 보기에는 엉성하겠지만, 이 정도까지 발전한 게 어딘가?

훈련은 해가 서쪽으로 향했을 때 종료됐다. 이미 빈서율은 온몸에 땀이 절은 채로 그늘에서 쉬고 있었고, 나 역시 차가운 공기에 땀을 식히며 검을 내려놓았다. 스테이터스를 확인하니 오늘 훈련으로만 힘1과 체력1이 올랐다. 하루 훈련치고 괜찮은 성과였다.

"건호 씨, 슬슬 준비할까요?"

"네. 방식은 저번이랑 똑같습니다."

빈서율이 뿔하피를 소환했고, 난 그 위에 올라탔다. 이제 내려가서 물품을 수거해 와야 할 차례.

날이 지기 전에 시도하는 게 나았다.

“총 다섯 마리예요. 혼자서 가능하겠어요?”

옥상 밑에 떠돌아다니는 고스트는 고작 다섯 마리. 밑에는 보따리 형식으로 된 짐들이 보인다. 저걸 주워야 수거되는 형식이려나?

“식은 죽 먹기죠. 위험할 때 곧바로 빼주기만 하면 됩니다.”

“조심하셔야 해요.”

뿔하피가 건물 밑으로 활강했다. 난 혹시 모를 고스트의 공격에 대비해 오른손으로 검을 든 채 집중했다.

-끼아아아!

-키히히히!

날 발견했는지, 기괴한 울음소리를 내며 마주 올라오는 주변 고스트들.

서걱! 스각!

내가 휘두른 칼과 고스트들의 몸통이 맞부딪힌다. 내려가는 가속도, 그리고 놈들이 올라오는 속도 때문인지 힘이 더 강렬하게 전달된다.

['고스트'(★)를 처리합니다!]

['고스트'(★)를 처리합니다!]

“괜찮은데?”

마치 하피를 탄 기사가 된 것 같은 기분이었다. 특히, 빈서율의 운전 실력은 나름 쓸 만했다.

"다시."

사냥은 지속되었다. 주변에 남은 고스트는 3마리. 다른 놈들이 인식하고 몰려들기 전에 끝내야 한다.

그때였다.

[300골드를 획득합니다.]

[200골드를 획득합니다.]

[500골드를 ……]

직접 내려가서 주운 것도 아닌데, 바닥에 있는 물품들이 자동으로 회수되기 시작했다.

'뭐야. 가까이 가면 회수되는 형식이었어?'

그럼 상황은 더 좋아진다. 굳이 빨하피에게 내리지 않아도 전부 수거할 수 있을 테니까.

나는 고스트를 마저 사냥하며 골드를 수거했다. 빈서율도 상황을 지켜보고 있었는지 적절하게 빨하피를 통제해 줬다.

그렇게 얻은 총소득은 7,600 골드, 그리고…….

[투명 물약 (B급) 마시면 5분 동안 몬스터나 캐릭터에게 보이지 않는 상태가 됩니다.]

엄청난 소득이었다. 채널 최초 중앙 도달 보상이 3,000골드였는데, 그저 수거만 해서 7,600골드라니.

게다가…….

'투명 물약?'

이걸 가지고 있었을 사람이라면 고주호뿐인데…… 설마 이게 최초 PK 보상인가?

하긴, 그럴 수 있다. 투명 물약은 유저끼리 뒤치기할 때 주로 사용되던 소모성 아이템이었으니까.

'쯧.'

이런 게 있었으면 마시고 도망갔어야지, 미쳐 정신없어서 못 썼나 보네. 뭐, 마셨다 해도 결과는 달라지지 않았겠지만…….

"빈서율 씨."

"네?"

"받으세요."

다시 옥상으로 도착한 나는 그녀에게 수거한 골드의 반을 내밀었다.

"이, 이게 무슨?"

"계약이었잖아요. 빈서율 씨가 믿고 따라와 주는 대신, 튜토리얼 내에서 얻는 모든 것에 대한 지분은 각자에게 50%씩 있다는 계약."

"아."

주지 않을 수도 있었지만, 그러지 않았다. 그녀가 없었으면 쉽게 갈 길을 빙- 돌아서 가야만 했을 거다. 특히 그녀가 제공해 준 '엔트로피'는 앞으로의 여정을 더욱 빠르게 단축시켜 줬다. 비록 3,800골드가 초반엔 큰돈이라 하지만, 멀리 보면 푼돈이다. 굳이 소인배처럼 굴 필요는 없었다. 그녀는 아직까진 쓸모있는 존재. 괜한 욕심으로 신뢰를 무너뜨릴 필요는 없지.

"고마워요."

빈서율 역시 사양하지 않았다. 좋은 자세다. 그녀도 알고 있는 것이다. 이 세상에서 생존하려면 어떤 마음을 가지고 있어야 하는지.

"후우, 이제 기다리면 끝나는 거죠?"

"일단은 그렇네요."

"끝나면 또 새로운 임무가 시작되는 건가요?"

"글쎄요."

아무리 게임을 오래 했다 해도, 나 역시 뒤바뀐 현실은 처음 경험한다. 그리고 분명히 게임과 현실 간에는 어떠한 간극이 있었다. 예를 들어, 옥상의 존재라든지. 공복도를 느낀다든지. 아니면 몬스터가 죽으면 부활을 하지 못한다든지, 등등. 폰 게임에서는 전혀 보지 못했던 상황들이었다. 게다가 이따위 난이도의 튜토리얼이라니 10년간 듣지도 보지도 못했다.

"일단, 제가 아는 정보에 의하면 튜토리얼은 3단계까지네요."

"아, 정말요?"

"중요한 건, 아직 본 게임은 시작도 안 했다는 거죠."

"맞네요. 아직 튜토리얼이니까요."

빈서율의 표정에서 불안감이 엿보였다.

나는 그런 그녀를 향해 말했다.

"어쨌든 이로써 계약은 종료되었습니다."

"네? 아직 하루나 남았는데요?"

"빈서율 씨가 밑으로 내려가지 않는 이상 튜토리얼은 클리어한 거나 마찬가지니까요."

"아."

나는 그녀와의 관계를 서둘러 정리했다. 아니, 정리라기보다는 사실 따로 할 일이 있기에 작별인사를 한 것이다.

"설마, 내려가시려고요?"

그리고 그녀는 눈치가 빠른 편이었다.

"네, 맞아요. 내려갈 때 뿔하피 좀 부탁드릴게요."

"무, 무슨…… 지금 미쳤어요?"

"아무래도 잡아야겠어요."

"뭘요?"

"고스트 중대장."

사실, 잡을 생각은 없었다. 그냥 옥상에서 무기술 훈련이나 하다가 안전하게 튜토리얼을 마무리할 생각이었다. '투명 물약'을 얻기 전까지는 말이다.

"너무 위험해요!"

"그래서 저 혼자 가겠다는 겁니다. 이번 여정은 지금까지와 완전히 다를 거거든요."

"그래도 어떻게…… 저도 같이 갈래요."

"안 됩니다. 이번엔 지금처럼 안전을 보장해 줄 수가 없어요."

빈서율의 안전은커녕, 내 안전도 무사하기 힘들다. 하지만 가야 하는 이유는 분명했다.

'가능성.'

그게 내 플레이 스타일이었다. 탑을 오를 때도 항상 그랬다. 가능성이 1%라도 보일 때마다 도전했고, 성공했을 때 얻는 달콤한 보상 덕에 랭커 자리를 유지했다.

현실이라는 이유로, 두렵다는 이유로 안주하면 안 된다. 그렇게 되면 과거와 같은 영광을 찾지 못하는 것은 물론, 목숨을 부지하기도 힘들어질 것이다.

'생즉사 사즉생(生卽死 死卽生)이지.'

어차피 강해지지 못하면 죽는다. 그럴 바에 죽을 각오로 강해져야 한다. 분명히 '투명 물약'이 있다면 가능성이 생긴다. 또한, 중대장을 잡으면 얻을 수 있는 이득을 포기하기 힘들었다.

우선, 저 수많은 고스트들의 경험치. 그냥 날리기에는 너무 아깝다. 게다가 지금까지 플레이를 지켜봤을 때, 분명히 업적 보상도 하나 이상은 있을 것이다.

"미안하지만, 저도 이제 안전만을 추구하지는 않을 거예요."

빈서율이 고개를 흔들었다. 갈 거면 함께 가자는 뜻이다. 나 역시 그녀의 목숨을 장담치 못하기에 제안하지 않은 것일 뿐. 빈서율이 함께하면 가능성이 더 커지긴 할 것이다.

"이번엔 안전을 보장 못 해요."

"어차피 계약 끝난 거 아니었나요?"

"거의 70% 확률로 죽을 건데도요?"

"대신 30% 확률로 다음 단계에서의 생존 확률을 더 높일 수 있겠죠?"

이 정도면 충분히 경고했다. 선택에 따른 결과는 이제 그녀의 몫. 나에게 말릴 권리는 없었다.

"좋아요. 같이 갑시다."

나는 피식 웃으며 답했다. 목숨을 걸어준다는데, 나야 땡큐지 뭐.

클리어 타임 대략 하루를 남겨놓고, 제 발로 사지(死地)를 향해 걸어 들어가는 우리. 누가 보면 분명 정신 나간 연놈들이라며 경악할 짓을 태연하게 저지르고 있었다.

고스트 중대장. 시련의 탑 1층에서 가장 까다로운 존재로, 게임 초기 많은 유저들에게 절망을 선사했던 몬스터다. 하지만, 나는 놈을 상대로 수십 번의 도전을 했던 경험이 있었고, 각종 플레이 영상을 관찰하고 분석했던 경험이 있다. 즉, 놈의 약점을 명확하게 안다는 말이다.

'간단해.'

그냥 1:1로 싸우면 된다. 버프와 스킬 효과가 두려운 거지, 본신의 힘은 그냥 2성 최하위다. 함께 들러붙은 고스트들이 무서운 거지, 놈 자체는 약하다는 말이다. 거의 '합체족'과 비슷할 정도?

'거기에 난 S급 스킬까지 있으니까.'

조금 더 우위에 있다. 1성 고스트들이 간섭하지 못할 상황만 주어지면 된다. 그리고 그 상황은 '투명 물약'으로 만들면 된다.

"건호 씨, 괜찮겠어요?"

"뭐가요?"

"저거요. 건들자마자 퍼진 고스트들 쫙 몰려들 텐데."

"그래서 빈서율 씨의 역할이 중요한 거예요."

정확히는 뿔하피의 비행 능력이 중요하다. 내가 위기에 처했을 때, 곧바로 건져 올려줄 수 있는 뿔하피의 능력이.

'문제는 사정거리야.'

안타깝게도 빈서율이 뿔하피를 조종하기 위해서는 그 근처에 있어야 한다. 하지만, 고스트 중대장이 위치한 중앙 구역에는 높은 건물이 단 하나도 없다. 그 말인즉슨, 빈서율도 목숨을 걸고 이동해야 한다는 말.

"알겠어요. 한번 해보자구요."

"그럼 바로 시작하겠습니다."

"라져!"

씩씩한 대답. 빈서율은 사전에 지시한 대로 뿔하피를 조종해 날 건물 아래로 내려주었다. 그러자 시커먼 고스트들이 반응하기 시작한다.

-끼아아아!

-끼기기긱!

섬뜩한 울음소리. 소름 끼치는 기운들.

난 곧바로 투명 물약을 꺼내 벌컥벌컥 들이켰다.

[투명 물약 (B급)을 섭취합니다.]
[신비한 기운이 육체에 스며듭니다.]
[5분 동안 상대의 인식 범위에서 벗어납니다.]
[Tip 전략적으로 투명화를 이용해 보세요. 단, 선공하거나 디텍팅 스킬에 감지되는 순간, 곧바로 효과가 사라지니 주의해야 한답니다.]

부드러운 목 넘김. 곧이어 내 시야에 보이던 육체와 옷, 철검 등이 모두 사라진다. 오묘한 기분이었다. 내가 존재하는데 내가 보이지 않다니…….

'서두르자.'

나는 땅을 힘차게 박찼다. 주변을 둘러보니 아까 달려오던 고스트들은 다시 멍때리며 둥둥 떠다닌다. 다른 고스트들 역시 마찬가지다. 이거 약발 지대론데?

'빈서율은 나중에 오기로 했고.'

중대장을 공격하게 되면 모든 고스트들의 어그로가 나에게 끌릴 거다. 내가 소환한 엔트로피가 2성이기 때문이다.

그리고 빈서율은 그 틈을 타 이동하기로 했다.

-끼아아아!

얼마 지나지 않아, 중앙 구역에 도착했고, 눈앞에는 커다란 검은 연기 덩어리가 둥둥 뜬 채로 울부짖고 있었다.

고스트 중대장이었다.

'끔찍하네.'

다른 고스트들에 비해 서너 배는 크다. 폰 게임으로 볼 때는 몰랐는데 위압감도 장난이 아니다.

'해보자.'

나는 철검을 고쳐 잡은 후 자세를 취했다. 이제부터 정신 똑바로 차려야 한다. 고스트들이 몰려들기 전에 단숨에 처리해야 한다. 그래야 최대한 버티다가 뿔하피를 타고 도주할 수 있다.

하앗!

결심은 빨랐다. 힘찬 기합을 내지른 후, 온 힘을 다해 검을 찔러 넣었다.

-푸욱!

[크리티컬!]

[투명 물약 (B급)의 효과가 사라집니다.]

역시, 크리티컬이다. 물론, 좋아할 건 아니다. 원래 투명화한 채로 공격을 하게 되면 백이면 백, 크리티컬이니까.

어쨌든, 검 끝에 느껴지는 감각이 제대로 들어간 것 같다.

-키아아아!

놈의 처절한 비명 소리. 그와 동시에 다른 고스트들이 몰려들기 시작했다. 제길. 빨리 뒈져라! 뒈지라고!

-푸욱! 푸욱!

나는 아예 양손으로 철검을 잡은 후 미친 듯이 찔러댔다.

그러나…….

-퍼억!

흥분한 놈의 몸통이 내 육체를 강하게 터치하고 지나갔다. 사람이 낼 수 없는 강력한 힘이었다.

"크윽."

나는 재빨리 중심을 잡았다. 고작 한방에 뒤로 3m나 밀려나 버렸다. 뒤에는 셀 수 없을 만큼의 고스트들이 뭉친 채로 몰려오고 있었다.

'제기랄, 빨리 끝내야 하는데.'

마음이 급해졌다. 느껴졌기 때문이다. 저 먹구름에 살짝이라도 스치는 순간, 그대로 죽음이다.

흐읏!

나는 다시 놈에게 달려들었다. 잡생각 따위 할 때가 아니었다. 놈의 물리적 공격에 두려움을 가질 때가 아니었다.

지금은 모든 신경을 오로지 중대장을 처리하는데 두어야만 한다. 그렇지 않으면 진짜 죽는다.

'죽어! 이 끈질긴 새끼!'

곧이어 내 검이 놈의 육체에 닿는 순간, 놈이 다시 한번 세차게 포효했다.

-키아아아!

['고스트 중대장'(★★)이 포효합니다.]

['고스트'(★)들이 흥분하기 시작합니다. 공격력과 체력이 한층

강해집니다.]

['고스트 중대장'(★★)의 체력이 얼마 남지 않았습니다.]

[삐빅- 비정상적인 접근 방식으로 난이도가 상승합니다.]

[일부 '고스트'(★)들이 '고스트 중대장'(★★) 주변에 소환됩니다.]

'미친?'

비정상적인 접근? 난이도 상승? 이건, 처음 겪어보는 현상이다.

"제기랄!"

어느새 중대장 주변에 나타난 고스트 무리가 나를 향해 달려들기 시작했다. 뒤에서 몰려오던 고스트도 어느새 50m 앞까지 다가왔다.

'뭔가 이상해.'

구린 냄새가 났다. 튜토리얼의 난이도 상승도 그렇고, 지금도 그렇고.

고스트? 아무리 시련의 탑 1층에 존재하는 몬스터라지만, 사실 튜토리얼에 나올 정도는 아니었다. 시련의 탑은 정말 게임의 끝을 본 고인물들이 할 게 없어서 최후에 도전하는 최종 콘텐츠였으니까. 이건 마치 날 죽이고 싶어 안달 난 게임 시스템을 보는 듯했다.

'결국, 이렇게 죽는 건가.'

하긴, 가능성이라 했지. 성공할 거라 한 적은 없다. 그래도 짜증이 났다. 난이도 상승만 아니었으면, 놈을 막아서는 고스트들만 아니었으면…… 중대장을 처리할 수 있었던 건데.

이제 빈서율이 도와준다 해도 가능성은 없다. 이미 둘 다 밑으로 내려온 이상, 건물 위로 도망칠 수 있는 사람은 한 명. 거기에 중대장마저 살아 있다.

'끝났어.'

이젠 시야조차 보이지 않았다. 벌써 사방이 시커먼 고스트들로 가득 뒤덮여 버렸다.

순간, 미친 듯이 두려워졌다. 살고 싶었다. 어떻게든 이곳에서 벗어나고 싶었다. 아무리 태연한 척 해봐도, 나 역시 죽음이 두려운 한낱 인간이었다.

내 주변에 나타난 모래 벽이 고스트들의 진입을 차단한 것은 그때였다. 달려오던 고스트들이 모래에 막혀 서로 뒤엉키기 시작했다.

'빈서율……?'

탱커 '나르'의 모래 방패였다. 이렇게 정확하게 컨트롤 하기 힘들었을 텐데, 대단한 실력이었다. 물론, 저것도 일시적인 방어 현상이지 5초? 정도면 뚫릴 것이다.

'바보 같긴. 도망이나 갈 것이지.'

나는 탄식했다. 결국, 내가 빠르게 중대장을 처리하지 못해 벌어진 결과다. 정확히 말하면, 빌어먹을 난이도의 상승 때문이긴 했지만. 어쨌든, 이 상황에서는 그녀 역시 죽음에서 벗어나긴 힘들 것이다.

그러나, 곧이어 들려오는 메시지.

['고스트 중대장'(★★)을 처리합니다!]

[빰빠라밤! 축하드립니다!]

[★★1서버 최초로 2성 몬스터를 처리하여 '욕심쟁이.' 업적을 달성하였습니다. 당신의 위대한 업적을 응원합니다.★★]

[특수 보상:상급 몬스터 소환 이용권 2개]

'뭐라?'

나는 당황했다. 갑자기 중대장이 왜 죽는데?

하지만 생각할 시간조차 없이 허공에 나타난 뿔하피가 날 낚아챘다.

'어?'

난 허공에 떠오르며 뿔하피의 모습을 확인했다. 이상했다. 평소와 달리 어색한 뿔하피의 생김새. 아, 그러고 보니 머리에 커다란 뿔이 사라졌구나.

'헐, 그렇다는 건…….'

그 난리통에 뿔 날리기로 맞춘 거야?

내가 피를 다 빼놓는 바람에 업적은 나한테 들어온 거고?

그게 사실이라면 정말 경악스러운 사실이었다. 실로 말도 안 되는 컨트롤이고, 재능이다. 만약, 이곳에서 살아나간다면 당장 빈서율부터 영입해야 할 정도로. 탑 공략 멤버를 모으긴 모아야 하니까.

"건호 씨! 여기에요!"

빈서율은 중앙에 몰려 있는 고스트들 한참 뒤에서 나르와 함께 서 있었다. 그런 그녀의 모습이 너무 반갑고 대견해 꽉 안아주고 싶을 정도였다. 아무래도 이번엔 내가 그녀에게 빚진 것 같다.

"괜찮으세요?"

뽈하피는 날 그녀의 옆에 내려두었고, 나는 착지 후 빠르게 자세를 잡았다.

"잘했어요! 빈서율 씨!"

"걱정했어요!"

"인사는 나중에 하고. 지금은 빨리 이동해야 합니다. 이제 곧 놈들이 다시 이쪽으로 올 거예요."

"알겠어요."

다시 본래 짰던 계획의 흐름대로 돌아왔다.

중대장이 죽었고, 둘이 합쳤다. 다음은, 정해두었던 요충지로 이동해 놈들을 막아내야 한다. 그리고 그 과정도 분명 지금처럼 어려웠으면 어려웠지, 절대 쉽지만은 않을 거다.

-끼아아아!

-키기기긱!

어느새 표적을 다시 찾은 고스트들이 우리를 향해 달려오기 시작했다. 제길 탱커인 '우버'라도 있으면 좋으련만…….

"일단, 뛰어요!"

"네!"

아직, 우리의 튜토리얼은 끝나지 않았다.

"목을 잡고, 나르를 배치하세요! 빨리!"

"바, 바깥에요?"

"당연히 안이죠!"

우리가 봐둔 요충지는 무너진 건물 틈새에 있는 빈 공터였다. 사람 열댓 명 정도가 간신히 들어갈 좁은 공간.

도착하자마자 곧바로 전투 준비를 시작했다.

'할 수 있어.'

고스트 중대장이 죽었다고 다 끝난 게 아니다. 고스트는 1개 소대에 약 100여 마리 정도이니 거의 300마리를 처리해야 한다.

'한 번에 두세 마리씩만 상대하면 돼.'

주변을 둘러보니 구멍이 총 4개다. 고스트 한 마리가 간신히 비집고 들어올 만한 크기의 구멍. 저 구멍만 막을 수 있다면 충분히 사냥할 수 있다.

'어차피 더는 부활하지 못할 테니까.'

-끼아아아!

어느새 다가온 고스트들의 울음소리가 들려온다.

"빈서율 씨!"

"네!"

"서율 씨가 왼쪽 구멍 두 개를 커버해 주세요. 제가 혼자 오른쪽 구멍 두 개를 커버할 테니. 가능하시겠죠?"

"알겠어요! 해볼게요!"

빈서율이 씩씩하게 대답하며 주변에 있는 쇠파이프를 들었다. 좋은 판단이었다. 나르는 탱커라 해도, 뿔하피는 딜러. 그녀도 함께 가세해야 간신히 비벼볼 수 있을 거다.

지금은 이것저것 가릴 때가 아니다. 할 수 있는 건 뭐라도 이용해야 한다.

"많아 보일지도 모르겠지만, 딱 300마리만 조지면 됩니다!"

"많아 보이는 게 아니라 많은데요?"

"집중!"

-끼르르륵!

제기랄. 벌써 도착했나.

구멍 바깥에 시커먼 형체가 보인다.

'이젠 서로를 믿는 수밖에 없다.'

나로서도 구멍 두 개가 한계다. 빈서율이 제 역할을 해주지 못하면 이젠 어찌할 도리가 없다.

"죽어라!"

"죽어!"

나는 수련용 철검을 두 구멍 틈 사이로 정신없이 찔러넣기 시작했다. 빈서율 역시 나르와 뿔하피를 컨트롤 하며 쇠파이프를 찔러넣었다.

놈들을 베고 찌르는 감각과 함께 소름 끼치는 비명이 울려 퍼진다. 좁은 공간이라 그런지 더 섬뜩하게 느껴진다.

"최대한 버티고! 위급하면 말하세요!"

빈서율이 들을 수 있도록 힘차게 외친다.

"아직까진 괜찮아요!"

다행히 그녀도 나름 선방하고 있나 보다. 거친 호흡 소리, 고스트의 울음소리, 철검 휘두르는 소리가 계속 이어졌다.

패턴이 일정한 반복 운동. 그렇게 우리는 부지런히 사냥을 시작했다. 시간이 어느 정도 흘렀을까.

-끼에에엑!

"꺄아아악!"

빈서율의 비명 소리가 울려 퍼졌다. 베고, 찌르기에만 여념이 없던 나는 반사적으로 고개를 돌렸다.

"빈서율 씨?"

"거, 건호 씨! 큰일 났어요! 뿌, 뿔하피가!"

그녀는 쇠파이프를 놓친 채 신속히 내가 있는 곳으로 달려왔다. 왼쪽 구멍을 보니, 뿔하피가 피를 뿜으며 쓰러져 있다. 보아하니 체력이 다해 죽은 것 같았다.

'제기랄. 아직 멀었는데.'

역시, 아무리 빈서율이라 해도 컨트롤로 버티기엔 한계가 있었다. 고스트도 1성, 뿔하피도 1성인데 애초에 1:1로 계속 버틸 수 있을 리 만무했다. 더군다나 힐러도 없는 상황이니까.

"일단 제 뒤로 붙으세요!"

"죄, 죄송해요. 그리고 나르도 제가 보기엔 조만간일 것 같아요!"

"제기랄."

욕지거리가 흘러나왔다. 빈서율이 담당했던 구멍에서 고스트들이 하나둘 들어오기 시작했다. 이렇게 되면 점점 답이 없어진다. 컨트롤이고 뭐고 놈들에게 깔려 죽을지도 모른다.

'우버라도 있었으면…….'

믿음직스럽고 듬직했던 곰탱이가 그리워지는 찰나. 아! 무언가 번쩍이며 뇌리를 스치고 지나갔다.

'상급 몬스터 소환 이용권 2개.'

중대장을 잡고 얻었던 업적 보상. 정신없이 움직이는 바람에 잊고 있었다.

멍청하긴. 잊을 게 따로 있지 어떻게 이런걸…….

무려 1성(★)에서 4성(★★★★)까지의 몬스터 한 마리를 랜덤으로 소환할 수 있는 주문서인데…….

"빈서율 씨!"

"네!"

"잠깐 시간을 벌어보세요!"

"어떻게요?"

"모래 방패라도 올려보세요! 빨리!"

다시 재정비할 시간이 필요했다. 주문서를 이용해 다시 몬스터를 보충해야 한다. 그다음 들어온 고스트들을 빠르게 몰아내고 방금과 같은 포지션을 취해야 한다.

'힐러면 좋을 텐데.'

2성 이상은 바라지도 않는다. 1성 힐러만 떠줘도 충분히 할 만할 거다.

-콰가가가!

이윽고 나르의 모래 방패가 펼쳐졌다. 거대한 모래더미가 고스트들의 진입을 방해했다. 아까와 달리 좁은 공간이라, 약 1분 정도의 시간이 벌렸다.

"지금부터 제 말 잘 들으세요."

"네."

"주문서 한 장을 빌려드릴 테니 빠르게 소환한 다음 등록하세요. 그다음, 아까와 같은 포지션이 되도록 최대한 몰아내는 겁니다."

"주, 주문서요? 무슨?"

[유저 '담건호'가 교환을 원합니다.]

[교환 물품:상급 몬스터 소환 이용권]

"자, 빨리 받으세요. 시간이 없어요!"

"네, 네. 정말 등록해도 된다고요?"

"그렇다니까요!"

상급 몬스터 소환 이용권이면, 나름 가격대가 있는 아이템. 아까웠지만, 상황이 상황이니 별수 없다. 지금처럼 목숨이 걸린 상황에서는 최대한 효율을 따지는 게 맞다. 나도 우버가 없고, 그녀도 뾸하피가 죽었으니까. 각각 1장씩.

'빌려준 거로 치자.'

이번엔 계약으로 묶인 관계가 아니다. 내가 얻은 업적 보상을 그녀와 나눌 이유가 없다는 말이다. 만약 살아 나간다면 계산은 철저히 해야겠지.

'일단 소환하자.'

[몬스터 소환소가 열립니다. 소환하시겠습니까?]

'Yes, 제발 2성 이상.'

번쩍-

[조류족 '뿔하피'(★)가 소환됩니다.]

[등록하시겠습니까?]

'미, 미친. 뭐라고?'

1성인 것도 모자라, 뿔하피 중복이라고? 그것도 수억 마리의 몬스터 풀을 가지고 있는 「몬스터즈」에서……? 장난하나 이 새끼들이.

물론, 뿔하피 좋다. 나쁘다는 거 아니다. 범용성도 뛰어나고, 딜도 무시할 정도는 아니니까. 하지만, 지금과 같이 좁은 공간에서 뿔하피는 있으나 마나다.

'일단 등록.'

별수 없었다. 지금은 한 마리 한 마리가 소중할 때니까. 뿔하피의 힘이라도 빌려야지.

이제 기대는 빈서율에게 걸 수밖에 없다. 그래도 그녀는 튜토리얼 한정 내가 봤던 최고의 축캐였으니까.

"빈서율 씨, 멀었습니까?"

"자, 잠시만요. 뭔가 이상해요."

"네?"

그녀가 허공을 보며 당황하기 시작했다. 또 뭐야? 주변을 보니 모래 방패가 거의 허물어져 간다. 이제 당장 싸워야 하는 상황에서 갑자기 왜?

-쿠구구구! 콰르르릉!

땅이 흔들렸다. 하늘이 어두워지고 번개가 치기 시작했다.

-끼아아아!

-꺄아아아!

강력히 흐르는 전류에 내부에 있던 고스트들이 활활 타오르기 시작했다. 바깥에 있는 고스트들도 감히 진입하지 못하고 있었다.

"뭐, 뭐예요! 갑자기!"

"그, 그게!"

[신비한 기운이 공간 전체를 감쌉니다.]

[강력한 힘이 한 곳에 집중합니다. 근처에 기사족 '아델 드 베르트랑'(★★★★)이 소환됩니다.]

순간, 할 말을 잃었다. 내 눈을 의심했다.

태생 4성? 정말 태생 4성이라고?

"말도 안 돼!"

「몬스터즈」에서 가장 높은 등급은 태생 5성이다. 6성은 등급 업으로만 올라갈 수 있는 경지고, 실제로는 5성이 최강이다. 거의 모든 유저 통틀어, 1년에 10개 정도밖에 등장하지 않는다는 미친 확률의 5성 몬스터.

돈으로 뽑는 게 아니라 천운을 타고나야만 뽑을 수 있다고 알려져 있을 정도로 극악의 확률을 자랑했다. 그래서 대부분의 고인물들이 사용하던 몬스터는 태생 4성이었다.

그렇다고 4성이 잘 나온다는 말은 절대 아니다. 나 역시 10년 동안 한 번도 뽑아본 적 없었으니까. 유저 게시판에 올라오던 정보에 따르면 보통 1억은 갈아 넣어야 4성 몬스터 하나를 얻을 수 있다 했으니 말 다 했지.

'그런 4성을 튜토리얼에서 한 번에?'

이건 돌았다. 단순히 축캐라고 부를 수 있는 정도가 아니다.

"드, 등록하셨나요?"

나는 목소리가 떨려 나왔다. 이건 무조건 가지고 싶었다.

현시점에서 4성 몬스터를 구할 수 있다면, 어떠한 대가도 지불할 수 있을 만큼 간절했다.

"네, 아까 등록하라 하셔서……."

커헉! 내가 무슨 말을 한 거지?

등록하는 순간, 유저 간 거래할 수 없는 상태가 된다. 이제 저건 소멸하거나 삭제당할 때까지 빈서율만의 귀속 몬스터다.

"그, 그렇군요."

하긴, 빈서율도 바보는 아닐 텐데. 나였어도 별 4개를 보는 순간, 묻고 따지지도 않고 바로 등록 눌렀을 거다.

기사족, 아델 드 베르트랑. 그는 프랑스 중세 판금 갑옷을 입은 중후한 남성으로, 위압감 넘치는 기다란 창을 들고 있었다. 게임에서 볼 때와는 차원이 다른 현실감이었다.

'기사족이라면, 딜과 탱의 조화가 이루어져 있는 거의 1티어 종족인데…….'

부러웠다. 배가 아팠다. 존재감만으로 고스트들이 다가오지 못하게 한다니. 아마, 현 상황에서 빈서율을 상대할 유저는 단 한 명도 없을 거다.

"고스트로군……."

기사가 말을 꺼낸 것은 그때였다. 세상에, 말도 할 줄 알아? 그것도 한국어 패치가 완벽하게 되어 있다.

"헐, 건호 씨. 이, 이분 말도 할 줄 아는데요?"

"아델입니다. 마스터."

"헛, 미안해요. 아델 씨."

"남은 고스트들을 처리하면 되는 겁니까?"

아델이 창을 세운 후 빈서율을 바라본다. 그리고 그 빈서율은 당황한 표정으로 나를 쳐다봤다. 허가를 구하는 거겠지.

난 고개를 끄덕였다.

이미, 얻을 건 다 얻었다. 업적을 세웠고, 목숨을 건졌으니까.

그러자 빈서율이 아델에게 말한다.

"네, 처리해 주세요."

"명을 받들겠습니다."

-키에에에!

-키아아아!

공포감에 울부짖는 고스트. 그리고 구멍 밖으로 천천히 나가는 아델. 우리 역시 아델의 뒤를 따라 천천히 이동했다.

보고 싶었기 때문이다, 태생 4성 몬스터의 힘을, 중세 기사가 쓰는 창술의 위대함을.

"타핫!"

아델의 움직임은 간결했다. 눈에 잘 잡히지도 않는 스피드로 창을 핑그르르- 돌렸다.

정확한 타격, 완벽한 거리감, 흐트러지지 않는 숨소리.

내가 무작위로 검을 휘두르는 것과는 차원이 달랐다. 움직임 한 번에 고스트 3~4마리씩 꿰어 소멸시켰다. 그렇게 아델이 남은 고스트들을 정리하는 데는 불과 5분도 채 걸리지 않았다.

"……."

"대, 대단하네요."

나도 빈서율도 넋 놓고 그 모습을 바라봤다. 그렇게 한참은 있었을까, 튜토리얼 종료 메시지가 도착했다.

[조건을 충족하여 튜토리얼이 조기 종료됩니다.]

[튜토리얼 ③ '생존'이 종료되었습니다.]

[생존자 전원에게 특수한 보상이 지급됩니다.]

[채널 인원 총 02/50명]

[기본 보상:중급 몬스터 소환 이용권 1개, 1,000골드]

마침내…… 튜토리얼이 끝났다. 아니, 이제야 끝났다고 볼 수 있겠지. 어느 게임이든 튜토리얼이라 하면 연습모드를 말하는 것일 테니까.

눈을 떴다. 아니, 눈을 떴는지 감은 건지 모르겠다. 힘이 들어가고 빠지고의 느낌만 있을 뿐, 시야 전체가 시커멓게 암전된 상태였다.

'이게 뭐야.'

튜토리얼이 끝났다는 메시지가 뜬 이후로, 줄곧 이 상태였다. 옆에 있던 아델도, 빈서율도 아무것도 느껴지지 않았다.

청각도, 후각도, 촉각도 없었다.

흠, 이런 건 예상에 없었는데.

'게임에선 어땠었지?'

나는 10년 전, 「몬스터즈」 플레이 당시를 떠올렸다. 도시 배경으로 진행되는 생존형 튜토리얼. 그게 끝난 후, 이렇게 시커먼 화면으로 바뀌었었던가? 제기랄, 너무 오래전이라 기억이 가물가물하다. 확실한 건, 메인 퀘스트가 있었다는 것. 그리고 거주지로 이동했었다는 것.

'설마, 하우징 시스템이 현실에 그대로 적용되려나?'

「몬스터즈」에서는 유저마다 개개인의 거주공간이 있다.

튜토리얼이 끝나는 즉시, 이동했었던 오직 자신만의 하우스. 몬스터를 보관하고, 합성하고, 훈련시킬 수 있는 그런 독립적인 공간. 화면에서 터치만 해도 쉽게 몬스터를 육성할 수 있게끔 설계되어 있었는데…….

그뿐이랴? 터치 한 번만으로 원하는 도시나 시련의 탑으로 즉시 이동도 가능했었다.

'그건 게임이니까 가능했었던 거지.'

튜토리얼만 봐도 답이 나온다. 이곳은 게임에서 봤었던 그 허접한 도시가 아닌, 내가 아르바이트를 했었던 실존하는 동네.

'게임 시스템이 현실에 맞게 바뀌어 접목되고 있어.'

현재까지 상황을 보건대, 메인 퀘스트 역시 내가 알던 게임 환경에서 진행되리란 보장이 없다.

'많은 부분이 달라질 수밖에 없겠지.'

여러 번 강조하지만, 현실과 게임의 갭은 크다. 당장에 봤던 고스트나 4성짜리 기사족도 폰 게임에서 봤던 모습과는 차원이 달랐다. 훨씬 생동감 있었고, 더욱 체계적이고 현실적인 기술들을 사용했다.

'에휴, 모르겠다.'

어차피 지금 이렇게 고민해봐야 답은 나오지 않는다. 직접 부딪쳐 보면 알겠지. 그나저나 언제까지 기다려야 하는 거야? 슬슬 답답함에 몸이 근지러워지려 하는 찰나, 시야에 메시지가 나타난다.

[1서버의 모든 인원이 튜토리얼을 마쳤습니다.]

[새로운 환경을 로딩합니다. Loading…… 001/100]

[Tip 시련의 탑을 정복해 보세요. 탑의 꼭대기는 100층이랍니다. 참 높죠?]

'로딩이라…….'

로딩이란 기억장치로부터 게임 프로그램이나 데이터를 불러오는 것. 환경을 로딩한다 했으니…… 세상에, 지금 현실 세계를 직접적으로 패치하고 있다는 말이야?

시야는 여전히 시커먼 채로, 로딩 숫자만 천천히 올라가고 있다.

[갓 컴퍼니로부터 쪽지가 도착했습니다.]

[읽어보시겠습니까?]

의문의 쪽지가 도착한 것은 그때였다. 그리고 수신자를 확인한 순간 나는 깜짝 놀랄 수밖에 없었다. 갑자기 갓 컴퍼니라고?

'일단, 오케이.'

그러자, 쪽지 내용이 천천히 올라온다.

-To. 비운 고객님.

안녕하십니까. 비운 고객님. 이 쪽지를 받으셨다는 것은 튜토리얼을 무사히 클리어하셨다는 뜻. 진심으로 축하드립니다.

아, 물론 당사는 믿어 의심치 않았습니다. 귀하가 이 정도 난이도의 튜토리얼쯤은 가볍게 해결할 능력을 갖추었단 사실을 말입니다.

비운 님. 아마 지금 상황이 많이 혼란스럽고 버거우실 수 있을 겁니다. 화가 나실 수도 있겠죠. 갑작스럽게 현실이 「몬스터즈」로 뒤바뀌었으니까요. 그 부분에 대해서는 정말 죄송하게 생각합니다.

간섭력이 부족해 자세한 설명을 드리지는 못하지만, 당사도 어쩔 수 없는 상황이었음을 알아만 주셨으면 좋겠습니다.

허용된 텍스트가 부족해 곧바로 본론만 말하겠습니다.

지금부터 비운 님이 하실 것은 단 한 가지입니다.

수단과 방법을 가리지 않고, 탑 100층에 올라주십시오.

그것만이 진실을 밝힐 수 있는 유일한 방법입니다.

그것만이 인류를 지킬 수 있는 유일한 방법입니다.

특전은 우편으로 보내 드리겠습니다.

팀을 꾸리고, 지식을 활용해 주세요.

그리고 탑을 정복해 주세요.

From. 갓 컴퍼니 대표이사. 레너드.

[갓 컴퍼니로부터 특전이 도착했습니다.]

['특전'이 자동으로 오픈됩니다.]

[Loading…… 051/100]

[Tip '특전'은 간섭력을 소모해, 가능성이 보이는 용사들에게만 주어지는 갓 컴퍼니만의 선물이랍니다.]

[캐릭터 스킬 '심연의 눈동자'를 획득합니다.]

[캐릭터 스킬 '아레스의 본능'을 획득합니다.]

[Tip 캐릭터 스킬은 몬스터 스킬과 다르게 유저가 직접 활용할 수 있는 스킬입니다.]

'……이게 뭐야?'

검은 시야에 메시지가 정신없이 쏟아졌다. 많은 정보가 쏟아지다 보니 머리가 울리듯 아프다. 으음, 정신 차리고 다시 천천히 정리해 보자. 특전이야 예전에 공지했었던 추가 전달사항에서 주겠다고 했으니 그렇다 쳐도…….

'갓 컴퍼니 대표이사 레너드?'

처음 듣는 사람이었다. 평소 경영, 경제 신문을 즐겨 보는 편도 아니었고, 망한 게임 회사의 대표 따위 알고 싶은 생각도 없었으니까.

'중요한 건 그게 아니지.'

여전히 머릿속이 복잡했다. 진실을 밝히고, 인류를 지키라고? 제대로 된 설명도 없이?

텍스트의 한계? 간섭력은 또 뭐지?

'일단 확실한 건…….'

분명한 것은 두 가지다. 첫째는, 갓 컴퍼니가 현실이 이 꼬라지가 될 거라는 것을 알고 있었다는 사실. 둘째는, 내가 탑 100층을 클리어하길 간절하게 바라고 있다는 사실.

'미친. 내가 왜 그래야 하는데?'

무려 시련의 탑이다. 망겜이라 유저는 적어도 최악의 난이도로 악명은 자자한 그 탑. 게임으로 도전한다고 해도 거의 불가능에 가까울 정도인데 현실에서 그걸 깨 달라고? 내가 뭘 믿고 이들의 부탁을 들어줘야 한단 말인가.

내 입장에서 갓 컴퍼니는 정체 모를 집단일 뿐이다.

전 인류를 「몬스터즈」라는 구렁텅이에 빠트린 악마 집단일 수도 있다는 말이다.

'개소리 마라지.'

내 최고 우선순위는 누가 뭐래도 생존이다.

물론, 살기 위해. 또는, 강해지기 위해. 누구에게 힘이 없다는 이유로 살해당하지 않기 위해 탑에 도전할 수는 있다.

하지만 그것도 어느 정도껏이지, 탑 90층 이상은 말도 안 되는 개소리다.

'그곳은 깨라고 만들어놓은 구간이 아니니까.'

93층까지 클리어한 내가 신기할 정도다. 한 층당 거의 수천 번씩은 도전했던 것 같다. 모아놓은 아이템과 몬스터들을 전부 갈아 넣고도, 천운이 따라줘야만 깰 수 있었던 악마 같은 구간들.

'현실에선 절대 불가능이야.'

때려 죽어도 못 한다. 게다가 이번 튜토리얼처럼 난이도가 올라가는 변수까지 있는 상태에서는 더더욱.

[Loading…… 079/100]

[Tip '하우징 시스템'을 통해, 본인만의 집을 업그레이드해 보세요.

내 집 마련의 꿈이 멀지 않았답니다.]

어느새 로딩도 거의 끝을 바라보고 있다. 일단, 갓 컴퍼니가 누구인지는 차차 생각해 보기로 했다. 우선은 내게 들어온 또 하나의 생존수단인 특전. 그것부터 알아보는 게 먼저다. 어디 상태창부터 켜보자.

'스테이터스.'

[이름:담건호]

[레벨:5 (Exp 660/2,000)]

[등록 몬스터:2/2]

'뿔하피'(★), '엔트로피'(★★)

[보유 스킬:2/2]

'심연의 눈동자'(EX급):상대 캐릭터와 몬스터의 정보를 볼 수 있다.

'아레스의 본능'(S급):전신 아레스의 가호를 받아 전투 관련 운동신경이 향상된다.

[능력치]

힘26, 민첩23, 체력26

[보유 아이템]

중급 몬스터 소환 이용권 1개

[보유 골드]

13,300골드

[Tip 1성 몬스터라고 무시하지 마세요. 6성까지 키우면 누구보

다 강력한 몬스터가 될 수도 있답니다.]

'우선 레벨이랑 능력치부터 확인해 보자.'

이번 튜토리얼로 벌써 레벨이 5나 올랐다. 게다가 힘과 민첩, 체력도 각각 1씩 추가로 올랐으니, 거의 기존 육체보다 3배가량 강해졌다. 엄청나게 빠른 성장 속도였다. 하긴, 목숨까지 걸었는데. 이 정도야 예상했지.

그러나, 곧이어 보이는 캐릭터 스킬 칸에 나는 눈을 부릅뜰 수밖에 없었다.

'EX급이라고?'

10년 동안 「몬스터즈」를 즐기면서 처음 보는 등급이다. 스킬은 언제나 S급이 최상이었는데……. 뭐지? 나는 특전으로 받은 스킬들을 천천히 확인해 봤다.

'먼저 심연의 눈동자.'

상대 캐릭터의 몬스터와 정보를 볼 수 있다는 심플한 설명. 하지만, 단순한 설명에 비해 성능은 미쳤다고 볼 수 있었다.

'지피지기면 백전불태니까.'

「몬스터즈」의 특성상 상대 몬스터의 조합과 상성을 확인하는 것은 필수다. 비록, 처음은 높은 등급 몬스터가 깡패라지만, 조금만 시간이 흐르고 조합이 갖춰지면 그때부턴 절대 등급이 문제가 아니게 된다. 상대의 약점을 교묘하게 파고든 후, 역상성으로 조지면 아무리 높은 등급이라도 비벼볼 수 있는 것이다.

'잘만 하면 공략시간도 줄일 수 있겠어.'

「몬스터즈」는 유저에게 불친절했다. 탑이나 보스몹을 공략할 때, 수십 번 도전해서 상대의 스킬과 특성을 알아내야만 했었다. 그런데 이 스킬이 있으면 그 시간을 줄일 수도 있을 거다.

'다음은 아레스의 본능이라.'

이것 역시 처음 보는 스킬이다. 운동신경이 높아진다니, '합체족'을 사용하는 나에겐 나름 쓸 만한 스킬일지도 모른다.

'이건 좀 더 지켜봐야 알겠고.'

나는 스킬 활용방안을 머릿속으로 천천히 정리했다. 그렇게 얼마의 시간이 흐르고, 마침내 로딩 완료 메시지가 도착했다.

[Loading…… 100/100]

[로딩을 완료합니다.]

[치명적인 버그들이 수정됩니다.]

[새로운 환경에 접속을 시작합니다.]

[접속 서버:1서버(대한민국)]

[새로운 채널로 변경합니다.]

[당신의 무운을 빕니다.]

곧이어 어지럽혀지는 시야. 플래시가 터짐과 동시에 보이는 곳은 다시 한번 편의점 앞이었다.

"허억."

호흡을 길게 내뱉었다. 잃었던 감각이 한꺼번에 되돌아왔다. 빛이 눈을 따갑게 쏘았고 한기가 뼛속까지 밀고 들어왔다.

"건호 씨?"

옆을 보니 소환된 아델과 빈서율이 보인다.

뭐야. 결국, 하우징은 없고 다시 편의점으로 돌아온 건가? 그렇다는 건…… 이 빌어먹을 생존 게임이 지속된다는 말?

[총 10개의 채널이 합쳐집니다.]

[메인 퀘스트가 채널 상황에 맞게 변경됩니다.]

[채널 인원 총 125/125명]

[메인 퀘스트 ①

1. '터 잡기'

생존이 가능한 곳에 각종 건물을 지을 수 있는 '터'를 잡아라.

2. '거래소 건설'

'터'에 거래소를 건설하라.]

[Tip 캐릭터와 몬스터를 성장시킬 곳이 필요하다구요? 아니면 자신만의 안전한 보금자리가 필요하다구요? '터'를 지어보세요.]

'헐.'

변했다. 하우징이라는 개념이 '터'로 바뀌었다. 본래 가상의 공간에 짓던 건물을, 이젠 현실 공간에다 지으라는 말인가?

'그런데 터를 어디에 잡지?'

이미 건물이 빽빽하게 들어차 있는 도심이다. 채널이 얼마나 확장되었을진 몰라도, 당장 주변엔 마땅한 자리가 없다.

걱정거리가 그뿐이면 다행이게. 어느새 업데이트된 필드에는 과거 도시에 보였던 야생 몹들이 돌아다니고 있었다.

-쿠웅! 쿠웅!

커다란 코끼리족도 보였고-

-크르르…….

몰려다니는 야생 늑대족도 보였다.

'제기랄.'

대다수 1성짜리 몹들이지만 그렇다고 방심할 수는 없다. 가끔가다 필드 보스형 고렙 괴물이 등장하기 때문이다.

만약 지금 놈과 마주친다면 아무리 아델이라 해도 별수 없다. 아무리 등급이 깡패라 해도, 레벨 격차가 심하면 무용지물이니까.

"일단 몸을 숨겨야겠어요. 건물 안으로 들어가죠."

"네? 주변에 뭐라도 있나요?"

"저도 잘 모르겠지만, 일단 최대한의 안전을 확보하는 거예요. 센 놈이 나타날 수도 있는 거니까."

솔직히 하나도 모르겠다. 터를 잡는 것 이전에, 건물은 또 어떻게 지으라는 말인가? 맨손으로 땅 파서 지어? 역시, 불친절의 대명사 「몬스터즈」답다.

"일단 끼니나 좀 때우죠. 먹어야 뇌가 돌아간다는데."

"아, 제가 준비할까요?"

"그래 주면 고맙고요."

빈서율이 다시 편의점 내부를 뒤진다. 난 그런 그녀를 물끄러미 바라봤다.

'쓸 만한 여자야.'

쓸 만하다 뿐이랴. 대단했다. 튜토리얼 때만 봐도 안다. 보통 사람이라면 실금을 할 만한 상황이 적어도 수십 번은 있었다. 안전벨트 없이 뿔하피를 타고 공중을 날았고, 수백의 고스트들과 격전도 벌였다. 그런데도 나름 침착하게 잘 따라온다. 몬스터 컨트롤도 수준급이고, 무엇보다…….

'운이 좋지.'

상급 소환권 한 번에 4성 기사족이라니. 그게 말이나 되는가? 전생에 나라라도 구했음이 틀림없다. 통조림 칸을 이리저리 뒤지는 빈서율을 계속 바라보자, 곧이어 메시지가 떴다.

[캐릭터 스킬 '심연의 눈동자'가 발동합니다.]

'응?'

아, 특전으로 받은 스킬. 발동 조건이 그냥 바라보는 거였나?

[이름:빈서율]

[나이:26]

[집단:없음]

[레벨:3 (Exp 500/1,000)]

[보유 몬스터]

등록 가능한 몬스터가 없습니다.

[등록 몬스터:2/2]

'나르'(★)

'아델 드 베르트랑'(★★★★)

[보유 스킬:0/2]

보유한 스킬이 없습니다.

[능력치]

힘13, 민첩13, 체력13

[보유 아이템]

중급 몬스터 소환 이용권 1개

[보유 골드]

5,300골드

[Tip 지인을 만나고 싶다고요? 일단 생존하세요. 시간이 흐를수록 채널은 통합되니까요.]

'와, 이렇게 자세히 보여준다고?'

솔직히 놀라웠다. 레벨이랑 능력치뿐만 아니라 보유 골드까지? 거의 알몸까지 낱낱이 파헤쳐보는 느낌이었다.

'아델도 한번 봐보자.'

[몬스터:'아델 드 베르트랑'(★★★★)]

[종족:기사족]

[레벨:3 (Exp 100/1,500)]

[보유 스킬:4/4]

베르트랑 스피어(Lv.10):베르트랑 가문의 창술법

아케인 블래스트(Lv.1):신비한 바람이 창에 날카로움을 더한다.

아케인 스톰(Lv.1):폭풍의 창날이 범위의 적을 휩쓴다. (제한:30분에 1번)

위압(Lv.2):약한 적들에게 두려움을 일게 한다.

'장난 아니네.'

역시 1티어 기사족. 하나하나 엄청난 위력의 스킬들이다.

보아하니 속성은 바람 쪽인 것 같고. 패시브 스킬 3개에 액티브 스킬 1개면, 「몬스터즈」에서 가장 균형 잡힌 스킬 조합으로 알려져 있지.

'이건 무조건 6성 각이다.'

묻고 따지지도 말고 주력으로 키워야 한다. 분명 6성까지 키우고 신경 좀 써주면 탑 등반 최종 멤버로도 사용할 수 있을 거다. 그만큼 쌔끈하게 뽑혔다.

"여기 드세요."

어느새 다가온 빈서율이 각종 식량 꾸러미를 내민다.

"고마워요."

"고맙긴요. 오히려 제가 더 감사하죠."

"네?"

"덕분에 지금까지 살아 있고, 아델까지 뽑을 수 있었잖아요."

"아."

맞지. 만약, 내가 옥상에서 안주한 채로 고스트 중대장을 잡으러 떠나지 않았다면 분명 '아델'도 없었을 거다.

"서율 씨의 도움이 없었다면 힘들었을 겁니다."

"아뇨. 다 알아요. 제가 안 갔어도 분명 건호 씨는 해결해 냈겠죠."

"으음……."

"그래서 전 '아델'에 대한 지분이 건호 씨에게도 있다고 봐요. 애초에 소환서도 건호 씨 거였으니까."

지분이라. 지분이 있으면 뭐하나. 실상은 내 것이 아닌데. 이미 등록해 버렸는데. 아마 내 명령은 듣지도 않을 거다.

"그래서 말인데, 제가 제안 하나 해도 될까요?"

내가 말없이 참치 통조림을 씹자, 빈서율이 물었다.

"제안이요?"

"네."

"말해보세요."

"음……. 그냥 지금처럼 계속 건호 씨를 따라다닐 수 있게 해주세요. 그렇게만 해주신다면 리더로 모실게요. 그리고 최선을 다해 도울게요."

그녀가 정중한 말투로 말했다. 그러고 보니 배고플 텐데 식사도 하지 않고 있다. 그만큼 불안하고, 간절하다는 거겠지.

"리더라……."

"저번 고주호 사건을 보고 생각했어요. 「몬스터즈」가 정확히 어떤 게임인지는 모르겠지만, 살인에 대한 제한이 없죠. 오히려 부추기고 있다고 생각해요. 저는."

"그건 그렇죠."

"이런 상황에서는 단체가 곧 힘이라고 생각해요. 그것도 믿을 만한 사람끼리 뭉친 단체요. 어떤 작자들이 튀어나올지 모르는 노릇이잖아요?"

맞는 말이다. 실제 「몬스터즈」에서도 좋은 필드를 선점하기 위해선 길드의 힘이 중요했었으니까. PK 자유도가 높은 게임일수록 단체의 중요성이 올라간다는 것은 말해 입만 아프다.

"좋은 말이네요."

"그리고 건호 씨는 제 기준 믿을 만한 사람이에요."

빈서율. 그녀는 나를 믿는다는데.

'그렇다면 나는 그녀를 믿을 수 있을까?'

문득, 내가 고스트에 둘러싸였을 때가 떠올랐다. 죽음이 눈앞까지 다가온 찰나의 순간. 보통사람이었다면 그 상황에 다가오지 않았을 거다. 그대로 다시 옥상으로 도망갔을 거다.

'하지만, 그녀는 목숨을 걸었지.'

게임이 아닌 현실에서 그런 의리를 가진 사람을 또 구할 수 있을까? 거기다가 실력까지 갖춘 인재를? 내 생각엔 아니올시다다.

"좋아요."

기회가 왔을 때 붙잡아야 한다.

"계약을 연장하죠."

"계약이요?"

"계약은 이 게임이 끝날 때까지. 서율 씨가 배반하지만 않는다면, 앞으로 전폭적인 지원을 해드리겠습니다."

"저, 정말이요?"

"물론이죠."

난 씨익 웃어줬다.

그렇게 쓸 만한 파티원 하나를 구했다.

식사를 마치고, 떠날 채비를 하고 있을 때였다. 갑작스레 나타난 메시지 때문에 우리는 행동을 멈출 수밖에 없었다.

[신비한 기운이 주변을 맴돕니다.]

[빠바밤!]

[개인 도우미가 등장합니다!]

[Tip 건물을 짓거나 업그레이드하는 데는 많은 골드가 필요하답니다.]

"뭐, 뭐야?"

"이게 뭐죠?"

두 쌍의 날개, 자그마한 지팡이. 엄지손가락만 한 크기의 요정 두 마리가 눈앞에 나타난 것이다.

[후우, 찾았다!]

[제기랄. 건물 안에 있어서 찾기 힘들었잖아?]

[아직도 퀘스트를 안 깨고, 멍청한 놈들인가?]

놀랍게도 요정들은 유창한 한국어를 구사했다.

"너, 너는…… 쉐넌?"

그리고 나는 그 요정이 누군지 정확히 알았다.

[뭐야, 날 알아?]

[신기한 인간이네?]

[아냐, 간혹가다 있다고 했어. 우리 존재를 아는 인간들이.]

모를 수가 없었다. 저들은 거주 요정, 쉐넌. 개개인의 집을 관리해 주는 건설용 NPC였으니까.

"귀여워요!"

한 마리의 요정은 호들갑 떠는 빈서율의 어깨에 가서 앉았고, 또 한 마리의 요정은 나에게 다가왔다.

[헤이! 인간. 여기서 뭐해. 빨리 터를 잡으러 가자구! 메인 퀘스트 안 깰 거야?]

휴우, 그럼 그렇지. 다행히 건물을 짓는 요정이 있었다.

안도의 한숨을 내쉰 난 쉐넌을 불렀다.

"이봐, 쉐넌."

[응?]

"갓 컴퍼니에서 보냈나?"

[으잉?]

"왜 우리에게 이런 퀘스트를 진행 시키는 거지?"

[뭔 소리야!]

궁금한 것을 퍼붓자 쉐넌이 빽 소리 지른다.

[갓 컴퍼니가 뭔진 나도 몰라! 난 오로지 유저들에게 하우징 서비스를 해주기 위해 설계되었단 말야!]

"그래?"

[응.]

"그럼 널 설계한 자가 누군데?"

[그, 그건…….]

"왜 말을 더듬지?"

[그러는 넌 왜 그런 걸 궁금해하는 거야?]

"정상적인 인간이라면 당연히 궁금해하지 않을까? 이유도 설명도 없이 세상이 변했는데."

[빼애애액! 몰라! 시련을 견디지 못한 자에게는 알려줄 수 없어!]

"시련?"

시련의 탑을 말하는 건가? 또 진실을 알려면 탑을 오르란 말을 하려는 건 아니겠지? 그러나, 쉐넌은 입을 꾹 다물고 있다. 하긴, 이렇게 쉽게 알려줄 거였으면 유저들에게 NPC를 보내주지도 않았겠지.

"터는 어떻게 잡는데?"

결국, 포기했다. 분명히 쉐넌 말고도 다른 기회가 있을 거야.

[부지를 잘 알아봐야 해! 도시엔 야생 몬스터들이 거주하고 있으니까 웬만하면 산 쪽에 터를 잡는 걸 추천해.]

"산? 여긴 도심인데, 산이 어딨어."

[아, 그렇구나……. 그럼 그냥 아무 곳이나 지정해! 자신만 있으면 도시에 지어도 무관하지 뭘!]

"아니, 이봐. 자신이 있는 게 아니라 산이 없다니까?"

[터를 정하는 순간, 주변 건물은 자동으로 삭제되니까 조심하고!]

도저히 말이 통하지 않는다. 본인 하고 싶은 말만 하는 것 같다.

'일단, 채널 10개가 합쳐졌다고 했지.'

아마 일정 공간 내에 125명이 거주하고 있을 거다. 그리고, 현재 나는 몬스터보다 사람이 더 무서운 상태.

'최대한 구석에 터를 잡는다.'

몬스터는 지식을 활용하면 어찌저찌 해결할 수 있을 거다.

하지만, 만약 다수로 뭉친 사람이 있다면? 그리고 그 단체가 우리에게 악의를 가지고 있다면? 그들 중에서도 높은 등급의 몬스터가 있다면?

'최악의 상황은 피해야지.'

조심해서 나쁠 것 없다.

"빈서율 씨, 요정이랑은 얘기 끝났나요?"

"아, 네! 그냥 빨리 터 잡자는 말밖에 안 하는데요?"

"그럼 일단 이동합시다. 해가 지기 전에 잡는 게 좋겠어요."

목적지는 북악산 방면. 우리는 자세를 낮추고 천천히 이동했다. 주변을 어슬렁거리는 1성짜리 잡몹들은 아델을 보는 즉시 거리에서 멀어졌고, 다행히 고렘 몬스터는 보이지 않았다.

"저기 푸른 막까지 이동하면 되는 거죠?"

"일단은 그래요."

게임 메시지가 전달하는 채널의 기준. 그것은 도시 각 구역을 감싸고 있는 푸른 디지털 막이었다.

'1서버가 대한민국이고, 그걸 다 세분화해서 나눠놓은 게 채널이었어.'

튜토리얼 때는 좁았던 그 구역이 채널이 합쳐진 후 넓어진 것을 보고 깨달았다. 아마, 다음 채널 통합이 있기 전까지 저 막 밖으로는 넘어가지 못하리라.

'시련의 탑은 모든 채널이 합해지면 나오려나?'

알 수 없지만, 뭐든 끔찍했다. 이게 전국에 걸쳐 발생한 사건이었다니. 과연, 모든 채널이 통합할 때쯤이면 몇 명이나 살아남을 수 있을까?

"건호 씨, 여기 되게 으스스한데요?"

"그럴 만도 하죠."

튜토리얼 동네보다 무려 10배나 더 큰 공간이다. 그 넓은 곳에서 생존한 사람이 오직 125명뿐이라는 건데. 사람 소리가 아닌 몬스터 소리밖에 안 들리니 을씨년스러울 수밖에 없겠지.

"마스터, 위험합니다."

아델이 앞으로 나선 것은 그때였다. 그는 무거워 보이는 창을 손쉽게 꺼내 든 채로 빈서율의 앞에 나섰다.

"무, 무슨 일이죠?"

"일단, 몸을 숨겨요. 천천히 지켜보죠."

나는 신속히 근처 전복된 버스 뒤에 몸을 숨겼다. 그 후, 주변을 둘러보고 청각을 집중해 봤다.

'아무것도 안 느껴지는데?'

그래도 조심해야 한다. 태생 4성인 아델이 뭔가를 느꼈으니까. 조용한 공간에서 점점 긴장감이 머리끝까지 올라오려 할 찰나.

"꺄아아악!"

"누, 누나! 뛰어! 좀만 더 힘내!"

"은채야!"

"할아버지!"

멀리서부터 누군가의 위급한 소리가 들려온다. 대충 들리는 것을 보아하니, 남자, 여자, 그리고 노인 한 명이다.

"어떡하죠? 누군가 오나 봐요."

"제기랄, 아델 저거. 일단 소환 해제하세요."

"아, 아델을 왜요?"

"괜히 나서면 어그로 끌립니다. 최대한 숨죽이고 지켜보죠."

"구해야 하지 않을까요?"

"판단은 제가 합니다."

"아, 알겠어요."

무리는 누군가에게 쫓기고 있었다. 그게 사람이든 몬스터든, 일단은 끼어들기 싫었다. 혹시 내가 감당하지 못할 적일 수도 있는데, 무작정 참견하는 것은 미련한 짓이다.

'두 남녀는 학생들인가 보군.'

나는 눈을 빛내며 상황을 지켜봤다. 자세히 보이진 않았지만, 언뜻 보이는 두 남녀는 교복을 입고 있었다.

'심연의 눈동자.'

나는 그들을 보며 중얼거렸다. 정보를 대충 요약하자면…….

[이름:서은채]

[등록 몬스터:1/2]

'쉐핀'(★★)

여자 쪽은 비록 하나지만 2성 몬스터를 가지고 있었고.

[이름:서지호]

[등록 몬스터:2/2]

'레드 팍스'(★)

'짹짹'(★)

남자 쪽은 평범하게 1성짜리 2개다.

같은 서 씨인 걸 보니까 둘이 남매이려나?

-크르르릉!

-컹컹!

그리고 그런 그들을 쫓는 건 웬 늑대무리였다. 보아하니 우두머리로 보이는 2성짜리 1마리와 1성짜리 10마리. 저들에겐 확실히 부담스러운 상대다. 지금의 나에겐 할 만하지만.

"꺄아악!"

"건호 씨. 여자애가 위험해 보이는데요?"

빈서율이 걱정스러운 투로 말했다. 보아하니 서은채의 달리기 속도가 점점 느려지고 있었다.

"잠시만요."

난 그런 그녀를 내버려 두고 노인을 쳐다봤다.

'헐?'

그리고 깜짝 놀랐다. 익숙한 얼굴이었기 때문이다.

'지병수 할아버지?'

노인은 놀랍게도 내가 살던 반지하의 집주인이었다. 매번 아침마다 따듯한 우유를 놓고 갔던 그 고마운 할배.

스릉-

나는 곧바로 철검을 뽑아 들었다.

"건호 씨?"

"도와줘도 될 것 같습니다."

솔직히 의심했었다. 조용했던 도시에서 갑작스럽게 이동하는 무리. 거기에 더해, 연약해 보이는 소녀의 비명 소리까지. 꼭, PK 집단이 미끼를 던질 때 사용하는 수법 같지 않은가. 게다가 지금까지 살아남았다는 것은 튜토리얼을 깼다는 양반들일 텐데, 터도 안 잡고 도망 다닐 리가 없었으니까.

'저 할아버지 성격상 그럴 리 없어. 사정이 있겠지.'

물론, 확실하게 장담하진 못한다. 그래도 1년 반 동안 봐왔던 집주인의 인성이 말해준다. 그리고 '심연의 눈동자' 역시 설명해준다. 저들은 연기하는 게 아니라고. 정말 위험한 상황이라고.

"바로 가면 되나요?"

"잠깐, 서율 씨. 아델은 일단 내버려 둬봐요."

"네? 왜요?"

"아델은 히든카드니까요."

"아."

히든카드는 무슨, 늑대 경험치는 다 내 거다.

차핫!

나는 기합을 지르며 달려 나갔다. 그간, 능력치가 많이 올랐는지 제법 기세가 실린다.

"허억?"

"뭐, 뭐야?"

갑작스러운 내 등장에 놀랐는지 멈춰서는 그들. 그리고 그런 그들을 희멀건 모래가 감싼다.

'나이스 빈서율.'

나르의 모래 방패였다. 모래에 부딪히는 늑대들. 난 그런 그들의 옆을 선점한 후, 빠르게 검을 휘둘러 나갔다.

서걱-스각-

가볍게 베어지는 놈들의 가죽. 동시에 흩날리는 핏방울.

'아누비스의 손길' 스킬 효과 때문인지 놈들의 공격속도도 느려진다.

"뒈져라!"

'좋았어.'

두 마리를 가볍게 처리했다. 이제 남은 건 1성 여덟 마리와 우두머리 한 마리.

'응?'

메시지가 떠오른 것은 그때였다.

[요정족 '쉐핀'(★★)의 축복을 받습니다.]

[공격, 이동속도가 150% 증가합니다.]

'뭐야. 요정족이라고?'

요정족은 버프로 특화된 종족이다. 보조 계열에선 거의 귀족 취급을 받을 수 있는 1티어 종족.

'게다가 2성이기까지 하니.'

세상에, 이런 인재가 이딴 허접한 늑대 따위에게 도망치고 있었다니. 뒤를 돌아다보니 서은채인가 하는 소녀가 날 바라보고 있었다.

'좋아. 버프가 주어지면 더 쉬워지지.'

2성 합체족과 2성 요정족의 조화라. 이렇게 좋을 수가 없었다.

"가자, 뿔하피!"

나는 뿔하피를 소환함과 동시에 느려져 있는 늑대들에게 달려들었다. 버프 효과와 '아누비스의 손길' 효과가 중첩되어 있어서 그런지 놈들의 움직임이 굼벵이처럼 느려 보인다.

서걱-

"깨갱!"

가볍게 휘두른 칼에 늑대의 몸이 분리된다.

"꾸르륵."

놈의 아가리에 쑤셔 넣은 칼에서 피거품이 흘러나온다.

"끼기기깅."

"꾸르르륵."

아델이 고스트를 잡을 때 이런 느낌이었을까. 남은 링울프들을 처리하는 데는 불과 1분도 걸리지 않았다. 옆을 보니 뿔하피 역시 '뿔날리기'를 통해 한 마리를 처리한 듯했다.

'이제 남은 건 한 마리.'

긴장한 채 으르렁거리고 있는 늑대 우두머리다. 속전속결이지. 나는 기세 그대로 놈에게 내달렸다. 놈이 이빨을 벌린 채 마주 달려들었지만, 너무 느리다.

"뒈져. 이 새끼야."

살짝 몸을 틀어 피한 후, 칼을 그대로 놈의 경동맥에 냅다 꽂았다. 1성짜리와 다르게 질기고 딱딱한 가죽의 느낌. 무시하고 한 번 더 찔렀다.

바닥에 쓰러진 채 낑낑대는 우두머리. 아예 정신 못 차리는 놈의 위에 올라타 미친 듯이 찔러댔다.

푹! 푹! 푹!

거친 호흡, 뜨거운 땀, 늑대의 피로 칠해진 몸뚱어리. 정신을 차리고 보니 놈은 미동도 하지 않은 채 쓰러져 있었다.

['우두머리 링울프'(★★)를 처리합니다!]

"거, 건호 씨! 괜찮으세요?"

"총각, 괜찮나?"

"……무, 무슨 혼자서 이걸 다."

시간이 흐르자 사람들이 다가왔다.

"우, 우와. 이거 누나 거예요?"

갑자기 중학생 서지호가 빈서율에게 묻는다. 손가락을 보니 나를 가리키고 있다.

"응? 그게 무슨 말이니?"

"저 칼 든 인간 몬스터, 쩔어요! 몇 성이에요?"

"잉?"

빈서율이 당황한다.

참나, 저것이…… 지금 날 몬스터로 보는 거야?

"으음…… 얘, 이분은 몬스터가 아니라 우리와 같은 사람이야. 예의를 갖추렴."

"네? 마, 말도 안 돼."

그래. 믿을 수 없겠지.

'합체족'이 뭔지도 모를 테니.

"어떻게 된 겁니까? 할아버지."

난 수건에 생수를 묻혀 온몸에 얼룩진 피를 닦아주는 빈서율을 뒤로하고 노인에게 물었다.

"아, 자네. 설마, 반지하 청년?"

"네, 맞습니다."

지병수 할아버지. 70세 중반의 노인으로 내 사정을 들은 후

1년 반 동안 빈 공간을 내어줬던 정 많으신 분이다.

말이 되는가? 이 각박한 세상에 1년 동안 밀린 월세를 봐주는 사람이 어디 있는가. 한동안 마음의 빚이었는데, 이렇게라도 갚게 되어 다행이었다.

"으음, 말하자면 긴데. 괜찮겠나?"

"괜찮습니다. 저희도 이 주변에 터를 잡으려면 다른 채널 상황도 알아둬야 해서요."

"좋네."

나와 노인은 자리를 이동했다. 빈서율은 서은채 남매를 데리고 가 먹거리를 먹이는 것 같았다.

그래. 특히 건방진 남자애 말고, 여자애 좀 더 챙겨줘. 어디서 못 구할 소중한 귀족이시니까.

"음…… 우리 쪽 채널 튜토리얼은 약 30명 정도가 생존했다네."

"30명이나 살았다고요?"

"그게, 이상하게 이 튜토리얼에 대해 자세히 알고 있던 자가 있었어. 따지고 보면 그자 덕분이었지."

제기랄. 「몬스터즈」를 즐겼던 사람이 또 있나 보다.

"대단했다네. 그자는 어떤 일이 벌어질지. 어떤 퀘스트가 떨어질지. 어떤 몬스터가 도움이 되는지 다 알고 있었어."

"튜토리얼 난이도는 어땠나요?"

"난이도?"

"세 번째 임무 과제가 뭐였죠?"

"아, 그냥 고스트 1개 소대를 잡으라는 내용이었다네. 그건 앞에 나왔던 거인에 비해서 훨씬 쉬웠지."

허, 역시나. 우리 채널만 특별하게 난이도가 높았던 거였다.

노인이 한숨을 내쉬더니 말을 이었다.

"사실, 무서운 건 고스트가 아니라 그자였어."

"왜요?"

"자연스럽게 무리의 리더가 된 그는 점점 사람들에게 이것저것 요구하기 시작했다네."

"폭군으로 바뀌었군요."

놀라운 일도 아니다. 당장에 고주호도 그랬었으니.

"맞아. 지식을 이용해서 빠르게 자신만의 세력을 구축한 그는 점점 쓸모없는 사람을 쳐내기 시작했지."

"할아버지도 쫓겨나신 거구요?"

"뭐, 그런 건 아닌데. 거의 그럴 뻔했지. 쓸모없는 몬스터가 나왔었거든."

"그럼, 저 애들은요?"

노인은 그렇다 쳐도 서은채는 가만히 놔둘 리 없었다. 무려 요정족 2성을 가지고 있는 귀족인데.

"하아, 그게……."

내 말에 노인이 인상을 찌푸렸다.

"설마?"

"그래. 놈은 왕처럼 행세했어. 나중 가니 은채에게 몸을 요구하더군."

"미친."

"천인공노할 짓임에도 누구도 나서는 자가 없었네."

"그래서요?"

"내가 도왔지. 몬스터를 이용해서 기습하고 무작정 도망쳤다네. 고스트 방향으로."

"아."

그다음 내용은 안 봐도 뻔했다. 고스트와 뒤엉켜 싸우다 미션을 클리어했고, 나처럼 검은 공간으로 빠져 로딩을 했겠지. 메인 퀘스트가 도착하자마자 상황 파악도 못한 채 도망쳤을 거다. 그러다 늑대 무리를 만난 것일 테고.

"무서운 놈들이라네. 거의 20명 정도의 세력으로 테러리스트처럼 굴고 있어."

"거기가 어디쯤인가요?"

"안국동 쪽이네."

"다행히 남쪽이군요."

우리의 목적지는 북쪽. 아직까지 겹칠 일은 없었다.

"빨리 피해야 하네. 놈들이 어떤 시비를 걸어올지 몰라."

"걱정하지 마세요. 일단 저희는 북악산 밑쪽에 터를 잡을 생각입니다. 저희랑 함께 가실래요?"

초반 상황에서 다수 대 소수는 절대적으로 소수가 불리하다. 일단은 무조건 맞부딪치는 상황은 지양해야 한다. 우선, 터를 잡고 훈련에 집중하는 게 맞다.

저들도 저들이지만 일단은 필드 보스가 더 무섭기도 했고. 또, 그 단체가 아니더라도 다른 채널 사람들도 있다.

"그래 주면 고맙지."

"좋습니다. 가시죠."

그렇게 또 팀원이 늘어버렸다.

총 다섯 명. 탑을 공략했었던 그 멤버의 수와도 같다. 안국동에 자리 잡은 놈이 어떤 놈인지는 모르겠지만, 내가 다섯 명의 팀원을 지휘하는 이상 절대 우습게 볼 수만은 없을 것이다.

Chapter 4

"건호 씨, 다 온 것 같아요."

"거 참, 신기하구먼. 이 이상은 지나갈 수 없다는 건가?"

"이거, 만져봐도 될까요?"

눈앞에 푸른색 디지털 막이 보인다.

산 쪽으로 더 들어갈 수 있으면 좋겠는데, 아쉽게도 나누어진 구역이 도시를 벗어나진 못했다.

[이봐! 조심하라고! 만지면 꽤 아플……]

찌릿-

"으아악!"

"지, 지호야! 괜찮아?"

만지면 가벼운 전기가 흐른다. 아마 게임의 규칙을 어기지 말라는 경고의 의미일 거다.

[쯧쯧, 멍청한 꼬맹이. 그래도 얕게 만져서 다행이지. 큰일 날 뻔했어!]

쉐넌이 혀를 차며 말했다. 아마 더 깊게 나가려 할수록 강력한 전기가 흐르겠지. 실험해 볼 생각이었는데, 다행히 건방진 꼬마가 실험체가 되어줬다.

"이곳에 터를 잡으실 생각인 건가요?"

"그래야죠."

채널이 더 확장되면 어찌 될지 모르지만, 일단 이곳에 자리를 잡는다. 더는 뭉그적거릴 수 없다. 빨리 성장해야 하니까. 근데 어떻게?

"이봐, 쉐넌."

[응응?]

"이곳에서 다섯 명이 터를 잡으려 하는데 어떡하지?"

[음, 동시에 터를 잡을 순 없어. 일정 거리는 떨어져 줘야 해.]

"일정 거리?"

[응, 일단 먼저 터를 잡아봐! 여기 이 자리에 지으려구?]

"응."

대답 후, 잠깐의 시간이 흐르자 메시지가 뜬다.

[지정 구역에 '터 짓기'를 실시하겠습니까?]

[Tip '터' 개간이 시작되면, '터' 주변 건물들이 삭제될 수도 있으니 주의하세요!]

메시지와 함께 온 시야가 뻘겋게 변했다. 그리고 내가 지정한 구역만 초록색으로 보였다. 눈알을 이리저리 굴리니 초록색이 양옆으로 마구 이동한다.

아, 초록색 구간이 내가 지정할 '터'겠구나. 거 참, 신기하네.

'대략 100평 정도 넓이로군.'

나중에 더 늘어날지는 모르겠지만, 이 정도면 꽤 넓게 주는 편이다. 같이 공유하는 게 아니라 혼자 쓰는 거니까.

"오케이. 실시."

나는 적당한 위치를 골랐다. 내가 빨리 자리를 잡아야, 남은 인원들도 그에 맞추어 터를 잡는다.

-구르르릉!

내 말과 동시에, 땅이 뒤흔들렸다. 시야가 꿀렁거리며 내가 지정한 구역이 평평하게 뒤바뀌기 시작했다. 주변 작은 건물들도 폭삭 내려앉아 깨끗한 땅으로 변했다.

'미…… 미친, 이런 게 실제로 가능하다고?'

하긴, 애초에 몬스터부터가 난센스인데.

그래도 놀라운 건 놀라운 거다.

[축하드립니다. '터'를 완성하였습니다.]

[메인 퀘스트 ① 1. '터 잡기'가 종료되었습니다.]

[기본 보상:500골드]

[Tip 터는 점령할 수도, 점령당할 수도 있으니 주의하세요!]

"생각보다 간단하네요. 여러분들도 각자 자리 잡으세요."
"건호 씨 옆자리로 하면 될까요?"
"네, 만약을 대비해서 어느 정도 거리 좀 띄워서 설치하면 될 것 같네요. 우선 오늘은 각자 알아서 메인퀘스트들 진행하는 거로 합시다."
"알겠어요."
"알겠네. 그렇게 하세."
내 지시에 각자 사방으로 흩어졌다. 하나하나 신경 써줄 수 있었지만 그러지 않았다. 이런 간단한 것조차 혼자 못하면 내 팀에 들어올 자격이 없을뿐더러, 앞으로의 생존에 대해 심각하게 고민해 봐야 한다.
"쉐넌."
[웅웅?]
"바로 건물 짓기부터 시작하지."
[오오, 좋은 생각이야! 빨리 이 휑한 공간을 가득 채워보자구!]
"우선 건물 목록부터 보여줘."
[알겠어!]
내 기억 속 하우징에는 지을 수 있는 건물이 무척이나 다양하다. 그리고 그걸 짓는 데 필요한 것은 바로 골드.
'드디어 모아둔 골드를 쓸 시기가 왔군.'
초반에 건물을 짓냐 안 짓냐는 매우 중요하다. 건물의 유무에 따라 랭킹 격차가 점점 벌어진다는 말이 있을 정도로, 성장에 핵심적인 역할을 하는 게 건물이다. 그리고 그 건물은 무진장 비싸다.

'건물 목록!'

[주거지(Lv.1) 1,000 골드]

캐릭터가 거주할 수 있는 공간입니다.

효과:캐릭터 경험치 +100xp/1일. 캐릭터 회복률 1,000%

[거래소(Lv.1) 1,000 골드]

유저들이 거래할 수 있는 상점입니다.

효과:몬스터, 소환서, 아이템 판매

[강화소(Lv.1) 1,000 골드]

몬스터를 더 높은 등급으로 강화할 수 있는 건물입니다.

효과:몬스터 진화

[훈련소(Lv.1) -1,000 골드]

몬스터가 훈련할 수 있는 장소입니다.

효과:몬스터 배치 시 훈련량에 따라 경험치 상승

[창고(Lv.1) -1,000 골드]

몬스터, 아이템을 효율적으로 관리할 수 있는 보관소입니다.

효과:몬스터 10마리, 아이템 10개 보관 가능

[골드 광산(Lv.1) -1,000 골드]

지속적으로 골드를 생산하는 광산입니다.

효과:골드 채광 + 50골드/1일

[방어 타워(Lv.1) -1,000 골드]

적대 유저의 침입을 방어하는 전투 건물입니다.

효과:초당 데미지 100
[땅 확장(Lv.1) -10,000 골드]
땅을 확장한다.
효과:+100평

'총 7개의 건물이라.'

많다면 많고, 적다면 적을 수 있다.

그러나 가격은 다 1,000골드.

'제기랄. 우라지게 비싸군.'

웃긴 건 이게 다 레벨1 건물들이란 거고, 고렙으로 업그레이드할수록 더 비싸질 거라는 사실. 아마 평범하게 튜토리얼을 클리어해 왔다면 지금 지을 수 있는 건물은 2개 정도밖에 안 될 것이다.

'지금 내가 가진 골드는 13,800 골드.'

각종 업적과 퀘스트로 모은 것과 고주호 일당에게 주운 것을 다 합치니 이 정도다.

'당연히 전부 다 지어야지.'

쓸모없는 건물은 단 하나도 없다. 게다가 내 기억에, 건물 7개를 최초로 전부 지으면 받는 업적이 있었던 것 같은데…….

"쉐넌."

[왱?]

"여기 있는 거 7개 모두 다 지어줘."

[쿨럭! 뭐, 뭐라고?]

"다 지어달라고. 배치는 알아서."

[무, 무슨. 말도 안 돼! 이제 튜토리얼에서 나온 유저가 벌써 골드를 그렇게 모았다고?]

쉐넌의 눈이 휘둥그레진다. 얘는 내 스테이터스 정보를 못 보는 건가?

"짓기 싫어?"

[꺄아아악! 그럴 리가! 빨리빨리 지어줄게!]

쉐넌이 한껏 비명을 지른 후, 신나는 얼굴로 날아다니기 시작했다. 지팡이를 이리저리 휘두르자 땅에서 자그마한 건물들이 솟구쳐 오른다. 봐도 봐도 적응 안 되는 비현실적인 광경. 대충 보아하니 30평짜리 주거지와 훈련소, 그리고 나머지는 다 2평 정도로 자그마한 건물들이다.

[메인 퀘스트 ① 2. '거래소 건설'이 종료되었습니다.]

[기본 보상:500골드]

[★★1서버 최초로 건물을 전부 지었습니다 '위대한 건설가' 업적을 달성하였습니다. 당신의 위대한 업적을 응원합니다.★★]

[특수 보상:2,000 골드]

[Tip 건물은 레벨이 올라갈수록 커진답니다! 이에 대비해 땅 확장은 미리미리 해두세요!]

'좋았어.'

비교적 늦게 터를 잡은 내가 최초라는 것은 아직까지 7,000골드 이상 모은 유저가 없다는 뜻. 다행이었다.

"어디 한번 둘러볼까?"

[응응. 좋아 좋아! 분명 만족할 거야!]

난 일단 주거지부터 들어갔다. 궁금했기 때문이다. 폰 게임이었을 때는 그냥 캐릭터 경험치를 받는 상징적인 건물이었는데…….

"오."

시야에 펼쳐진 내 보금자리는 꽤 그럴듯했다. 간단한 화장실과 부엌, 냉장고, 그리고 침대. 아직 Lv.1이라 그런지 이게 끝이었지만 점점 업그레이드할수록 좋아지겠지.

"참, 슬프네."

Lv.1짜리 집이 본래 월세로 살던 반지하 방보다 훨씬 넓고 깨끗하다니, 기분이 참 오묘하다.

"일단, 집은 됐고, 거래소부터 가자."

거래소는 유저와 유저 간의 거래도 담당하지만, 게임 내 상인이 무작위로 아이템을 팔기도 했다.

아이템의 수량은 총 다섯 개. 하루에 한 번씩 리셋하는데 그전에 좋은 게 있나 둘러봐야 한다.

[거래소는 자주 이용할 것 같아서, 주거지 바로 옆에다가 지었지롱~]

"그래그래. 잘했어."

나는 옆에서 쫑알대는 쉐넌을 뒤로하고 거래소를 들어갔다. 유저 거래는 아직 활성화될 시기가 아니니, 우선 '랜덤 상점'부터 보자.

이것저것 많은 아이템이 있지만 대부분 쓸모가 없다다.
'일단은 주문서부터 구매하고.'

['하급 몬스터 소환 이용권'을 구매하셨습니다.]

'흠, 아쉽게 검이 없네.'
나는 허리춤에 달린 철검을 쳐다봤다. 녹슬고 이 빠져 있는 철검. 닦으려고도 해봤는데. 녹이 사라지지 않는다.
'제길, 조만간 부러질 것 같은데.'
아무리 '합체족'이라지만 검 없이 주먹으로 싸우는 것은 무리다. 능력치가 그만큼 오르지도 않았을뿐더러, 일단 내가 아플 것 같으니까.
'창이라도 살까?'
아? 잠깐만. 순간, 좋은 생각이 떠올랐다.

['실전용 강철 창'을 구매하셨습니다.]

'근처에 창술의 달인이 있잖아?'
아델 드 베르트랑. 놈이 고스트를 잡을 때 펼쳤던 그 창술의 위용이 아직까지 머릿속에 남아 있다. 보이지 않는 속도와 화려한 스텝. 그리고 날카롭게 펼쳐지는 초식들.
'검은 포기하는 게 낫겠어.'
스승도 없고, 배울 수 있는 루트도 없다. 그냥 아무것도 모른 채 휘둘러 왔을 뿐이다. 이렇게 가다간 분명히 나중에 한계가 찾아올 거다.

'일단, 빈서율한테 가보자.'

그녀는 약속했다. 날 '리더'로 모시기로. 내가 그녀에게 모든 지원을 약속한 것처럼, 그녀도 날 돕겠다고 했으니까.

"빈서율 씨."

난 '터' 둘러보는 것을 그만두고 옆에 빈서율의 '터'로 이동했다.

"아, 건호 씨. 오셨어요?"

"오, 건물 많이 지었네요?"

"네, 돈이 부족해서 다섯 개밖에 못 지었어요. 창고랑 방어타워는 나중에 지으려고요."

좋은 선택이다. 보통 초반에 필수적으로 짓는 두 개가 '훈련소'와 '거래소'니까. 그것만 있으면 나름 잘 지은 거다.

"잘했네요."

"그런데 무슨 일이세요?"

"뭐 별다른 건 아니고, 혹시 아델 좀 빌려줄 수 있나요?"

무리한 부탁일 수도 있다. 등록한 이상 아델을 빌리기 위해선, 빈서율도 계속 내 옆에 있어야 하니까. 내가 훈련할 때마다 그녀의 시간을 뺏는 것이 된다는 말.

'뭐, 안 된다고 하면 별수 없지.'

아무리 내가 급하다 해도 타인의 희생을 강요할 수는 없다. 그냥 아델의 움직임을 기억하면서 나 혼자 연습할 수밖에.

"그러세요. 혹시 지금 필요하신가요?"

일말의 고민도 없었다. 그녀는 곧바로 아델을 내어줬다.

다음 날 아침. 빈서율이 바리바리 싸 들고 온 식량을 간단하게 먹은 후, 훈련소로 이동했다. 그곳에는 어제 약속한 대로 그녀가 아델과 함께 기다리고 있었다. 할아버지랑 서 씨 남매에게는 각자 훈련소에서 몬스터들을 훈련시켜 놓으라 지시해 뒀다.

"오셨어요?"

가볍게 스트레칭하며 묻는 그녀.

"서율 씨도 하시려구요?"

"어차피 아델 때문에 이곳에 있어야 하는데 놀면 뭐해요."

어제, 그녀에게 대강 설명은 해뒀다.

'합체족'을 효율적으로 사용하기 위해, 아델에게 무술을 배우고 싶다고.

'그래도 기특하네.'

저번 옥상 때부터 그랬다. 별 성과가 없음에도 꾸준히 운동하려 하는 모습이 훌륭했다.

'흠, 합체족에 대해 알려줄까?'

아마 거래소 이곳저곳 뒤져보면 1성짜리 합체족 몇 개는 있을 거다. 지금부터라도 그걸 사용시키면 눈에 띄게 성장할 텐데.

'아니, 아직은 아니야.'

'합체족' 버그는 오직 나만이 알고 있는 정보이자 무기다. 랭킹 1위이자 팀원이었던 '매우큰사람' 형도 몰랐던 히든피스 중의 히든피스. 빈서율을 완벽하게 컨트롤할 수 있는 방법이 있으면 몰라도, 지금은 아직 믿을 수 없다. 아직까진 나 혼자 꿀 빠는 게 맞다.

"음? 그건?"

빈서율이 허공에 손을 허우적거리더니, 나무로 만들어진 볼트 다섯 개들이 석궁 하나를 꺼내 들었다. 호오라, 제법인데? 그새 무기도 샀어? 게다가 나름 합리적인 무기선택이다.

"남은 돈 전부 투자해서 하나 샀어요."

"그래요?"

"저번 고스트 잡을 때 느꼈거든요. 제 몸은 제가 지켜야 한단 걸. 원거리 무기가 지원하기 더 편하기도 하고."

"사용 방법은 아시고요?"

"아뇨. 천천히 연구해 봐야죠. 그래도 기계식인데 활보다는 쓰기 쉽지 않겠어요?"

맞는 말이다. 석궁은 활보다 발사 속도는 느리지만, 더 강하고 정교한 조준이 가능하며 적은 훈련으로도 쉽게 사용할 수 있다. 하지만, 활에 비해 쉽다는 거지 아무것도 모르는 사람이 쓰기엔 무리가 있을 거다.

"흠, 서율 씨."

"네?"

"아닙니다. 한번 열심히 해보세요."

뭐, 그녀도 생각이 있겠지. 그래도 나중에 기회 되면 근처

도서관을 털어 석궁 관련 서적이나 찾아줘야겠다.

'일단은 나부터 해결하고.'

나 역시 창을 꺼내 들었다. 강철로 이루어져 있어서인지, 군 시절 들었던 K-2 소총보다 다섯 배는 더 무거운 느낌이었다.

'성급하게 굴 필요는 없어.'

어차피 버그가 수정되지 않는 이상, 꾸준한 훈련만 한다면 능력치는 계속 오를 거다. 몇 년만 지나면 오직 능력치만으로 태생 5성 몬스터들과 비스름한 수준까지 가겠지.

'문제는 밸런스야.'

과연 능력치만 높다고 강해질 수 있을까? 제대로 된 기술도 없이 힘만 세다고 이곳에서 살아남을 수 있을까?

'턱도 없지.'

과거 폰 게임에서는 터치 한 번에 캐릭터가 자동으로 싸워 줬다. 하지만 이곳은 현실. 내가 직접 움직여 괴물들과 싸워야 한다. 실제 고통이 느껴지고, 끈적한 피가 터져 나온다.

오래 움직이면 지치고, 자칫 실수라도 하면 그대로 목숨을 잃을 수도 있다.

그래서 아델이 필요한 것이다. 무기를 능숙하게 사용할 줄 알아야 하니까. 내 신체를 내가 정확하게 컨트롤 할 수 있어야 하니까.

"그대가 담건호인가?"

"……아델."

"마스터의 명령으로 지금부터 그대에게 '베르트랑 스피어'를 전수하겠다. 그래도 되겠는가?"

"물론이지."

30평짜리 작은 훈련소. 기초적인 짚 인형과 나무 표적밖에 없는 조잡한 공간에 나와 아델이 들어섰다.

주변을 둘러봤다. 먼저 들어선 빈서율은 구석에 앉아 석궁을 이리저리 만져보고 있었고, 내 귀여운 뿔하피는 표적에 열심히 뿔을 날리고 있었다.

"창을 들어라."

아델이 본인의 창을 두 손으로 잡은 채 말했다. 과연, 단순하게 파지만 했음에도 엄청난 위압감이 흘러나온다.

"베르트랑 스피어는 투핸드를 기본으로 하는 공격적인 창술이다. 방패 따위 쓰지 않으며, 오직 패도만을 추구하지."

나는 아델의 자세를 눈으로 스캔한 후, 그대로 따라 했다. 왼발을 앞으로 하고 그 일직선상에 오른발을 뒤로 보낸다. 그 후, 오른 다리를 쭉 펴고, 왼 다리를 살짝 굽혀준다. 창을 잡은 손은 허리 높이에, 창끝은 내 시야 높이까지 올려준다.

"처음 치곤 제법 쓸 만한 자세군. 검을 쓸 때보다 훨씬 나아."

"그런가?"

의외였다. 그냥 보고 가볍게 따라 해본 건데 칭찬이라니? 태어나서 제대로 된 운동 한번 해본 적 없는 난데.

"그래. 검을 버리고 창을 선택한 것은 좋은 판단이다. 검은 백번 양보해도 창에 안 되거든. 그대의 재능도 창에 더 있어 보이는군."

"검이든 창이든 뭐든 상관없어. 난 그저 몬스터만 잘 때려잡을 수 있으면 돼."

"좋은 자세다. 그럼 우선 기본 중의 기본부터 배워볼까?"

아델이 씨익 웃었다. 나름 걱정했는데 친절하게 알려줘서 다행이다.

"창술의 가장 기본이자 근본이 되는 기술은 바로 찌르기다. 상대에게 가장 날카로우면서도 치명적인 대미지를 입힐 수 있는 기술이지."

아델이 자세를 잡고 허수아비를 향해 창을 천천히 내질렀다. 천천히 찌르는 것은 나름의 배려일 거다. 내가 자세를 정확히 보고 익힐 수 있도록 신경 써주는 거겠지.

"따라 해봐라. 동작이 완벽해질 때까지 연습하고 또 연습해야 한다."

"그러지."

"처음엔 천천히 자세에만 집중해라. 속도를 붙이는 것은 나중이다."

아델은 내 자세를 교정시켜 주고 바로잡아 줬다. 훈련은 거의 4시간 동안 지속됐다. 그가 제시한 찌르기의 횟수는 5,000번.

"허억, 하악."

땀이 온몸에 주륵주륵 흘러내렸다. 계속 떨어지는 땀방울에 시야가 가려지고 눈이 따가웠다. 오로지 '찌르기'만 반복하는 수업이 이렇게 힘들 줄은 몰랐다. 내용은 단순하지만, 과정은 절대 단순하지 않았다. 하체에 신경을 쓰면 상체가 흔들리고, 상체에 신경을 쓰면 시선과 창끝이 흔들린다.

"제기랄!"

찌르던 창이 하늘이 아닌 바닥에 처박힌다. 몸이 마음대로 따라주지 않았다. 시간이 흐를수록 근육이 뭉치고 몸이 무거워져 갔다. 창의 무게도 배는 더 늘어난 것처럼 느껴졌다. 손목이 욱신거렸다.

"창을 들어라. 기초 체력 역시 중요하다. 지금의 고통 역시 창술의 뼈대를 만드는 과정이다."

"하악, 흐윽, 알겠다."

나 역시 그만둘 생각 따윈 없었다. 이 정도도 못 버틸 거였으면 애초에 '합체족'을 선택하지도 않았을 거다.

"너무 자신을 탓할 필요도 없다. 처음치고는 말도 안 되게 잘하고 있어 신기할 지경이니까. 베르트랑 가문의 천재였던 동생도 이 정도까지는 아니었는데."

아델은 옆에서 성심성의껏 나를 지도했다. 아무리 마스터의 명령이라지만 이렇게까지 가르쳐 줄 줄은 몰랐다.

'그나저나 아델은 어디서 온 걸까?'

현실감 있는 모습. 창술에 대한 전문적인 지식.

몬스터이니 게임으로 만들어진 것이 분명할 텐데…….

그냥 과거 중세시대 기사의 지식을 넣어둔 걸까? 아니면 진짜 중세시대 기사? 가문의 기억까지 가지고 있는 건 너무 현실적인 설정이잖아?

"후우, 후우……. 아델, 너는 어디서 온 거지?"

역시, 궁금한 건 바로 물어봐야 직성이 풀린다. 비록 그게 훈련 중이라도 말이다. 난 아델이 알려준 찌르기를 반복 동작하며 계속 대화를 이어나갔다.

"그게 무슨 말인가?"

"빈서율에게 소환되기 전까지 뭐 하고 있었냐는 말이다."

"아."

아델의 표정이 멍해졌다. 왜, 물으면 안 되는 질문이었나?

잠깐의 침묵이 흘렀을까.

"모른다."

"뭐?"

"과거의 기억만 뜨문뜨문 있을 뿐. 확실한 건, 마스터의 명령에 복종해야 한다는 것. 그뿐이다."

"그런가."

"훈련 중에는 훈련에만 집중해라, 담건호."

아델이 자못 준엄한 목소리로 꾸짖는다.

"그대는 확실히 재능이 있다. 분명 처음 시작은 마스터의 명령이었지만 점점 호기심이 생기는구나. 독기도 있고 정신력도 있어."

"하아, 알겠다고."

전신에 흐르는 땀, 흔들리는 팔과 다리. 검을 휘두를 때와는 차원이 달랐다. 수련용 철검보다 훨씬 무거운 것도 있었지만, 그것 때문만은 아니다.

느린 동작으로 정확한 자세를 지키며 휘두르는 동작이다. 막무가내로 휘두르는 것과 같을 리 없었다.

"힘들다고 생각하면 더 힘들다. 그 생각을 머릿속에서 지워내라."

"그래. ×발. 어디 해보자고!"

"벌써 사천 번이다. 천 번만 더 채우면 된다."

"내가 못 할 것 같아?"

"아니, 넌 할 수 있다."

난 비틀거리며 창을 다시 한번 허수아비에 찔렀다. 기합을 지르면서도 자세는 최대한 정확하게 유지하려고 노력했다.

'신기해.'

마치 내가, 내가 아닌 것만 같았다. 분명히 힘들었지만, 무언가 다른 감각이 전신을 휘감았다.

마치 내 것처럼 손에 딱 달라붙은 창. 에너지를 정확하게 전달하기 위해 자동으로 펼쳐지는 자세.

'설마?'

문득, 떠올랐다. 내가 특전으로 받았던 스킬이.

'맞아. 아레스의 본능.'

전신의 가호로 인한 운동신경의 발달. 과연, 이것 때문이었나? 평소 운동 한번 해본 적 없던 내가 아델에게 천재 소리를 들을 수 있었던 이유가?

'갓 컴퍼니, 놈들은 도대체 뭐 하는 놈들일까.'

특전. 갓 컴퍼니가 특전으로 내게 이 스킬을 선물했다는 것은? 내가 '합체족'을 사용할 거란 사실을 알고 있었다는 말이다. 그 말인즉슨, 놈들 역시 버그의 존재를 알고 있다는 말인데……. 내가 버그를 사용하길 바라는 것일까?

'그냥 100층만 깨주면 된다는 건가?'

머릿속이 복잡했다. 목이 콱 막힌 것처럼 답답했다. 누군가가 속 시원하게 설명해 줬으면 좋겠다고 생각했다. 갓 컴퍼니와 시련의 탑 100층, 그리고 「몬스터즈」와의 관계에 대해서.

'어쨌든, 지금 나에게는 최고의 스킬이니까.'

일단은 생존을 위해 이용한다. 갓 컴퍼니가 뭐든 일단은 사는 게 먼저다. 이유는? 죽기 싫으니까.

"자세가 흐트러졌다. 잡생각 하지 말고 자세에만 집중해라! 아직 500개나 남았다!"

"건호 씨, 힘내요!"

제길, 흐트러졌다고? 어느새 옆에는 빈서율이 와서 응원하고 있었다.

그렇게 2시간이 더 흘렀을까.

"마지막 한 개!"

"아자아아아앗!"

마침내, 아델이 정해놓은 할당량을 채움과 동시에 메시지가 흘러나왔다.

[채널 내 모든 인원이 메인 퀘스트를 완료하였습니다. 새로운 메인 퀘스트가 도달합니다.]

[채널 인원 총 92/125명]

[제한 시간 72:00:00]

[메인 퀘스트 ① 3. '집단 설립'

생존을 위해서는 집단이 필수입니다. '쉐넌'을 통해 집단을 창설하거나 새로운 집단에 가입하세요.

성공 시:+500 골드

[실패 시:사망]

[Tip 집단원끼리는 터를 공유할 수 있답니다. 강력한 터를 바깥쪽에 배치해 전략적으로 방어해 보세요.]

[메인 퀘스트 ① 4. '단원 모집'

제한 시간까지, 10명이 소속된 집단 안에 가입해 있어야 합니다.

성공 시:+1,000 골드

실패 시:사망]

[Tip 죽기 싫으시다구요? 그럼 빨리 뛰어다니세요.]

제한 시간 3일. 나름 까다로운 퀘스트가 마침내 도착한 것이다.

전신이 얼얼했다. 걸어 다닐 때마다 다리가 후들거렸고, 전완근이 터질 것 같이 부풀어 올라 주먹이 쥐어지지도 않았다. 그래도 성취감은 죽여줬다.

찌르기 5,000번이라니. 내 인생에 이런 끈기와 집념을 가졌던 순간이 있던가. 아무리 능력치의 상승으로 힘이 늘어났다 해도, 빡센 훈련은 빡센 훈련이었다.

'결과가 눈에 정확히 보이니까.'

거주지에서 샤워하며 스테이터스를 확인한 결과, 힘과 체력 민첩이 각각 2씩이나 올랐다. 지금까지 올랐던 수치보다 더 큰 폭으로 올랐다는 것은 그만큼 육체를 한계까지 몰았다는 거다. 그리고 아델은 그 방법을 알고 있었다. 좋았어, 이대로만 하면 돼.

'훈련은 이 정도로 됐고, 문제는 메인 퀘스트지.'

거주지 밖으로 나가자 내가 새로 구성한 파티원들이 기다리고 있었다. 빈서율과 할아버지, 그리고 중고딩 남매. 그들은 새로 띄워진 메인 퀘스트를 확인한 후, 신속히 내 '터'를 향해 모였다.

"건호 씨, 오셨어요?"

"와- 건호 형이다!"

"왔나. 허어, 갑자기 10명을 모아야 한다니. 이게 무슨 일인가."

"안녕하세요, 아저씨."

「몬스터즈」는 몬스터 육성형 액션 RPG임을 주장하지만, 실상은 도시에서 살아남는 서바이벌 형 게임이다. 새로 도착한 메인 퀘스트만 봐도 확실해진다.

'집단 설립'과 '단원 모집'. 굳이 딱 10명의 인원을 제시하는 이유는 뻔했다. 이제 본격적으로 판을 키워보겠다는 거다.

사람들이 모이면 모일수록 갈등은 심화될 테고, 그렇게 되면 더 많은 이들이 죽어 나갈 테니까.

'10명이 최소 10명이 아니라, 진짜 딱 10명이라는 게 문제지.'

웃기는 건, 집단을 처음 창설하면 가입할 수 있는 정원이 고작 10명밖에 안 된다는 것이다. 만약, 13명이 있는 집단이라면 어쩔 수 없이 3명을 쳐내야 한다. 대놓고 갈등을 유도하는 퀘스트란 것이다.

다 같이 모여서 사이좋게 팀을 나눌 수 있다면 좋겠지만, 어디 분위기가 그럴 분위기인가? 당장 서로를 죽이면 골드가 떨어지고 템이 떨어지는데.

'지금 생각해 보니 참 지랄 맞은 게임이었네.'

튜토리얼도 그렇고, 살인 업적도 그렇고, PK 시스템도 그렇고…… 아무리 게임 테마가 생존이라지만 퀘스트 마저 PK를 유도하는 건 너무 심하지 않은가. 하긴, 제대로 된 게임이었으면 이런 ×망겜 소리는 듣지 않았겠지.

"결국, 주어진 3일 동안 다른 사람들을 찾아내야 한다는 말인가요? 그것도 딱 다섯 명만?"

열띤 토론 중이었는지, 무릎 꿇고 다소곳이 앉아 있던 서은채가 다시 운을 띄웠다. 그러자 서지호도 고개를 끄덕이며 답했다.

"맞아. 누나. 그 사람들도 우릴 애타게 찾고 있을 수 있어. 다른 사람들도 퀘스트를 깨야 죽지 않을 테니까."

"헐, 그럼 지금 당장 움직여야 하는 거 아니에요? 다른 사람이 전부 팀을 만들면 어떡해요?"

서은채가 몸을 으스스 떨었다. 그녀의 말도 일리는 있다. 눈앞에 희미하게 새겨져 있는 채널 인원 현황판만 아니라면 말이다. 할아버지도 나와 같은 화면을 본 것인지 고개를 천천히 흔들었다.

"아니, 함부로 움직이는 것은 위험해."

"왜요?"

노인의 단언에 서은채가 반응했다.

"채널 인원 현황판을 보게나."

"아."

"그동안 정확히 33명이 줄었어."

"그, 그 말은……."

"그래. 겨우 하루 정도밖에 안 되는 그 짧은 시간에 벌써 33명이 죽었다는 말이야."

"히익-"

"몬스터에게 당한 사람도 있겠지. 하지만 은채야. 너도 보지 않았느냐. 남쪽으로 간 그놈들 말이야. 사람 목숨을 파리처럼 생각하는 새끼들."

"그, 그랬죠."

"그놈들 말고도 위험한 집단은 분명히 있을 거고, 그 집단이 우릴 노리지 않을 거란 보장도 없어."

"그, 그렇다고 가만히 있을 수는 없잖아요."

서은채의 말에 노인이 이마를 짚고 신음을 내쉬었다. 답이 없었기 때문이다. '터' 없이 돌아다니자니 위험하고, 그렇다고 가만히 있긴 뭐하고.

"일단 집단부터 만드는 건 어떨까요?"

가만히 있던 빈서율이 나섰다.

"집단 말인가?"

"네, 우선 500골드부터 받고 생각해 봐요. 전 건호 씨를 리더로 모시고 있기 때문에, 일단 건호 씨가 만든 집단에 들어갈 생각이에요."

"건호를 리더로 추진하는 건 나도 좋은 생각이라 보네. 은채야, 지호야, 그렇지?"

"저도 그렇게 생각해요."

"네! 저도 형이 리더라면 찬성이요!"

네 명이 동시에 나를 쳐다본다. 하, 이것들이 누구 맘대로 찬성하고 말고를 정해. 집단을 만들긴 하려고 했지만, 애초에 나는 소수정예를 지향한다. 사람이 많아 봐야 통제도 힘들고, 관리도 힘들다.

'일단은 빈서율만 합격이야.'

아직까지 단원으로 인정한 것은 빈서율뿐이다. 물론, 당장 이들을 떼어놓겠다는 말은 아니다. 하지만, 끝까지 갈 멤버라고 물어본다면? 일단은 아니라고 말하고 싶다. 서은채는 초반에 쓸 만한 몬스터를 지니고 있다지만, 겨우 2성 몬스터 하나일 뿐이다. 서지호나 할아버지는 별 볼 일 없는 그저 그런 몬스터를 소유하고 있다.

'정만으로 팀을 짤 수는 없으니까.'

세상이 이미 참혹하게 변했다. 할아버지가 나에게 베풀었던 배려는 저번에 목숨을 구해줌으로써 다 갚았다고 생각한다. 물론, 지금도 도와줄 수 있으면 도와줄 생각이다. 하지만 아직 팀이라 생각하지는 않는다. 쓰레기 같다 욕할 수 있겠지만 나로서도 어쩔 수 없다. 내 최고 우선순위는 무엇보다 생존이니까.

나에겐 팀원에 대한 명확한 요구 스펙이 있다. 좋은 몬스터? 운빨? 아이템? 다 아니다. 그딴 건 다 내 머릿속 지식으로 다 극복할 수 있다.

'딱 두 가지만 지킬 수 있으면 돼.'

첫째는, 어떤 상황이 오더라도 리더의 통제에 따를 수 있는 사람. 둘째는, 어떠한 경우에도 뒤통수를 치지 않을 사람.

'쭉 지켜봐야지.'

단원 모집은 항상 신중해야 한다. 특히 탑 고층으로 올라갈수록, 서로에 대한 믿음 없이는 절대 클리어하지 못할 상황들이 나온다. 한 사람이 욕심을 내는 순간, 나머지 단원 모두의 목숨이 위태로워지는 순간들이 나온다.

"쉐넌."

[응응! 무슨 일이야!]

난 요정 NPC를 불렀다. 그러자 거주지 위에서 쉬고 있던 쉐넌이 즉시 다가왔다.

"집단을 만들려 하는데."

[창설자가 리더가 되는 건 알지? 네가 창설할 거야?]

"물론이지."

[오오, 정말? 역시 너라면 리더가 될 줄 알았어!]

"잔말 말고 빨리."

[응응! 알겠어!]

쉐넌이 지팡이를 한 번 휘두르자, 시야에 메시지가 나타났다.

[집단을 만드시겠습니까?]

[창설 비용:5,000 골드]

'이럴 줄 알았지.'

「몬스터즈」는 기본적으로 창렬 게임. 다른 말로 하면 공짜가 없는 게임이다. 어떤 임무를 진행하든, 거래소를 이용하든, 무언가를 얻고 싶으면 무조건 골드를 내야 한다.

'퀘스트 보상이 +500골드니까.'

적어도 10명의 인원을 모아야 본전이다. 각자 최소한 500원씩 부담하라는 뜻이겠지.

"알겠습니다. 리더는 제가 하죠."

시선을 돌리자 날 주시하고 있는 네 명의 눈동자가 보인다.

"어차피 단체는 제가 만들 생각이었거든요."

10년 차 고인물 파티 '소수정예' 집단. 그곳의 리더였던 것처럼, 어차피 다시 한번 팀을 꾸려볼 생각이었다.

"좋은 생각이야, 총각."

"그럼, 우린 뭘 하면 될까요?"

내 대답에 할아버지와 서은채가 반겼다. 그러나 난 단호하게 고개를 저었다.

"그렇다고 여러분 모두가 제 집단의 단원이 된다는 뜻은 아닙니다."

"그, 그게 무슨 말인가."

나는 솔직히 터놓기로 했다. 서로 생각하는 바가 다르면 갈등이 생길 수밖에 없다. 차라리 미리 밝히고 가는 게 맞다.

"가입 조건이 있다는 말입니다."

"조건이요?"

"말해보게."

순간, 공기가 차갑게 가라앉았다. 남매는 불안한 표정이었고, 할아버지는 천천히 고개를 끄덕였다. 빈서율은 긴장한 듯 손톱을 긁어댔다.

"전 오직 생존만을 최우선으로 두고 움직일 겁니다. 불과 일주일도 지나지 않았는데, 살인이 빈번하게 이루어지고 있어요. 법은 사라진 지 오래고, 게임 시스템은 살인을 강요하죠."

이미 세상이 미쳐 버렸다. 그리고 이런 미친 세상에서 살아남기 위해선, 도덕적 관념을 벗어던져야 한다. 최악의 경우, 팀이 살기 위해 다른 팀을 불구덩이에 집어넣을 수도 있어야 한다는 말이다.

"우선, 저는 집단을 민주주의로 운용할 생각이 전혀 없습니다."

바로 첫 번째 조건. 내 지시를 무조건적으로 따를 수 있는지를 묻는다.

"리더의 지시를 따르는 것은 당연하지."

"맞아요. 일단, 여기서 믿을 만한 사람은 건호 아저씨밖에 없으니까요."

"아니요. 그런 단순한 문제가 아닙니다."

할아버지와 서은채의 반응에 난 다시 고개를 저었다.

"제가 사람을 죽이라 하면 망설임 없이 죽일 수도 있어야 해요. 저는 그 정도의 통제력을 원하는 겁니다."

"……허어."

다들 탄식을 내질렀다. 빈서율만이 고주호 사건 때 같이 있어서 그런지 홀로 고개를 끄덕였다.

"다만 이건 확실하게 말씀드리죠. 제 팀에 소속되어 있는 순간만큼은, 여러분의 목숨이 안전하도록 확실하게 지켜 드리겠습니다."

그냥 무작정 독재한다고 할 수는 없다. 이들이 나를 믿어야만 하는 근거를 보여줘야 한다. 내가 가진 비전과 내가 이들에게 해줄 수 있는 것들이 어떤 건지 알려줘야 한다.

"저는 이곳 세상에 대해 꽤 많이 알고 있습니다. 적어도 할아버지가 튜토리얼에서 만났던 그 사람보다 더 많이 알고 있다는 것은 확신합니다. 제 '터'에 설치된 여덟 개의 건물만 봐도 답이 나오실 겁니다."

"이미 혼자서 무쌍으로 늑대를 썰어버렸을 때부터 짐작하고 있었네. 그놈도 그렇게까지 강하진 않았거든."

"집단에 무조건 들어오라 강요하는 것은 아닙니다. 거절하셔도 무방합니다. 혹시 그렇게 된다 하더라도 이번 퀘스트까지는 함께 진행해 드릴 수 있습니다. 제가 지금 말씀드리는 것은 이번 메인 퀘스트뿐만이 아니라 마지막까지 등을 맞대고 서로 의지할 수 있는 그런 멤버를 모으고 싶다는 말이었습니다."

강제로 가입시켜서 권력을 휘두른다면 그건 고주호나 여타 다른 악덕 집단과 다를 바 없다. 그러긴 싫었기에, 혹여 거절하더라도 이번 퀘스트에 한해 함께하기로 했다. 어차피 나도 이들이 필요한 실정이니까.

"궁금한 게 있네."

할아버지가 먼저 말을 꺼냈다.

"말씀하세요."

"우리가 여기서 승낙하는 순간, 그대도 우리를 믿는 건가?"

"아니요. 솔직하게 말씀드리면 아닙니다."

"그럼?"

"저도 지켜봐야지요."

"나름의 테스트 기간 같은 건가?"

"그렇게 볼 수도 있겠네요. 다만, 정해지면 곧바로 말씀드릴 수는 있습니다."

"으음……. 승낙하더라도 진짜 단원은 아니라는 말이로군."

노인이 침음을 흘리는 순간, 서은채도 물었다.

"그럼 우리는 아저씨를 어떻게 믿죠?"

"그건 너희들의 선택이지. 그에 대한 책임도 너희가 지는 거고. 그래서 강요하지도 않는 거야."

"그럼 전 믿을래요."

"응?"

"전 어차피 아저씨가 없었으면 죽은 목숨이었어요. 그것도 끔찍하게 늑대 배 속에 있었겠죠. 생명의 은인만큼 강한 신뢰의 동기도 없는 법이에요."

호오, 가장 쓸모있는 서은채가 먼저 넘어왔다.
“누나가 가면 나도 가야지.”
남매라 그런지 서지호 역시 1+1로 따라온다.
“나도 믿어보겠네. 솔직히 지금으로선 총각 말고는 의지할 사람이 없구먼.”
마지막으로 할아버지까지.
빈서율은 그냥 어깨만 으쓱하고 있었다. 굳이 묻지 않아도 된다는 제스처다.
“좋습니다.”
난 충분한 설명을 했다. 이들이 나와 함께 갈 사이인지는 더 두고 봐야 알겠지만, 다 설명했으니 적어도 나중에 다른 말은 안 하겠지.
자, 그럼 이제부터 본격적인 창설을 시작할 차례.
“그럼 지금부터 각자 몇 골드씩 있는지 알려주시겠습니까?”
단체를 창설하려면 돈부터 걸어야 한다. 상태창을 볼 수 있었지만, 그냥 물어봤다. 아, 참고로 거짓말하면 곧바로 아웃이다.

[축하합니다! 단체를 설립했습니다!]
[단체명 ‘소수정예’]
[단체 레벨 1]
[단체 인원 5/10]

[튜토리얼 ① 3. '단체 설립'이 종료되었습니다.]

[기본 보상:500골드]

결국, 단체를 설립했다. 생각보다 돈이 부족해, 있는 돈을 탈탈 털어낼 수밖에 없었다.

확인 결과, 거짓말하는 사람은 없었다. 모두들 솔직하게 남은 돈을 말했고, 일단 임시방편으로 내가 3,500골드를 부담했다. 그다음, 빈서율을 제외한 남은 인원이 500골드씩 해서 총 5,000골드를 맞췄다.

설립 비용은 각자 1,000골드씩 부담하기로 했다. 원래 가지고 있던 500골드와 기본 보상으로 받는 골드를 합하면 총 1,000골드를 지불할 수 있다.

물론, 빈서율은 500골드의 빚을 져야 했지만.

"건호 씨, 여기 500골드요. 나머지는 다음에 꼭 갚을게요."

"아저씨, 저도 500골드 드릴게요."

"나도 여기 있네."

나는 그들이 추가로 얻은 퀘스트 보상을 다시 수거했다. 실제 단원으로 인정한 것도 아니면서 왜 똑같이 부담하냐고?

내 맘이다. 절이 싫으면 중이 떠나면 된다. 다만, 확실하게 말할 수 있는 건, 이들이 다른 팀에 있는 것보다는 나와 함께 있는 것이 훨씬 안전하고 빠르게 성장할 거라는 점.

실제, 나를 알고 있는 몇몇 고인물들은 1,000골드는커녕 수십만 골드를 들여서라도 내 단체에 지원하려 할 것이다.

[건호! 건호!]

"응?"

거래를 완료하자 쉐넌이 다가왔다. 그나저나 쉐넌의 모습이 조금 바뀌었다. 조그마한 체구에서 조금 더 성장했고 날개의 수도 한 쌍 더 많아진 것 같은데.

아, 설마 내가 단체장이 됐다고 진화한 건가?

[나 단체요정으로 진화했어! 앞으로 단체 관련된 건 나에게 다 맡기면 돼!]

단체요정? 뭐, 별거 없다. 그냥 단체 관련 도우미 NPC다.

아마 단원 '터'의 위치라든지, 단체 전용 '터'라든지 이런 것들을 옮기거나 확장할 때 사용할 수 있겠지.

"그래? 그럼 단체 내 모든 터의 방어 태세를 최상으로 격상시켜줘."

[으잉? 최상이면, 단원을 제외하고는 묻고 따지지도 않고 공격해 버릴 텐데?]

"알고 있어."

[괜한 시비가 걸릴 수 있을 텐데 괜찮아?]

"응, 상관없어."

[으음, 어디 보자. 방어 타워가 있는 '터'가 두 개니까…….]

"나와 빈서율의 터를 좌우에 배치하고 나머지는 다 중앙으로 바꿔줘."

[오케이! 기다려 봐!]

내 쉐넌이 올라가 이리저리 명령하자, 단체 내 모든 쉐넌들이 바쁘게 움직이기 시작했다. 조그마한 요정들이 날아다니면서 건물과 토지를 옮겨대는 비현실적인 광경들.

"어쩌시려고요?"

갑작스러운 대륙변동에 빈서율이 궁금했는지 다가와 물었다.

"슬슬, 떠날 준비를 해야죠. 떠나기 전에 최소한의 안전장치는 해두는 겁니다."

"아, 역시 단원들을 더 구하실 생각이군요."

"아뇨. 그건 아닌데."

"네? 그럼?"

"다 생각이 있습니다."

일행들은 나를 따라 이동을 시작했다. 내가 선두에 섰고, 빈서율이 후미에 붙어 따라왔다.

"꺼낼 수 있는 몬스터들을 모두 꺼내세요."

"각자 정해준 방향을 경계하고 특이사항이 있으면 바로 전달합니다."

빈서율에게 아델은 잠깐 넣어두자고 해놨다. 아직까지 아델은 히든카드. 게다가 아델의 위압 스킬은 1성 몬스터들의 접근을 차단하기에, 초반엔 별로 좋지 못하다. 지금은 경험치 하나하나가 소중할 때니까.

"특히 건물들을 잘 살피세요."

"혹시 검붉은 슬라임이 보이면 바로 알려줘야 합니다."

이번 여정의 목표는 수색 정찰이다. 다른 단체나 유저들의 위치파악 목적도 있지만, 특히 슬라임이 붙어 있는 건물을 찾아야 한다.

"혹시 다른 유저나 '터'가 보이면 어찌할 생각인가."

내 바로 뒤에 붙어 따라오던 할아버지가 물었다.

"피해갈 겁니다."

"잉? 피한다고?"

할아버지가 날 황당한 듯 쳐다봤고, 그 뒤에 있던 서은채와 서지호도 들었는지 귀를 쫑긋했다. 하긴, 당황스러울 거다. 3일 안에 5명을 더 모아야 하는 판에, 유저를 찾으러 다니진 못할망정 피해간다니.

"필드 보스를 잡을 생각이거든요."

"필드 보스?"

"네. '연옥 슬라임'이란 놈입니다."

2성짜리 슬라임형 괴물로, 적어도 「몬스터즈」를 1년 이상 즐겼다면 모를 수가 없는 필드 보스다. '검붉은 슬라임'(★)이 서식하는 건물 옥상에서만 거주하지만, 상대하기는 비교적 까다로운…….

'꼭 정석대로 갈 필요는 없지.'

나는 놈이 주는 아이템이 필요했다. 그것만 있으면 우리 단체의 성장을 더욱 촉진시킬 수 있을 것이다.

그러나 노인은 의아해했다. 뭐, 의아해할 수밖에 없겠지.

"으음, 시간이 그리 많지가 않네. 벌써 2시간이나 흘렀어. 남은 70시간 동안 파티원을 못 구하면 우린 다 죽음이야."

"괜찮습니다. 제게 다 생각이 있어요."

"그, 그렇구먼. 후우, 알겠네. 믿어보겠네."

확실한 팀원이었다면 다 설명하고 움직였겠지만, 아직까진 테스트 중이다. 나는 분명 단원으로 받아들일 수 있는 최소한의 조건을 제시했다. 앞뒤 가리지 않고, 명령에 따를 수 있을지를 물었었다. 이들은 그러겠다고 했고.

그러나…….

'과연 목숨이 위태로울 때도 그럴까?'

확실하게 해야 했다. 특히, 시련의 탑은 나조차도 수십, 수백 번씩 도전해서야 겨우 한층 오를 수 있는 난이도다. 그것을 이제는 오직 1코인으로만 깨야 한다.

내가 공략을 완벽하게 숙지하고 있다 해도, 이들이 내 명령을 정확하게 이행하지 않으면 아무런 소용이 없다는 뜻이다. 괜히 병적으로 집착하는 게 아니다.

'뭐, 꼭 내가 탑을 오를 거라고는 장담 못 하지만.'

혹시 모르는 일 아닌가. 그냥 직감으로 느껴졌다. 이 게임의 끝은 탑 100층에 있을 거라고. 갓 컴퍼니는 어떻게든 나를 그 탑으로 유도할 거라고.

'그러니 테스트할 거면 확실히 해야지.'

비록 이들과 함께 탑을 오를 거라는 보장은 없지만, 그래도 나와 함께 가려면, 이 정도의 테스트는 기본이다. 어차피 세력은 키워둘수록 유리하기에 데려가는 사람들. 그러나 통제가 안 되는 사람이라면 없느니만 못하다.

"건호 씨!"

푸른 막 테두리를 따라 한 20분쯤 더 걸었을까, 뒤에서 빈서율의 목소리가 들려왔다. 자연스럽게 행군이 멈췄다.

"네? 무슨 일이에요?"

"저기 오른쪽 보세요."

그녀가 손가락을 뻗었다. 가리키는 방향에는 웬 '터'들이 슬쩍 보였다. 제법 거리가 있어 보였지만, 분명 우리 채널 안이다.

"서율 씨, 잘했어요. 경계 좀 하시네요?"

"제법 연달아 붙어 있는 것 보니, 벌써 우리처럼 단체를 만들었나 봐요."

"잠시만요."

난 안력을 집중해 그쪽 주변 건물을 살폈다. 내가 원하는 건물이 있지 않은 이상 저곳은 피해 가는 게 좋다.

'제기랄. 저깄네.'

그러나 놈들의 터 근처에 검붉은 점박이 빌딩이 보였다. 내 기억 상 저 점박이는 건물에 덕지덕지 붙어 있는 슬라임이다.

'별수 없이 가야겠군.'

그래도 곧바로 찾다니, 나름 운이 좋은 편이다. 「몬스터즈」 세상에서 필드 보스는 '구청' 단위 안에서 중복으로 나타나지 않으니까. 꽤 희귀한 편이다.

"목적지는 저 건물입니다. 계속 이동할게요. 다들 빈서율 씨처럼 하시면 됩니다."

"크흠, 알겠네."

"알겠어요."

그렇게 조금 더 걸었을까. 마침내 목적지에 도착했다.

눈앞에 보이는 건물은 20층짜리 고층 빌딩이었다. 나는 끈적하게 기어 다니는 슬라임을 가볍게 응시했다.

[몬스터:'검붉은 슬라임'(★)]

배수관이나 저수탱크 안쪽에 쌓인 미생물이 변형되어 만들어진 몬스터. 건물의 녹을 빨아먹고 산다.

처치 시 경험치 +10 exp

'정확히 찾아왔어.'

혹시 외형만 비슷한 '흡혈 슬라임'이나 '블러드 슬라임'이면 어쩌나 했는데 다행이었다.

"뭔가 흉흉하네요."

"그러게요."

인기척 없는 녹슨 빌딩을 쳐다보던 빈서율과 서은채가 으스스 떨었다. 밝혀진 형광등 하나 없이 깨져 있는 유리창들은 마치 귀신이라도 튀어나올 듯 을씨년스러웠다.

"허어, 하필 20층이라니, 올라가려면 고생 좀 하겠구먼."

"그래도 슬라임 건물이면 나름 훌륭한 사냥터예요."

나는 할아버지의 투정에 긍정적으로 대꾸했다. 실제로 슬라임은 고스트만큼이나 상대하기 쉬운 몬스터 중 하나다.

-스르륵, 스르륵!

마침 멀리서 누군가가 다가온 건 그때였다. 발걸음을 들어보니 대충 사람과 몬스터가 섞여 있는 것 같았다.

"거, 건호 씨?"

"어떡하죠?"

"일단, 침착하시고 다들 방어 태세를 취하세요."

시간이 흐르자 다가온 것은 몇몇 중년인들이었다. 대충 세어보니 다 여섯 명. 그러나 방심하면 안 된다. 혹시 은폐하고 있는 사람이 있을 수도 있다.

그중 한 명이 손을 들며 말했다.

"이보시오, 거기들."

"네?"

"생존자들이오?"

생존자라니? 아, 유저들을 생존자라 부르는 건가?

"그렇습니다. 그럼 그쪽들은 이곳에 터를 잡으신 건가요?"

"몇 명이오?"

남자는 내 질문을 무시하고 다짜고짜 정보를 물어왔다.

"다섯 명입니다만."

"이런이런, 많이들 죽었나 보고만?"

가장 선두에 서 있는 중년인은 변한 세상과 다르게 뭔가 여유로워 보였다. 아니, 정확히는 우리의 숫자를 듣고부터 여유로워진 것 같았지만.

그렇다는 건, 적어도 우리보다 많은 수라는 거겠지.

"근데, 이곳엔 어쩐 일들이신가? 설마 이 빌딩을 사용하려고 하는 건 아니겠지?"

중년인이 빌딩을 가리켰다. 설마, 놈들도 '연옥 슬라임'의 존재를 아는 건가?

"아까부터 무례하시네요. 우리 질문부터 대답해 주시죠."

빈서율이 나선 것은 그때였다. 내 뒤에 서 있던 그녀가 얼굴을 보이자, 중년인의 표정에 호기심이 깃들었다.

"호오, 아가씨는 이름이 뭐야? 예쁘게 생겼는데?"

"질문부터 대답하세요."

"하하, 까칠하긴. 좋아 좋아. 말해줄게. 우린 이곳에 자리 잡은 단체야. 단원 수도 무려 27명이나 있는 체계적인 단체지."

"……27명?"

"뭐, 우리도 3명의 인원이 필요한 건 마찬가진데 어때, 여기로-"

순간, 노인이 나서서 중년인의 말을 잘랐다.

"세 명만 넘어오라는 헛소리할 거면 사절일세."

"허어, 이거 생각보다 의리 있는 집단이었구만? 근데 그거 알아? 의리 있는 사람치고 지금까지 생존해 있는 사람 없다는……."

"아가리에 구멍 뚫리기 싫으면 닥치게."

오, 생각보다 강렬한 노인의 말에 중년인들도 놀랐지만, 나 역시 놀랐다. 테스트 중이라 의식하는 걸까? 아니면, 진심일까. 아마, 후자일 거다. 노인은 남매들을 데리고 단체를 뛰어나올 정도로 강단 있는 성격이니까.

"이런…… 쓰벌. 지금 뭐라 했어. 보자 보자 하니까. 지금 세상에 나이가 밥 먹여 줄 것 같아? 앙?"

"어이, 그 정도만 하세. 리더가 괜한 싸움 붙지 말라 했잖나."

뒤에 있던 다른 중년인이 중재했다. 대화를 들어보니 아무래도 이들 중, 집단의 리더는 없나 보다. 제길 불편하게 됐군. 바로 협상 보려 했는데.

"저기요, 아저씨들."

결국, 내가 나서야 했다. 묵직한 쇠창을 꺼내든 채로.

"뭐, 뭐야?"

"우리가 꼭 빌딩을 사용해야겠는데요, 혹시 무슨 문제라도 있습니까?"

미안하지만 27명의 단체가 앞을 막아선다 해도, 나는 이 빌딩을 꼭 써야겠다.

"왐마. 저거 중2병이여 뭐여. 왜 창 들고 설친다냐?"

"그러게. 아무리 그래도 맨몸으로 몬스터한테 될 거라고 생각하는 건가?"

내 창을 본 중년인들의 반응이었다. 그리고 누구나 할 수 있는 반응이기도 했다. 「몬스터즈」를 즐기지 않았던 일반인이라면 '합체족'이 뭔지 모를 테니까.

"저는 불필요한 전쟁을 원치 않습니다."

나는 공손하게 말했다. 상대는 27명의 인원을 보유한 집단의 멤버. 날을 세워봐야 좋을 거 없다.

"큼, 그건 우리도 마찬가지긴 해."

싸움을 말렸던 중년인이 앞으로 나섰다. 그는 주머니에 있던 말린 담배를 꺼내 입에 물은 채로 말을 이었다.

"그런데 빌딩 사용에는 좀 문제가 있겠는디?"

"왜 그렇죠?"

"이곳이 우리 쪽 리더가 찜해놓은 사냥터라서 말이지. 사실 지금도 빌딩 순찰차 나온 거고 말이야."

"찜……?"

나는 창을 고쳐 잡았다. 세상에, 집단을 만든 지 얼마나 됐다고 벌써 사냥터 선점이란 말인가. 중년인의 말에 조용히 뒤에 있던 빈서율도 앞으로 나섰다.

"이 건물을 그쪽들이 전세 낸 것도 아니고, 지금 힘으로 소유권을 주장하시는 거예요? 고작 근처에 자리 잡았다는 이유로?"

"이해 좀 해주게. 우리도 리더의 명령을 따라야 해서."

"만약 우리가 이곳에 꼭 들어가야 하는 사유가 있다면요?"

"그러면 어쩔 수 없지. 우리도 힘을 써서 쫓아내는 수밖에."

중년인이 본인의 몬스터를 앞으로 내세웠다. 평범한 늑대족 한 마리. 나는 '심연의 눈동자'를 사용해 정보를 확인했다.

[몬스터:'울리카'(★)]

[레벨:3 (Exp 100/1,000)]

'오, 벌써 레벨3이면 사냥 좀 했나 본데?'

아, 참고로 몬스터들의 만렙은 20이다. 20을 찍고 나면 강화소에서 한 단계 더 높은 등급으로 강화할 수 있는데…….

'이게 좀 골치 아프지.'

강화하기 위해서는 같은 등급 몬스터를 별의 개수만큼 제물로 바쳐야 한다. 요컨대, 1성이 2성으로 진화하려면 1성 1마리의 제물이 필요하고, 3성이 4성으로 가려면 3성 3마리의 제물이 필요하고, 대충 이런 식이다.

'6성을 만들려면…….'

무려 5성짜리 5개를 제물로 바쳐야 한다.

뭐, 이것에 대한 설명은 나중에 자세히 하는 거로 하고.

"저는 불필요한 전쟁을 원하지 않는다는 거지, 전쟁하지 않겠다는 뜻은 아닙니다."

서로가 원하는 것이 같고, 누군가가 양보하지 않는 이상 힘으로 부딪칠 수밖에 없다. 그리고, 난 양보를 원치 않는다.

"흐음, 고작 다섯으로 너무 자신만만한 거 아닌가?"

"고작 다섯 명이 아닐 텐데요."

고작이 아니라 「몬스터즈」 세계 랭킹 4위다. 겨우 이런 초보들을 상대로 쫄기에는 '비운'이라는 이름이 비웃는다.

"정말 피를 봐야겠나? 모르겠지만, 내 몬스터는 여타 다른 몬스터와 다를 거야."

"이봐. 뭘 자꾸 설득하려고 하나. 딱 봐도 애송이들인데 그냥 죽여 버려. 아니, 아니지. 여자랑 애새끼들은 남겨둬야지. 그럼 우리도 딱 30명 채우겠는데?"

할아버지와 언성을 높였던 중년인이 나섰다. 죽여 버리라는 말을 쉽게 하는 것 보아, 이미 살인 경험도 있는 것 같다.
'후우, 결국 어쩔 수 없나?'
나는 전투 자세를 잡았다. 아델에게 배웠던 기초 찌르기 자세였다.
"푸훕- 쟤 뭐하냐?"
"설마 직접 싸우려고 저러는 거야?"
중년인들이 비웃기 시작했다.
"건호 씨, 괜찮겠어요?"
"아저씨, 우리도 싸울 수 있어요."
"아니요, 괜찮습니다. 저 혼자 처리할게요."
이미 대충 둘러봤다. '심연의 눈동자'로 확인한 결과, 전부 다 1성에 별 볼 일 없는 몬스터뿐. 내가 상대했던 '우두머리 링울프'에 비하면 식은 죽 먹기 수준이다.
"혼자 싸우려는 거 같은데, 그냥 울리카 하나 보내보자."
"흠, 울리카는 너무 가혹하지 않을까?"
"됐어. 그냥 보내봐."
크르르르-
중년인의 늑대가 이빨을 드러내고 위협하기 시작했다.
"은채야."
"네, 잠시만요!"
예전부터 느꼈지만 서은채는 참 눈치가 빠르다.

[요정족 '쉐핀'(★★)의 축복을 받습니다.]

'좋아. 버프도 받았고.'

뒤를 슬쩍 보니, 남은 인원들도 만약을 대비해 전투 준비를 취하고 있었다. 딱히 언급하지 않아도 알아서 해주는 모습들이 훌륭했다.

컹! 컹!

울리카가 도약했다. 순식간에 줄어드는 거리.

나는 아귀에 힘을 준 채로 놈을 노려봤다.

'목표는 놈의 아가리.'

검은 써봤지만, 실전에서 창은 처음이다. 아직 배운 것도 찌르기밖에 없어 공격이 빗나가면 힘들어질 수도 있다.

'무조건 한방에!'

나는 달려드는 놈의 입에 그대로 창을 찔러 넣었다. 아델에게 배웠던 그 자세 그대로.

푸욱-

쇠창이 놈의 아가리를 뚫은 채로, 뱃속까지 틀어박혔다. 주룩주룩 흘러나오는 피와 내장들. 늑대는 단말마의 비명도 지르지 못한 채 절명했다.

"쓰, 쓰벌. 저게 뭐야?"

"내 울리카!"

이제 좀 상황 파악들 되시려나?

나는 시뻘겋게 변한 창을 다시 뽑아 든 채로 천천히 이동했다. 생각보다 창이 손에 착착 감기는 게 기분이 좋다.

"주, 죽여 버려!"

"공격해!"

듣도 보도 못한 잡 몬스터 두 마리가 달려온다.

서걱! 서걱!

창을 가볍게 두 번 휘둘러 베어냈다.

목표는 가슴과 머리.

['니코'(★)를 처리합니다!]

['칼리트'(★)를 처리합니다!]

'으음, 그냥 베기로는 크리티컬이 안 뜨네?'

이미 능력치가 많이 올라, 크리티컬 없이도 한방이었지만……. 그래도 머리를 터뜨렸는데 크리티컬이 안 뜨다니.

'설마 자세 때문인가?'

이건 나중에 실험해 봐야겠다. 만약, 베르트랑 창술로 판정된 것들이 모두 크리티컬로 들어가는 거라면, 더욱 열심히 단련해야겠지.

"그, 그만!"

"다들 멈춰!"

정신 차리고 보니 어느새 늑대를 보냈던 중년인 목에다 창을 들이밀고 있었다. 남은 중년인들은 그걸 협박의 의미로 생각했는지, 곧바로 몬스터들을 뒤로 물렀다. 이거 생각보다 더 싱거운데?

"사, 살려주시오. 제발."

시퍼런 창날에 덜덜 떠는 중년인. 원래 같으면 죽여야 맞는 건데, 너무 시시하니까 김이 샌다.

"내, 내가 잘못했소."

"그럼 이제 빌딩 좀 사용해도 되겠습니까?"

"그, 그러시오. 내가 리더에겐 잘 말해보겠소. 그러니 제발 차, 창 좀……."

나는 겨눴던 창을 회수했다. 그러자 슬슬 뒤로 움찔거리던 중년인들이-

"튀, 튀어!"

"도망가!"

쏜살같이 꽁무니를 빼기 시작했다.

저런 놈들만 27명인 거면 사실 별로 두렵지는 않다.

"건호 씨, 괜찮으세요?"

"으음, 저것들 그냥 보내도 괜찮겠나?"

일행들이 내 옆으로 다가왔다.

"아니요. 그냥 바로 사냥하는 게 훨씬 더 낫습니다. 시간 아깝거든요."

단체와 드잡이할 시간에 경험치를 버는 게 더 이득이다. 메인 퀘스트 특성상 계속 인물 간의 갈등을 유도할 테고, 지금처럼 원하는 것을 얻기 위해서는 더욱 빠르게 성장해야 한다.

"일단 건물로 들어갑시다."

빌딩 1층 적당한 공간에서 난 일행들에게 주의사항을 알려줬다.

"일단 서율 씨의 '나르'를 전방에 배치하세요. 그리고 지호가 왼쪽, 할아버지가 오른쪽을 담당하시면 됩니다. 은채는 후방에서 '쉐핀'으로 일행들 버프 넣어주고."

"네, 아저씨."

"생각보다 간단할 거니까 걱정하지 마세요. 그냥 진형을 갖춘 채로 청소한다는 느낌으로 전부 죽이시면 됩니다."

"자네는 왜 진형에 없나? 어디 갈 생각인가?"

"네, 저는 따로 사냥할까 합니다. 가볼 곳이 있거든요."

"그, 그런가? 그럼 우리끼리만……."

"너무 걱정하지 않으셔도 됩니다. 혹시 모를 상황에 대비도 해놨으니까요."

이들은 아직 모르겠지만, 빈서율의 '아델 드 베르트랑'은 초반에 깡패나 다름없다. 어떤 위기 상황이 오든 웬만하면 그녀 선에서 다 해결될 정도다.

"아, 노파심에 말씀드리는데 혹시 못 보고 지나치는 슬라임을 조심하셔야 합니다. 혹여나 잘못 밟다가 발바닥이 아이스크림처럼 녹아버릴 수도 있어요."

"히엑-"

서은채가 귀엽게 혀를 내민다.

"장난으로 하는 말 아니에요. 슬라임은 자신의 몸에 들어온 물질들을 천천히 융해시키는 방법으로 공격하거든요."

"알겠네."

"알겠어요."

"걱정하지 마시고 다녀오세요. 이곳은 제가 통제할게요."

빈서율이 고개를 끄덕였다.

역시 아직까진 그녀가 제일 믿음직스럽다. 그럴 만도 했다. 나랑 같이 그 고스트 지옥을 통과했다는 것만으로도 엄청난 경험을 쌓은 거니.

"그럼 믿겠습니다."

"아, 잠깐만요!"

순간, 빈서율이 손을 들었다.

"네?"

"저, 혹시 질문 하나만 해도 될까요?"

"말씀하세요."

"개인적인 질문이라……."

그녀가 다가왔다. 자리를 옮기자는 제스처다.

"알겠어요. 잠시만요."

우리는 일행들과 잠깐 거리를 벌렸다. 시야엔 들어오면서, 작게 말하면 목소리는 닿지 않을 정도까지만.

"무슨 일인데요?"

"나르 때문에요."

"나르가 왜요?"

"실은 제가 '중급 몬스터 소환 이용권' 하나 받았던 거 깠었거든요?"

아, 튜토리얼 보상으로 받았던 거. 나는 나중에 뾸하피 진화

시킬 때 까려고 내버려 둔 건데, 벌써 열었나 보다. 중급은 1성부터 3성까지의 몬스터를 무작위로 준다.

"근데요?"

"거기서 1성짜리 늑대족 하나가 나왔는데, 이걸 키워야 할지 나르를 키워야 할지 모르겠어요."

"아, 잠시만요."

나는 '심연의 눈동자'를 사용했다.

'울드?'

[몬스터:'울드'(★)]

[종족:늑대족]

[레벨:1 (Exp 0/100)]

[보유 스킬:1/2]

-달리기(Lv.1):이동속도가 20% 증가한다.

'개 폐급 쓰레기네.'

일단 보유 스킬이 하나뿐이고, 그 스킬마저도 구더기다. 이런 건 그냥 가지고 있다가 제물로 쓰는 게 딱이다.

"일단 계속 나르 키우세요."

"그럴까요?"

"네, 무조건이요."

"아, 그럼 혹시 몬스터 등록 칸은 언제 늘어나는 거예요?"

"캐릭터 레벨 10마다 늘어나요."

몬스터의 만렙은 20이지만, 캐릭터의 만렙은 80이다. 즉, 만렙 시 총 10마리의 몬스터를 이끌 수 있다.

"아, 고맙습니다. 그냥 혼자 고민했었거든요."

"네, 모르는 거 있으면 뭐든 물어보세요. 말했잖아요. 서율 씨가 배신하지 않는 한 성심성의껏 돕겠다고."

"알겠어요. 아, 그리고 혹시, 어디 가시려고 하는 거예요?"

"전 꼭대기 층에 바로 올라가려고 합니다."

"헉?"

아, 필드 보스 경험치 혼자 먹으러 가는 놈으로 보일 수도 있겠구나. 뭐, 틀린 말은 아니지만…….

"이게 같이 잡고 싶어도, 그러면 오히려 더 위험해져요. 실제 게임에서도 절대 파티로 잡는 몬스터가 아니거든요."

"아아, 그게 아니라 혼자서 다치실까 봐서요. 그냥 조심하시라구요."

"하하, 그런 건 걱정 안 하셔도 됩니다."

참, 지금 누가 누굴 걱정하는 거야. 내가 이래 봬도 썩은 물…… 아니, 썩다 못해 석유라고 불리는 사람인데.

Chapter 5

'연옥 슬라임'(★★). 도시 내 필드 보스 중 하나로, 과거 「몬스터즈」 유저들에게 엄청난 악명을 떨쳤던 몬스터 중 하나다.

-이거 잡으라고 만들어놓은 거 맞지?

-그냥 버그 같은데?

-쯧, 님들 아직도 모름? 점박이 건물은 옥상까지 올라가는 거 아님.

-그럼?

-그냥 초보 때, 옥상 전까지만 올라서 경험치만 빼 먹는 거임.

-웃기시네. 그래도 나름 필드 보스인데 공략법이 있겠지.

초창기, 「몬스터즈」 공략 게시판에서도 점박이 건물은 뜨거운 감자였다. 도시 내에서 비교적 상대하기 쉬운 '검붉은 슬라임'(★) 덕분에 초보 사냥터로 유명했던 점박이 건물.

그곳을 옥상까지 공략한 자가 여태껏 단 한 명도 나오지 않았기 때문이다.

-전 이번에도 트라이 실패.

-아직도 거기 도전하는 호구가 있음?

-아니, 항상 10초까지는 버티겠는데. 하-

-응. 10초는 누구나 버텨.

놈에겐 한가지 특징이 있었다. 바로 옥상에 도착 후 10초까지는 무적이라는 점. 그리고 그 10초가 지났을 때, 광역 필살기를 쓴다는 점.

뭐, 2성짜리가 필살기를 써봐야 얼마나 세겠냐 할지도 모른다. 그러나 출시 후, 1년이 흘러도 그 필살기를 버틸 수 있는 몬스터는 나타나지 않았다.

-님들, 이번에 소식 들음?

-뭐?

-어떤 랭커가 연옥 슬라임 깨보겠다고 6성 만렙 2마리 들고 점박이 건물 옥상 올랐대.

-헐, 벌써 6성 만렙 2마리? 그래서?

-필살기 한방에 다 녹아버렸다던데?

-미친, 버그 맞네.

-레알. 1년 동안 버그 고칠 생각도 안 하는 걍 ×망겜임;

얼마나 허무할까. 겨우 2성 몬스터 필살기 하나 못 막는 6성이라니. 결국, 버그로 단정 지은 유저들은 그날을 기점으로 연옥 슬라임에 관한 관심을 아예 접어버렸다. 어차피 「갓 컴퍼니」는 패치 따위 하지 않는 망할 기업이란 것을 알았기 때문이다.

'내가 도전하기 전까지는.'

「몬스터즈」가 나오고 5년이 흘렀을 때쯤일까. 이미 사람은 거의 다 빠지고, 나도 탑 등반에 막혀 이것저것 정처 없이 돌아다닐 때, 심심풀이로 연옥 슬라임에 도전해 본 적이 있다. 공략 불가 판정 몬스터 중 하나인 '연옥 슬라임'. 놈이 얼마나 대단한지 느껴보고 싶었기 때문이다.

'결과는 실망이었지.'

놈은 버그 따위가 아니었다. 그저 레벨이나 높은 등급 몬스터로 찍어 누르는 류가 아닌, 전형적인 패턴제 몬스터였다. 옥상에 올라가 일정 조건을 찾아내야 클리어할 수 있는 류.

패턴을 모르면 아무리 강해도 클리어할 수 없다. 그리고 '연옥 슬라임'의 패턴은 나에겐 무지 쉬운 축에 속했다.

'뭐, 시련의 탑 고층을 겪지 않았으면 모를 만도 하지.'

그곳에 있는 기상천외한 몬스터들을 상대하다 보면 이 정도는 우스울 정도다. 아니, 한참 모자랄 정도다. 물론, 그 당시 내가 60층 중반쯤이었으니까 할 수 있는 말이기도 했다.

'지금 상황에서는 잡으면 무조건 이득이야.'

현재 메인 퀘스트에서 잠깐이나마 자유로워지는 방법. 거기에 더해 폭렙할 수 있는 방법. 그것이 전부 '연옥 슬라임'이 주는 보상에 있다.

[건물 19층에 도달했습니다.]

[주의하십시오. 주변에 보스방이 있습니다.]

나는 뾸하피를 타고 곧바로 층수를 가로질러 올라갔다. 20층 옥상을 '보스방'으로 인식했는지 비상계단 쪽에 위험 문구가 떴다.

'우선 몸 좀 풀자.'

아무리 패턴을 알고 있다 해도 현실이다. 잠깐, 방심하거나 실수하면 곧바로 죽음으로 연결된다. 어느 정도 긴장감을 유지해야 할 필요성이 있었다.

'크리티컬에 대해 알아보고 싶기도 하고.'

나는 조금 전 전투를 떠올려 봤다. 분명 중년인들의 몬스터와 싸울 때, 아델에게 배웠던 자세로 찌르기를 했을 때는 크리티컬이 떴다. 그러나 아무렇게나 휘둘러 베었을 때는 분명 치명타를 가했는데도 크리티컬이 뜨지 않았다.

'우연일 수도 있지만.'

실험은 해봐야 했다. 「몬스터즈」에서 크리티컬 유무에 따른 딜량 차이는 약 2.5배. 만약, 크리티컬이 자세 판정으로 들어가게 되는 거라면 '아레스의 본능'을 가지고 있는 나에게는 엄청난 이득이다. 모든 공격을 아델에게 배운 자세로만 하면 되는 거니까.

나는 창을 들어 자세를 취했다. 역시나 19층에도 보이는 건 '검붉은 슬라임'뿐. 현재의 나로서는 전혀 부담 없는 실험장소다.

"우선은 찌르기부터!"

아델에게 배운 자세. 그대로 근처에 있는 슬라임 하나를 푸욱- 찔렀다.

[크리티컬!]

'역시.'

크리티컬이 뜬다. 그러나 아직 한 마리. 표본이 많을수록 내 가설의 신뢰도는 높아진다. 나는 사방팔방 뛰어다니며 슬라임을 처리해 나갔다. 일단, 찌르기만 사용하면서.

푸욱! 푸욱!

별다른 생각이나 의도 없이도, 깔끔하고 효율적이게 찔러 들어가는 창. 그리고 계속 터지는 크리티컬들.

놈들을 처리해 나갈수록 심장이 두근두근 뛰기 시작했다. 약 50번의 찌르기. 그동안 전부 크리티컬이 터졌기 때문이다.

'미쳤어.'

다음은 베기였다. 아직 정확한 자세를 배우지 않았기에, 어렸을 적 봤던 무협 영화를 떠올리며 휘둘렀다. 살짝 어설프지마는, 깔끔하게 들어가는 공격. 그러나 역시, 크리티컬이 잘 터지지 않는다. 혹시나 해서 50마리를 잡는 동안, 약 5번 정도밖에 터지지 않았다. 대략 확률이 10%인가 보다.

'와, 진짜로?'

이로써 검증됐다. 시스템이 요구하는 일정 수준 이상의 자세가 잡혀지면 '크리티컬' 판정을 준다.

이는 엄청난 발견이었다. 게임으로 할 때는 당연히 몰랐는데, 이 역시 튜토리얼 옥상 버그처럼 게임과 현실 간의 간극이리라.

'어쨌든, 훈련도 더 중요해졌단 말이지.'

이제부터 사냥과 훈련. 두 마리의 토끼를 잡아야 한다. 폭렙도 해야 하지만, 아델과의 수련도 등한시하면 안 된다.

'그나저나 아델은 그럼 매번 크리티컬이 터져야 하는 거 아냐?'

고스트를 잡을 때 보니, 그건 아닌 것 같았다. 게다가 폰 게임일 때도 그런 사기적인 몬스터는 없었으니. 아마 캐릭터에게만 한정되는 걸 거다. 그렇다면 역시 엄청난 버그다. '합체족'에게 무조건적으로 유리한 사기적인 버그.

"이제 실험은 됐고."

이제 연옥 슬라임을 공략할 차례. 주변을 둘러보니, 어느새 19층이 깔끔하게 정리되어 있었다. 나는 심호흡을 하며 옥상으로 올라가는 비상계단 앞에 섰다.

[주의하십시오. 주변에 보스방이 있습니다.]

[Tip 보스방에 입장할 때는 각오를 다지셔야 해요. 클리어 전까지 절대 밖으로 퇴장하실 수 없거든요.]

막상 계단 앞에 서니 심장이 미친 듯이 뛰기 시작했다. 패턴을 알고 있는데도, 긴장되는 것은 별수 없었다.

생각해 봐라. 목숨을 건 도전이다. 별다른 안전장치 없이 절벽에서 외줄 타기를 하는 장인이, 외줄 타는 법을 알고 있다고 긴장하지 않겠는가? 그것과 같은 이치다.

"그래, 만약 실수로 어이없게 죽는다면, 나는 그냥 거기까지일 뿐인 거야."

나는 중얼거리며 마음을 다잡았다. 그래. 시련의 탑에 비하면 아무것도 아니지 않은가.

해보자. 쫄지 말자. 난 할 수 있다. 이 정도도 못 하면 어차피 멀지 않아 죽게 된다.

[보스방에 입장합니다.]

[필드 보스 '연옥 슬라임'(★★)이 등장합니다.]

그렇게 건물 옥상으로 오르자, 눈앞에 시뻘건 슬라임이 나타났다. 크기는 덩치 큰 멧돼지 정도. 과연 필드 보스라는 걸까? 2성임에도 고스트 중대장과는 비교도 안 될 정도의 위압감을 뿜어냈다.

['연옥 슬라임'(★★)이 노려봅니다.]

[캐릭터 '담건호'가 위축됩니다.]

[모든 능력치가 30% 감소합니다.]

[몬스터 '뿔하피'가 위축됩니다.]

[모든 능력치가 30% 감소합니다.]

'미친?'

이건 예상 못 한 변수였다. 내가 과거 놈을 잡았을 당시의 캐릭터 레벨은 거의 만렙. 몬스터도 죄다 6성 만렙이었다. 놈에게 '위축' 스킬이 있는 줄도 몰랐고, 있다 한들 그런 저급한 스킬에 걸릴 줄도 몰랐다.

['연옥 슬라임'(★★)이 캐릭터 '담건호'를 표적으로 삼습니다.]

['연옥 슬라임'(★★)이 몬스터 '뿔하피'를 표적으로 삼습니다.]

['연옥 슬라임'(★★)이 10초 동안 무적 상태에 돌입합니다.]

순간, 떠오르는 메시지. 그와 동시에, 시야가 확-붉어졌다.

땅 밑에서부터 뜨거운 열기가 느껴지기 시작했고, 엄청난 위압감에 숨이 턱턱 막히기 시작했다. 뿔하피도 겁에 질린 듯 괴성을 지르기 시작했다.

'제기랄, 이제부터다.'

이제부터 패턴의 시작이다. 놈의 광역기의 범위는 보스방 전체. 조금만 실수해도 한방에 즉사다.

단, 10초. 놈이 표적으로 삼은 후부터, 딱 10초 후 놈이 광역기를 쓴다.

'해답은 시야에 있지.'

시뻘겋게 변한 공간. 그곳을 바둑판처럼 나누어 자세히 보면, 살짝 연하게 붉은 구역이 있다. 찐한 구역이 100개라면 연한 구역은 5개뿐.

"뿔하피! 정신 차리고 저기로 이동해!"

-끼아아아!

놈이 광역기를 쓰기 전까지, 우리는 그 구역을 밟아야 한다. 그곳만이 놈의 공격이 닿지 않는 안전 지역이다.

"흐아아앗!"

나는 무거운 몸을 이끌고 정신없이 연붉은 구역을 향해 뛰었다. 뿔하피 역시, 내 통제를 따라 허겁지겁 이동했다.

신속하게 움직이지 못하면 죽는다는 것, 그리고 그 시간이 하필 짧은 10초라는 것. 게다가 연붉은 공간을 찾기 위한 집중력을 계속 유지해야 한다는 것. 그것은 엄청난 공포였다.

[구역에 '연옥 불'이 소환됩니다.]

-번쩍! 화르르륵!

"허억, 허억!"

식은땀이 줄줄 흘렀다. 10초가 지나자, 거대한 화염이 세상을 덮었고, 순식간에 사라졌다.

데일 것 같이 뜨거운 열기, 이곳저곳 피어 있는 아지랑이. 게임에서 하던 것과는 차원이 다른 현장감이었다.

[‘연옥 슬라임’(★★)이 캐릭터 ‘담건호’를 표적으로 삼습니다.]
[‘연옥 슬라임’(★★)이 몬스터 ‘뿔하피’를 표적으로 삼습니다.]

“제기랄 또!”

또 10초다. 눈앞 멀리에는 ‘연옥 슬라임’이 비웃는 것처럼 얄밉게 통통거리고 있었다. 다행히 두 번째부터는 무적 스킬이 없다. 아마 쿨다운 중일 것이다.

‘우선 다시 피하고 생각하자.’

나는 다시 연붉은 구역을 향해 달렸다. 그러면서 생각했다. 10초가 너무 짧다. 고렙 때는 느끼지 못했지만, 저렙으로서 10초 만에 저걸 잡으라는 것은 살짝 무리수다. 아니, 많이 무리수다. 게다가 걸려 있는 ‘위축’ 스킬이 너무 답답했다. 괴로웠다.

‘연붉은 구역이 뜨는 것은 무작위.’

지금의 나는 옛날의 ‘비운’이 아니다. 일단, 최대한 사리다가 기회를 노려야 한다. 놈의 위치와 그 구역이 가까울 때를 노려야 한다. 그러나 기회는 좀처럼 나타나지 않았다.

그렇게 20분 정도가 흘렀을까. 나는 점점 속도가 느려지기 시작했다. 머리끝부터 발끝까지 땀이 흐르지 않는 곳이 없었다.

“허억, 허억.”

계속되는 달리기는 그렇다 치고, 주변이 너무 더웠다. 지속되는 긴장으로 평소보다 피로가 더 빠르게 쌓여왔다. 그냥 포기하고 싶은 마음이 굴뚝같았다. 여기서 죽는 게 차라리 지금보다는 덜 고통스러울 것 같았다. 아마, 여태껏 키워놓은 능력치가 없었다면 진즉에 포기했을 거다.

'빌어먹을. 개 같은 판정!'

정말 재수 없게도 20분 동안 기회라고 할 만한 기회가 온 적이 단 한 번도 없었다. 항상 연붉은 공간은 '연옥 슬라임'과 일정 거리를 둔 채로 나타났다.

'그냥 질러봐?'

그냥 최소한의 안전장치를 포기할까? 고민이 들었다. 그냥 10초라는 시간 동안 달려가서 싸워볼까? 되면 살고, 안 되면 그냥 깔끔하게 죽을까? 하는 생각이 머릿속을 가득 채웠다.

['연옥 슬라임'(★★)이 캐릭터 '담건호'를 표적으로 삼습니다.]

['연옥 슬라임'(★★)이 몬스터 '뿔하피'를 표적으로 삼습니다.]

또다시 보이는 빌어먹을 메시지.

'어?'

순간, 내 눈이 빛났다. 온몸의 세포가 번뜩 일어나는 느낌에 정신이 확- 들었다.

얄밉게 통통거리는 '연옥 슬라임' 그 바로 앞에 그토록 바라던, 연붉은 구간이 보였기 때문이다.

'기회다!'

20분 만에 나타난 첫 기회. 나는 가타부타 판단할 겨를도 없이 무작정 뛰기 시작했다.

대략 30m 거리, 남은 시간은 약 9초.

어차피 나는 연붉은 구역에 들어서야 한다.

탓탓탓-

나는 창을 꽉 움켜쥔 채로 미친 듯이 달려 나갔다. 능력치의 조정으로 달리기의 스피드는 이미 일반인이라고 보기 어려운 수준. 거의 세계 정상급 운동선수를 방불케 하는 속도였다.

'가속도를 통해 한방에 찔러 넣어야 해.'

실수하면 안 된다. 또 언제 찾아올지 모르는 기회.

다행히, 4초쯤 지나자 빌어먹을 슬라임이 눈앞에 바로 보인다.

'뒈져라.'

후웅!

난 도착과 동시에 폭발적인 속도로 창을 찔러넣었다. 그러나 창끝이 물체에 닿는 느낌이 들지 않았다. 제기랄! 빗나간 건가?

'안 돼!'

재빨리 앞을 보니, 연옥 슬라임이 내 공격을 비웃듯 통통거리며 뒤로 물러나고 있었다. 놈의 목소리는 들리지 않았지만, 마치 이렇게 말하는 듯했다.

'내가 너랑 왜 싸움?'

'난 시간만 뻗개면 이기는데?'

'따라올 테면 따라와 봐.'

"으아아아! 이 개새꺄!"

나는 바로 따라붙어 놈을 향해 창을 횡으로 그었다.

스윽-

창끝이 놈의 피부에 가까스로 닿았지만, 그뿐. 놈은 물렁물

렁한 피부를 조금 내어주고 그대로 달아난다. 젠장, 슬라임을 죽이려면 놈의 몸 중심에 있는 핵을 부숴야 하는데.

'이제 시간이 없어!'

남은 시간은 약 2초. 나는 재빨리 뒤를 돌아, 바로 뒤 연붉은 구역을 향해 점프했다. 생각할 시간조차 없었다. 조금만 늦으면 즉사다.

[구역에 '연옥 불'이 소환됩니다.]

-번쩍! 화르르륵!

온 세상을 가득 채우는 붉은 화염.

"시바아아알!"

분했다. 구사일생으로 살았다지만 열이 가시진 않았다. 어떻게 얻은 기회인데 이렇게 날린단 말인가.

거의 익어가는 피부, 거친 호흡에 터질 것 같은 심장. 이제 더 이상 이곳에서 버틸 자신이 없어졌다.

'안 되겠어.'

이제 끝장을 봐야만 한다. 그렇지 않으면 별다른 기회도 없이 억울하게 타죽을 것이다.

나는 기민하게 눈동자를 굴렸다. 대충 스캔하니 좌측 20m 즈음에 연붉은 구역이 있다. 그리고 전방 5m쯤 통통거리는 빌어먹을 연옥 슬라임.

가깝다.

"하앗!"

나는 좌측 안전구역을 무시하고 놈을 향해 질주했다. 온몸이 무거웠고, 허벅지와 종아리가 비명을 질렀지만 무시했다.

살길을 스스로 포기했다. 배수진을 친 것이다. 온 여력을 다해 집중했다. 놈의 움직임을 주시했다.

'마지막 기회야.'

뇌가 타오르는 느낌이 들었다. 순간, 느리게 움직이는 것처럼 보이는 슬라임. 내 육체 역시 천천히 팔을 뻗어 놈을 향해 긋는다.

퉁-

그러자 놈이 몸을 한번 튕겨 우측으로 물러나기 시작했다.

'어딜? 질 수 없지.'

나 역시 그에 맞추어 창의 방향을 우측으로 틀었다.

우드득-

무리한 동작이었는지 근육이 찢어지고 뼈가 어긋나는 소리가 들렸다. 그래도 별수 없다. 목표는 놈의 핵. 남은 시간은 약 5초. 저것을 베지 못하면 나에게 미래는 없다.

"좀 뒈져라. 제발!"

이윽고, 손끝에 묵직한 감각이 전해진다.

'됐어!'

놈의 정 중앙을 한순간에 뭉텅이로 베어낸 것이다. 쩍- 벌어져 갈라지는 놈의 육체. 그리고 그 사이로 보이는 시뻘건 핵. 어라? 그러나 핵이 멀쩡하다.

'헉.'

살짝 짧았나.

창끝이 핵에 닿지 않았는지, 다급히 멀어지는 놈. 그리고 중심을 잃은 채 고꾸라지는 나.

제기랄! 제기랄! 제기랄!

'끝이구나.'

이제 남은 시간은 약 2초. 이미 연붉은 구역까지 가기엔 시간이 너무 지체됐다. 그렇다고 다시 일어나 놈을 따라잡기엔 거리가 너무 벌어졌다.

휘이잉!

죽음의 냄새가 코끝을 스쳤다. 점점 공간이 열기로 가득 차는 것이 느껴졌다. 연옥 불이 소환될 징조이리라.

그래, 후회하진 말자. 이렇게 되리란 것도 어느 정도 예측하고 들어오지 않았는가. 빌어먹게 변해 버린 세상에서 이 정도면 많이 버틴 거다.

그때였다. 귓가에 새된 울음소리가 퍼져 울렸다.

-끼이이아!

"뿌, 뿔하피?"

남은 시간 약 1초. 날아오른 뿔하피가 놈의 핵을 향해 뿔을 날렸다. 별다른 통제도 없었는데 어떻게?!

휘우우우!

핑그르- 회전하며 날아드는 뿔. 목적지는 내가 베어내 훤히 드러나 있는 놈의 핵. 연옥 슬라임은 그 순간, 놀랐는지 몸이

경직되어 있었다.

푸욱!

이윽고, 총알처럼 날아든 뿔이 놈의 핵을 뚫어냈다. 뿔이 지니고 있던 운동에너지가 놈의 핵을 완전히 관통한 것이다. 나는 느린 세상 속에서 그 모든 장면을 선명하게 지켜봤다.

[크리티컬!]

[필드보스 '연옥 슬라임'(★★)을 처리합니다!]

[구역에 '연옥 불' 소환이 취소됩니다.]

"미친!"

죽음의 문턱 앞이었는데 이걸 뿔하피가 해내다니!

감동을 넘어서 눈물이 흘러내린다.

"뿔하피, 이놈!"

훈련소에서 맨날 표적을 향해 뿔을 날리던 뿔하피의 모습이 뇌리에 '플래시 백'처럼 스쳤다. 마치 이 순간을 위해 노력했다는 것처럼 칭찬해 달라는 것처럼 날아오는 뿔하피의 모습. 세상에 이렇게 사랑스러운 몬스터가 있을까?

['뿔하피'(★)의 '뿔 날리기'의 숙련도가 상승합니다.]

[Tip 스킬 레벨은 많이 사용할수록 오른답니다. 훈련소를 애용해 보세요.]

"잘했어!"

난 천천히 일어서 뿔 없는 하피의 머리를 막무가내로 헝클어뜨렸다. 요 귀여운 녀석 때문에 살았다.

-끼이이아!

뿔하피가 날개를 휘둘렀다. 순간, 시원한 바람이 일었다.

"응? 식혀주는 거야?"

주인의 감정이라도 느끼는 것일까. 뿔하피가 구룩거리며 몸을 비벼댄다.

'어디 보자.'

나는 열기로 가득한 내 몸 상태를 천천히 확인했다. 익은 채로 진물이 흘러내리는 피부와, 부러진 어깨뼈, 찢어진 근육. 미칠듯한 고통이 몸을 지배했다. 레벨업이라도 했으면 모든 상태 이상이 회복했을 텐데, 그 정도까지의 경험치를 준 건 아닌가 보다.

[특수 조건을 만족합니다.]

['연옥 슬라임'(★★)이 '연옥의 구슬'(B급)을 드랍합니다.]

['연옥 슬라임'(★★)이 1,000골드를 드랍합니다.]

[★★1서버 최초로 필드 보스를 사냥하여 '퍼스트 보스 킬러' 업적을 달성하였습니다. 당신의 위대한 업적을 응원합니다.★★]

[특수 보상:최상급 캐릭터 전용 스킬 박스 1개]

'역시!'

고통스러웠던 순간만큼 보상은 달콤했다. 세상에, 최상급 캐릭터 전용 스킬 박스라니. 캐릭터가 착용할 수 있는 S급 스킬이 확정적으로 나오는 상자다.

'엄청나구만.'

저번엔 S급 몬스터 전용 스킬 박스를 주더니 이번엔 캐릭터 전용이야?

역시 최초 보상은 후하다. 무조건 선점해야 한다. 이제 곧 레벨 10이 되면 스킬 칸도 하나 더 개방되는데 딱 좋은 타이밍이다.

나는 오랜만에 내 상태부터 확인해 보기로 했다.

역시나 레벨은 그대로다. 능력치는 각각 2씩 오른 상태. 그래도 다행히 불 속에서 뛰어다녔던 것도 나름 훈련으로 판정해 줬나 보다.

그래, 솔직히 이번엔 아델과 했던 훈련보다 더 힘들었다. 능력치를 올려주는 게 인간적인 거지.

'후우, 소환권도 까야 하는데.'

다음 '터'로 복귀할 때, 뿔하피 진화하면서 몰아서 까봐야겠다. 마지막으로, 그렇게도 얻고 싶었던 연옥의 구슬을 확인했다.

['연옥의 구슬'(B급)]

그대의 파티를 저승과 이승의 경계 히든 던전 '연옥'으로 초대합니다.

대상:구슬 파괴 시, 소유자와 신체접촉을 하고 있는 모든 인원

사용 횟수:1번

이용 시간:3일

'좋았어.'

기억하던 설명 문구 그대로였다. 출시 후, 5년 뒤에 발견했을 땐 그다지 쓸모없었던 아이템이었어도, 지금은 굉장한 도움이 된다.

내가 발견했었던 버그인데, 이 구슬을 잘만 이용하면 파티원 없이도 메인 퀘스트의 흐름에서 벗어날 수 있다. 게다가 이곳에서 3일만 열심히 사냥하면, 레벨 10은 금방 찍을 수 있을 거다.

"후우."

난 그나마 멀쩡한 왼팔로 땅바닥에 눕혀 있는 창을 다시 들었다. 그다음 뿔하피의 등 위에 쓰러졌다. 극도의 긴장 상태가 풀리자, 몸에 힘이 잘 들어가지 않았다.

땀이 식어가며 차가운 한기가 다시금 몸을 감싸기 시작했다. 어느새 공간 가득했던 열기가 식어버린 것이다.

하, 빨리 경험치 500을 더 쌓아서 레벨업 해야겠다.

부웅-

뿔하피가 공중을 날았는지 부유감이 느껴졌다. 일단 일행들이 잘 사냥하고 있나 확인해 볼 생각이었다.

'편하네.'

생각해 보니 '타기' 스킬도 완전 쓸모 있다. 현실 공간에서 효용이 무궁무진하다. 게다가 저번 고스트 사건 때도 그렇고, 오늘도 그렇고. '뿔 날리기' 역시 딜량과 정확도가 꽤 쓸 만하다.

'키워볼 만해.'

오늘 사건으로 완전히 다짐했다. 뿔하피는 6성까지 함께 가기로. 내가 알고 있는 모든 정보를 쏟아 각 잡고 키우면, 태생 5성까지는 아니라도 분명 엄청난 놈을 만들 수 있을 거다.

'어?'

그때였다. 날고 있던 뿔하피가 중심을 잃었다. 그러고는 다시 급하게 옥상으로 향해 날 바닥에 안전히 내려두고 고꾸라졌다.

"뭐, 뭐야? 뿔하피! 왜 이래!"

-끼르르르…….

괴로운 듯, 움찔거리는 뿔하피의 모습에 난 당혹스러웠다. 날개로 몸을 감싸고 부들부들 떠는 모습이 참 가여워 보였다.

"뭐지?"

도대체 갑자기 왜 그러는 거지?

「몬스터즈」의 세계에서 몬스터를 강화시키기 위해 유저들은 보통 세 가지 방법을 쓴다.

첫 번째는 강화소를 통한 강화다. 전에 설명했다시피, 1성부터 최대 6성까지의 등급을 올리기 위해서는 강화소에 해당 등급만큼의 제물을 바쳐야 한다. 물론, 이 방법을 쓰기 위해서는 기본적으로 각 등급마다, 몬스터 최고 레벨인 20을 달성해야 한다.

'뭐, 이건 너무 기초적이고.'

두 번째는 좋은 스킬을 구해다 장착하는 거다. 원래 2성까지 스킬 칸이 두 개뿐인 몬스터들은 3성부터 칸이 하나씩 늘어 최종 6성 때는 총 6개의 스킬을 보유할 수 있게 된다.

물론, 여기서 겜잘알과 겜알못이 갈린다. 각 몬스터의 종족이나 특성별로 잘 맞는 스킬들을 예쁘게 조합해 줘야 몬스터들이 제 성능을 발휘한다. 요컨대, 늑대족이나 기사족에게 '공중곡예공격' 같은 스킬을 줘봐야 하등 쓸모없다.

또한, 스킬끼리도 궁합이란 게 있다. 예를 들어, '워터 밤'과 '라이트닝 쇼크'는 물과 전기 조합이니 잘 맞고, '워터 밤'과 '파이어볼'은 물과 불의 조합이니 잘 맞지 않는다. 이런 것들을 전부 고려해 줘야 강한 몬스터를 육성할 수 있는 것이다.

'이건 많이 해보지 않으면 모르지. 하나하나 다 실험해 봐야 아는 거니까.'

세 번째는 훈련소나 사냥을 통한 스킬 숙련도의 상승이다. 좋은 스킬을 가져다 끼워놓으면 뭐하나. 쓰지 않으면 소용이 없다. 스킬은 레벨이 높아질수록 성능이 기하급수적으로 상승하기 때문에, 몬스터를 강하게 하기 위해서는 필수적으로 숙련도를 쌓아야 한다.

'그러나 사실, 강해질 수 있는 조건이 그것만 있는 건 아니지.'

「몬스터즈」 5년 차 이상 고인물들은 안다. 특히 자신만의 색깔 있는 몬스터들을 꾸려, 시련의 탑을 어느 정도 공략해 봤다 하는 사람은 아마 다 알 거다.

'각성.'

혹은 진화라고 부르는 사람도 있다. 이는 강화소에서 하는 등급 강화와는 차원이 다르다.

'암, 근본부터가 다르지.'

등급 강화는 노가다만 하면 충분히 가능하지만, 각성은 절대 노력으로 불가능하다. 방법도 조건도 전부 다 불가사의하기에, 그저 기다릴 수밖에 없다.

'그래도 일단 기본적으로는.'

어느 정도 한계를 뚫어야 한다. 내가 지켜봐 온 결과, 몬스터들은 항상 본인이 잡을 깜냥이 안 되는 몬스터를 힘겹게 공략했을 때 각성하곤 했다.

"설마."

내 앞에 쓰러져 부들부들 떨고 있는 뿔하피. 지금 보니 나 못지않게 부상이 심각했다. 하긴, 20분가량 미친 듯이 뛰어다닌 것은 나 혼자만이 아니었다. 특히 날개 달린 짐승 특성상 불에 취약할 텐데, 연옥 불을 피하고자 그 고생을 같이했으니.

"근데 벌써 각성한다고?"

시련의 탑 40층 이상에서야 이따금 보였던 각성이다. 튜토리얼 후, 향후 3년 정도 동안은 그 누구도 몰랐던 게 각성이기도 했다.

각성이란 고인물들에게 그런 거였다. 그냥, 탑을 오르다 보면 알아서 한 마리, 두 마리 자동으로 하는 것. 이유도 원인도 몰랐다. 한 번만 각성하는 몬스터도 있었고, 두 번, 세 번 하는 몬스터도 있었다. 아마 각 몬스터마다 각성 조건이 전부 다 다르기에, 이런 현상이 발생하는 걸 거다.

"음, 각성할 만도 한가?"

'연옥 슬라임'의 특성상 다른 필드 보스에 비해 HP가 무척 낮다는 특성을 이용했지만, 겨우 1성(★)짜리가 무려 필드 보스를 혼자 잡았다.

내 창은 놈의 핵이 보이게 길을 제공해 줬을 뿐, 놈을 해결한 건 100% 뾸하피였던 것이다.

"뾸하피야. 괜찮아? 좀만 참아봐."

-끼루루루…….

히든던전['뾸하피'(★)에게 신비한 기운이 감지됩니다.]

[신비한 기운이 변화를 만들어냅니다.]

그 순간, 떠오르는 익숙한 메시지.

자, 잠깐. 이거 진짜야? 진짜 각성이라고?

-끼룩끼룩!

이윽고, 웅크려 있던 뾸하피가 날개를 활짝 폈다. 갈라져 있던 피부가 더욱 심하게 갈라져 흘러내렸다. 날개에 돋아 있던 털도 우수수-떨어져 내렸다.

-끼아아아!

힘차게 내지르는 괴성, 그와 동시에 돋아나는 두 개의 뿔.

다시 자라나는 붉은빛 털과 날개, 머리카락. 그리고 봉긋이 솟아오르는 가슴과 천천히 만들어지는 어려 보이는 소녀의 얼굴.

'자, 잠깐?'

하피는 기본적으로 반인반조다. 상체는 여성의 몸, 하체와 날개는 새의 형상을 지닌 전설 속의 동물. 그러나 지금까지는 1성이어서 그런지, 그냥 작고 귀여운 새였는데.

'이렇게 변한다고?'

흠, 이러면 타고 다니기 좀 부담스러운데. 뭐, 상관없나? 아직까지 어린 티가 나지만 아마 계속 강화하다 보면 더 성숙하게 성장할 거다.

히든던전[특정 조건을 달성하여 '뿔하피'(★)가 '연옥 뿔하피'(★)로 각성합니다.]

[★★1서버 최초로 몬스터 각성에 성공하여 '한계 돌파' 업적을 달성하였습니다. 당신의 위대한 업적을 응원합니다.★★]

[특수 보상:+10,000골드]

'오. 뿔하피 이거 완전 복덩이였네?'

[몬스터:'연옥 뿔하피'(★)]

[종족:조류족]

[레벨:11 (Exp 1,500/2,000)]

[보유 스킬:2/2]

타기(Lv.3):캐릭터나 몬스터 하나를 태울 수 있다. (제한:하루 7번)

뿔 날리기(Lv.4):공중에서 뿔을 두 번 쏘아 공격한다. (제한:5분에

1번)

[1차 각성 효과]

모든 공격에 화염이 깃든다.

화염 저항력이 올라간다.

'허, 레벨도 이 정도면 많이 올랐고.'

캐릭터와 각 등급별 몬스터의 요구 경험치는 다 다르다. 뾸하피는 1성이기에 훨씬 빠른 레벨업이 가능하다.

"뾸하피, 괜찮아?"

-끼이아아!

뾸하피가 날개를 활짝 펴며 고개를 끄덕인다. 휴, 각성하느라 레벨업 상태 이상 효과를 늦게 받았나 보다.

'다행이네.'

나도 빨리 아픈 몸을 치유해야 했다. 경험치 500만 더 얻으면 되니까, 대충 남은 슬라임 50마리만 처리하면 되겠지.

나는 다시 한번 뾸하피의 등에 엉거주춤 올라탔다. 아까부터 화상 입은 부위가 계속 아려 온다.

"가자, 뾸하피!"

허공에 올랐다. 그런데 분위기가 미묘하게 이상했다. 건물 아래 작게 보이는 몇 개의 점들. 으르릉거리는 하울링 소리. 그리고 바람 소리와 함께 들려오는 여성의 비명 소리.

"응?"

설마, 벌써 온 건가?

단순한 위협으로 돌려보낸 중년인들. 무리를 전부 이끌고 올 줄은 알았는데 그게 이토록 빠르다니. 뭐, 얻을 건 얻었으니 상관없다. 문제는 단원들의 안전.

'일단은 약속한 게 있으니까.'

나는 재빨리 문제의 지점으로 내려갔다. 비명이 들려왔던 곳은 점박이 건물 3층이었다. 건물 아래 보이는 점들은 약 일곱 명의 인원이 밖에서 포위한 채 경계 서던 거였고, 나머지 20명은 3층에서 우리 단원들을 에워싼 채로 대치상태 중이었다.

"세상에 설마 했는데 싹 다 몰고 온 거야?"

단체의 위력이라도 보여주고 싶었던 걸까? 하긴, 초반엔 물량만큼 위협적인 건 없으니까.

"건호 씨!"

"아저씨!"

안쪽에서 빈서율과 서은채가 날 발견했는지 목청껏 소리쳤다.

"저, 저놈입니다!"

"저놈 혼자서 울리카를 박살 냈어요!"

"조심하셔야 합니다."

구면인 중년인들이 리더로 보이는 사내에게 이르는 모습도 보였다. 순간, 모든 이들의 이목이 나에게로 집중됐다.

"음?"

-끼이아아!

뿔하피가 날카로운 목소리로 경계했다. 나도 뿔하피 등에서 내려서서 놈들을 맞이하고 싶은데, 제기랄 몸이 너무 아팠다.

"분위기를 보아하니, 네놈이 무리의 리더인가 보군."

리더로 보이는 사내가 앞으로 나왔다. 40대 중반으로 보이는 그는 적색 망토에 거친 수염이 듬성듬성 나 있었다. 그래, 넌 이제부터 빨간 수염이다.

"그렇다면?"

"네가 우리 단원들을 건들었나?"

"말은 바로 해야지. 그쪽 단원들이 날 건드렸고, 난 대가를 치르게 해줬을 뿐이다."

"상태도 안 좋아 보이는데 겁도 없군."

빨간 수염이 나를 쏘아본다.

뭐, 어쩌라고.

"난 일행들에게 볼일이 있어서 그러는데, 길 좀 터주지?"

"길?"

"그래, 그쪽이 막고 있는 길."

"그러지."

놈이 코웃음 쳤다. 아마, 제 발로 포위망 속으로 들어가겠다는 나를 비웃고 있을 것이다. 그러나 이 상황은 오히려 내가 짠 판이다. 우리 신입 단원들의 의리를 테스트할 판.

"건호 씨! 어떻게 된 거예요. 괜찮아요? 세상에 무슨 화상이 이렇게."

"이게 도대체 무슨 일이야. 그 상처들은 다 뭔가."

"형, 뽈하피는 왜 이렇게……."

중앙으로 들어가자 일행들이 다가왔다. 난 빈서율의 부축을 받아 힘겹게 내려 일어섰다. 제기랄, 레벨업을 하고 왔어야 했는데. 뭐, 상관없다. 어차피 싸울 생각은 추호도 없으니.

"궁금한 건 나중에 풀기로 하고, 일단 어찌 된 겁니까?"

"자네의 조언대로 사냥하고 있던 도중 놈들이 들이닥쳤어."

"별다른 말은 없었나요?"

"흐음, 그게……."

할아버지가 침음을 흘린다. 분위기를 보아하니 답은 뻔했다.

"회유했나 보군요."

"맞네, 세 명만 넘어오면 나머지 둘은 살려 보내주겠다더군. 거절하면 다 죽이고."

"비명 소리가 들리던데요?"

"그건, 후방에서 놈들을 먼저 발견한 은채가 놀라서-"

"후우, 그렇군요."

아직, 놈들이 도착한 시간은 얼마 지나지 않은 상태. 이제부터가 판의 시작이다.

"어찌할 생각인가?"

"솔직히 말씀드리면 싸울 생각입니다."

"……그 꼴로 말인가?"

"우린 이미 저들의 몬스터를 해쳤습니다. 게다가 애초에 협박하는 자들. 남은 둘을 살려주겠다는 말도 믿을 수 없지요. 셋이 살고 둘이 죽을 바에야, 다 같이 죽는 게 낫습니다. 그게 팀이니까요."

"……."

"물론, 저쪽으로 넘어가셔도 원망하진 않겠습니다."

이건 진심이다. 나야 이미 '연옥의 구슬'을 구한 상태. 뭐가 어떻게 되든 별 상관없었다. 물론, 저쪽 상대들에게도 별다른 감정은 없다. 나였어도 저 상황이었으면 저런 딜을 했을 테니.

"이봐, 겁 없는 애송이."

우리의 대화를 듣고 있던 빨간 수염이 나섰다.

"설마 정말로 우리랑 싸울 생각인가?"

"그래. 아니면 그쪽이 다섯 명을 보내주던가. 그렇다면 목숨만은 살려주지."

"크하하하!"

놈이 호탕하게 웃어 재낀다. 그러더니 명령한다.

"다들 전투 준비. 기어코 지옥 불을 건겠다는데, 한사코 말리고 싶지는 않군."

"네, 리더!"

"알겠습니다!"

중년인들과 저쪽 일행들이 대답한다. 그와 동시에 몬스터들을 일제히 소환한다. 순식간에 우리를 둘러싸는 몇십 마리의 몬스터들.

"거, 건호 씨. 이건 좀 무리 아닐까요?"

빈서율이 '나르'를 전방 배치하며, 걱정스레 물었다. 그리고 가까이 와서 속삭였다.

"아델을 꺼낼까요?"

"아니요. 괜찮아요."

"알겠어요."

초반 깡패 아델이라면 분명 상황을 쉽게 가져갈 수 있을 거다. 하지만, 지금은 놈들을 잡는 게 목적이 아니니까.

"리더로서 명하죠. 다들 전투 준비하세요. 할아버지는 후방, 빈서율은 제 좌측, 나머지는 제 우측에 위치합니다."

"아, 알겠습니다!"

"……네!"

그래도 리더의 명령이라고 잘 따라준다.

"크하하, 멍청하고도 미련한 친구로구먼. 이봐들. 그런 애송이 리더를 따를 바에야 그냥 나에게 넘어오지 그런가?"

"……."

빨간 수염의 외침에 우리 단원들의 눈빛이 흔들린다. 당연하다. 애초에 말도 안 되는 싸움. 그리고, 그걸 억지로 따르라고 강요하는 리더. 마음이 흔들리지 않는 게 이상하리라. 하지만 내가 원하는 단원은 그런 '정상인'이 아니다.

"어이들, 마지막으로 기회를 주지. 지금 곧바로 저들을 등지고 이리로 넘어와. 그럼 목숨을 건질 수 있어. 자존심? 의리? 그런 게 밥 먹여 주는 시대는 지났다."

그래, 나도 놈의 말에 동감한다. 나는 조용히 일행들을 응시했다. 빈서율과 서은채를 제외하고는 전부 동요하고 있었다. 호오, 서은채는 의외인데? 아직 생명의 은인 버프가 남아 있다는 건가?

"끌끌, 그래. 시간을 좀 줄까? 하지만 그리 오래는 못 주지.

딱 10초. 10초 줄게. 결정을 내려봐."
놈이 게임 시스템이라도 된 것처럼 제한 시간을 걸었다.
꿀꺽-
누군가의 침 넘기는 소리가 들려왔다. 살짝 겁먹은 것처럼 보이는 서지호의 것이었다.
'그나저나 10초라니, 참 역겨운 시간이네.'
조금 전까지 '연옥 슬라임'이랑 놀아서 그런지, 10초라는 단어만 들어도 속이 거북하다. 저놈도 10초마다 한 번씩 지옥을 왔다 갔다 해보면 저런 소리 못할 텐데.
"크으음."
할아버지 역시 갈등했다. 뻔하지. 이미 승산이 없다고 생각하는 것이리라. 아마 할아버지 성격상, 배신보다는 우리 다섯이 전부 살 수 있는 길을 선택하고 싶을 거다.
"……자네, 많이 힘들어 보이는데 싸울 수 있겠나?"
"제 생각은 변함없습니다."
난 분명히 말했다. 어떠한 순간에도 내 통제를 따를 수 있는 단원을 원한다고. 이들이 혹여나 나를 살리기 위한 선택을 한다고 해도 별수 없다. 그 마음은 인정하지만, 단원으로 함께 할 수는 없는 것이다.
"이들과 싸워서 이길 자신 있다는 말인가?"
"그건 모르는 거지요."
"……그럼?"
"생각이 없는 건 아닙니다."

"크음."

할아버지가 헛기침한 후, 주변을 돌아봤다. 빈서율과 서은채는 이미 몬스터를 배치한 후, 빨간 수염을 노려보고 있었다. 이미 마음의 결심이 선 것이다.

"전 건호 씨를 믿어요."

"저도 마찬가지예요."

오, 이건 좀 감동인데?

아델이 있는 빈서율은 그렇다 쳐도, 서은채는 정말 자신의 목숨을 걸고 있었다.

"에씨, 나도 그냥 싸울래."

서지호 역시 고개를 끄덕였다. 역시 1+1. 친누나인 서은채를 인식했음이리라.

이미 10초는 지났다. 빨간 수염은 그저 흥미로운 표정으로 우리를 지켜보고 있을 뿐이다. 어차피 다 된 밥. 노인의 결정을 기다릴 정도의 여유는 있다는 거겠지.

"뭐, 다들 그렇다니 별수 없구먼. 나 혼자 넘어갈 수도 없는 노릇이고. 나도 함께 싸우겠네. 굳이 이런 저급한 협박을 하는 집단에 들어가긴 싫거든. 이미 살 만큼 살았기에 목숨에 대한 미련도 없네."

"크하하하! 별 미친놈들을 다 보겠구먼."

빨간 수염이 광소했다. 할아버지의 선언을 마지막으로 저들과 우리의 협상은 끝났다.

"미친놈들에겐 매가 약이지! 저 리더라는 놈이랑 늙다리만 죽이고 나머지는 다 포획해라! 이번 퀘스트까지만 데리고 있다가 처리하자."

"크크크, 맡겨만 주십쇼."

"그래도 저 창 든 놈은 조심해야 합니다."

"딱 봐도 걷지도 못하게 생겼는데, 조심은 뭘 조심."

아까 봤던 중년인들과 놈들이 몬스터를 앞세웠다. 나는 그런 그들을 바라보며 연옥의 구슬을 꺼내 들었다.

"몬스터들을 전부 최대한 제 쪽으로 붙이세요. 그리고 나머지는 다 제 팔을 잡으세요."

이 정도 보여줬으면 충분하다. 더 한계까지 몰아붙일 수도 있었지만, 그러지 않았다. 이들도 이만큼 했으면 나에 대한 예의를 차린 것. 이제 나도 예의를 지켜줘야지.

"왜 그러는가? 그 구슬은 또 뭔가."

"나중에 다 설명해 드리겠습니다."

이제 나름의 테스트는 끝났다. 이들은 의리를 지켰고, 내 최소한의 보호를 받을 자격을 얻어냈다.

'일단 퀘스트 창을 보자.'

[메인 퀘스트 ① 4. '단원 모집']

[제한 시간까지, 10명이 소속된 집단 안에 가입해 있어야 합니다.

성공 시:+1,000 골드

실패 시:사망]

[채널 인원 총 86/125명]

[제한 시간 44:20:00]

[Tip 파티를 구성해 보세요. 경험치를 공유할 수 있답니다.]

메인 퀘스트의 사망 페널티까지 걸리는 시간은 이제 대략 2일 정도. 그 안에 단원 10명을 채우지 못하면 전부 다 죽게 된다. 그러나 나는 애초에 억지로 단원을 채울 생각이 없었다. 원래 소수정예를 지향하기도 했고 다음 도착할 메인 퀘스트 때문이기도 했다. 내 기억이 맞다면, 다음 퀘스트는 단원이 적을수록 훨씬 유리해지거든.

'5년 전 내가 찾았던 버그를 쓰면 간단해.'

'연옥'은 삶과 죽음의 경계. 이승과 저승을 잇는 통로를 뜻한다. '그곳에 있는 순간만큼은 메인 퀘스트가 주는 '사망' 페널티에서 벗어날 수 있지.'

어쩌다 운 좋게 알게 된 버그. 3일 동안, 그냥 히든 던전에서 폭렙을 하고 있기만 하면 된다. 그러면 이번 메인 퀘스트를 자연스럽게 비껴갈 수 있다.

'좀 아깝긴 하지만.'

안타깝게도 「몬스터즈」에서 모든 '히든 던전' 입장은 캐릭터당 한 번뿐이다. 혹여나 내가 다른 도시에 가서 또 '연옥 슬라임'을 처리한다 해도 연옥에 다신 들어갈 수 없다는 말이다.

'그래도 연옥은 지금이 적기야.'

'연옥'은 현재 우리가 갈 수 있는 모든 사냥터 중에 가장 고효율로 사냥할 수 있는 공간이다. 다음 메인 퀘스트를 통한 최초 보상업적 선점을 위해서는 단원들을 꼭 연옥으로 데려가야 한다.

'꼭, 사망 판정을 피하기 위해서만 가는 건 아니니까.'

쩝, 뭐 어차피 이 정도는 빙산의 일각일 뿐. 내가 알고 있는 버그만 수백 개가 넘는데. 그냥 쿨하게 쓰기로 했다.

나는 손에 들고 있는 구슬을 바라봤다. 이걸 부수는 순간, 나와 신체접촉을 하고 있는 모든 인원은 이곳을 벗어나 '연옥'으로 향한다.

'근데 이것들을 그냥 넘어가 줘야 해?'

흠, 고민이 된다. 단원 3명을 더 구하려는 마음은 이해 간다지만, 그렇다고 감히 내 목숨을 노리는데 봐준다라…….

'역시, 그냥은 못 넘어가지.'

어느 정도의 피해는 주고 가야겠다. 적어도 날 건드린 만큼의 대가는 치러야지.

"빈서율 씨."

"네, 리더."

"드디어 히든카드를 꺼낼 때가 온 것 같습니다."

"아델이요?"

"네."

내가 고개를 끄덕이자 빈서율을 제외한 남은 일행이 고개를 갸웃했다. 그래, 좀만 기다려 봐. 보면 깜짝 놀랄 테니까.

-크르르르!

-컹컹컹!

"크크크, 거기 뭉쳐서 뭣들 하는 거냐."

"지금이라도 항복하는 게 어떻소들?"

"그래, 우리 리더가 말은 그렇게 해도, 나름 자비로운 편이거든."

중년인들이 비웃으며 압박해 왔다. 이미 전방에 배치된 단원들의 몬스터들은 치열한 접전을 펼치고 있었다. 그러나 수적으로 열세했기에, 점점 힘이 드는지 천천히 밀린다. 상처가 하나둘 늘어나고 있었으며, 점점 공간이 좁아져 왔다.

빈서율의 앞에 창 든 중세기사가 나타난 것은 그때였다.

[근처에 기사족 '아델 드 베르트랑'(★★★★)이 소환됩니다.]

순간, 분위기가 뒤바뀌었다. 일단 공기 자체가 무거워졌다. 아델의 '위압' 스킬이 사방으로 퍼져나간 것이다. 대다수가 1성(★)인 놈들의 몬스터들이 공격을 멈추고 움찔거리는 것은 당연지사.

"뭐, 뭐야. 저건?"

"내 몬스터가 왜 이래!"

"움직여! 움직이라고! 이 병신들아!"

중년인들의 눈이 휘둥그레졌다.

그와 별개로 아델은.

-쿠웅!

빈서율의 앞 바닥에 무거운 창을 세우고 무릎을 꿇었다. 그리고 중후한 음성으로 그녀에게 말한다.

"마스터, 명령을."

그 광경을 단원들이 넋 놓고 바라봤다. 그럴 수밖에. 나도 처음 봤을 땐 그랬었거든. 근데 지금 봐도 간지긴 하다.

"우리를 공격하는 적들을 처단해 주세요. 아델."

"받들겠습니다. 마스터."

오오, 역시 초반 깡패! 존나 카리스마 있어.

아델은 무거운 창을 가볍게 한번 휘둘러 잡더니 천천히 놈들을 향해 걸어갔다. '위압' 스킬이 있는 이상, 아델은 1성(★) 몬스터들에 한하여 무적이나 다름없다.

"×, ×발!"

"저게 뭐야! 또 창이잖아?"

"이, 이거. 피해야 하는 거 아니야?"

"울프린! 도대체 왜 그러는 거야! 빨리 움직여!"

통제가 안 되는 몬스터들에 저들이 당황하기 시작했다. 빨간 수염도 아까 여유로웠던 모습은 싹 사라지고 표정이 굳어 있었다.

후웅! 스걱!

아델이 팔을 한번 떨치자, 3마리의 몬스터가 반으로 갈라진다.

휘웅! 푸욱!

두 팔로 가볍게 찌르자, 곰 한 마리가 비명도 지르지 못한 채 절명한다.

"미친!"

"이, 이건 피해야 해!"

"도, 도망가!"

어느새 저들은 전의를 상실한 채로, 하층 계단을 찾아 도망치기 시작했다. 그저 정신없이 도망치는 놈들. 이미 대다수의 몬스터가 아델에게 소멸당한 상태였다.

"네, 네놈들……. 두고 보자."

빨간 수염이 무섭게 노려본 후 도망쳤다. 쯧, 분수도 모르고.

"건호 씨, 그냥 저렇게 보내도 괜찮을까요? 후환이 될 수도 있는데."

"네, 뭐, 괜찮을 겁니다. 어차피 몬스터 대부분을 잃은 상태에요. 굳이 시간 낭비하지 않아도 알아서 괴멸할 겁니다."

이 게임이 그렇게 만만한 난이도가 아니거든. 나 같은 특수한 경우가 아니고서야, 몬스터 없이는 절대 살아남을 수 없는 곳이 이 도시다.

어쨌든, 상황은 손쉽게 정리됐다. 아델의 등장만으로 이룬 쾌거였다.

"진짜, 대단하네요."

"……와, 쩐다. 난 건호 형이 제일 센 줄 알았는데."

"이, 이런 괴물을 숨겨놓고 있었단 말인가."

일행들이 입을 다물지 못했다. 눈 역시 아델의 웅장한 모습에서 떨어지지를 않는다. 난 그런 그들을 향해 웃으며 말했다.

"제가 약속드렸었지요?"

"응? 뭘 말인가?"

"제 나름의 테스트가 끝나면 말해주겠다는 거요."

"아, 그럼 설마."

"네, 할아버지. 그리고 서은채, 서지호. 세 분 다 저희 집단의 인원이 되신 것을 환영합니다."

내 대답이 끝나자 뒤에서 빈서율이 박수를 쳐준다. 나름대로 환영의 인사이리라. 셋은 믿기 힘든 안색으로 날 쳐다보더니, 금세 안도하는 표정을 짓는다.

곧이어 할아버지가 말한다.

"후우, 우리가 운이 좋구먼."

"네?"

"노아의 방주라도 탄 기분이란 말일세."

"별말씀을요."

서은채도 거든다.

"저도 느꼈어요."

"뭘?"

"아저씨와 함께 있는 게 가장 안전할 것 같다는 걸요."

뭐, 틀린 말은 아니지.

아마 이들은 현 세상에서 가장 승차감 좋은 버스를 타고 있는지도 모른다.

"어쨌든, 다들 준비되셨으면."

빨간 수염 때문에 괜한 사냥시간만 날렸다. 빨리 들어가서 최대한 경험치를 뽑아내야 하는데. 나는 단원들이 내 신체에 손을 대는 것을 전부 확인했다. 오케이. 접촉 상태 이상 없고.

"이제 출발합시다."

그리고는 바닥을 향해 힘차게 구슬을 던졌다.

이제 본격적인 '연옥' 사냥의 시작이다.

이글거리는 고원, 활활 타오르는 하늘, 강 대신 흐르는 용암.

"더, 더워요."

"이건, 덥다고 말할 수 있는 수준이 아닌데요?"

우리가 도착한 '연옥'이었다.

영혼의 죄를 불로 정화한다는 곳.

[히든 던전 '연옥'에 입장하셨습니다.]

[제한 시간 72:00:00]

[제한 시간이 지나면 본래 있던 곳으로 복귀합니다.]

[Tip 던전에서 빠르게 탈출하고 싶다고요? 그렇다면 '보스'를 처리해 보세요.]

'과연.'

형태는 폰 게임에서 봤던 공간이랑 비슷했다. 그러면서도 확실히 달랐다. 우선은 공기 자체가 후덥지근했다. 제대로 된 사냥이 가능할까에 대해 의문이 들 정도로 더웠다. 안 그래도 화상을 입은 상태라 그런지 더 힘들었다.

"여기서 뭘 하려는 겐가."

"일단, 다들 모여보세요."

나는 더워서 옷을 펄럭이는 일행들을 불러모았다.

"이곳은 앞으로 우리가 3일 동안 지내게 될 사냥터입니다."

"……사냥터?"

각 히든 던전에는 공통적인 특징이 하나 있다. 보스를 잡으면 곧바로 던전이 깨지지만, 보스를 잡기 전까지는 잡몹들이 무한 리셋된다는 점. 그 특징 하나만으로 최고의 사냥터가 될 수 있는 이유는 분명하다. 게다가 초반에 '연옥'만큼 많은 경험치를 주는 곳도 드물다.

"여러분들이 이곳에서 해야 할 일은 딱 두 가지입니다."

"그게 뭔가."

"최우선으로 캐릭터 레벨 10 이상 찍기, 그다음은 가지고 있는 몬스터들 전부 만렙 찍기."

"10레벨? 꼭 10인 이유가 있나?"

"음……. 다음 메인 퀘스트를 위한 것도 있지만, 일단은 몬스터와 스킬 칸 하나를 더 늘리는 데 초점을 둔다고 해두죠."

"그, 그렇구먼. 그런데 이렇게 더운데 사냥이 가능하겠나? 공기가 심장을 옥죄는 기분이야."

"어차피 사냥은 몬스터가 직접 하잖아요."

나는 이들보다 더 괴로울 거다. 이들은 몬스터가 싸워준다지만, 나는 직접 싸워야 하니까. 즉, 내가 할 수 있으면 이들도 충분히 견딜 수 있을 거다.

"버틸 만큼 버텨보세요. 혹시 알아요? 고통 내성 능력치라도 생길지."

"고통 내성?"

"네."

「몬스터즈」의 기본 능력치는 총 3개다.

'힘, 민첩, 체력.'

그러나 탑을 오르다 보면 각종 희귀한 능력치들이 생긴다.

'냉기 저항', '화염 저항', 뭐 이런 것들이긴 한데…….

사실, 그 당시에는 뭐가 달라졌는지 잘 몰랐었다. 그냥 생기기에 그런가 보다 하고 놔뒀을 뿐.

'결국, 현실을 대비한 거였나.'

그거밖에 없었다. 탑을 오르다 보면 평범한 인간이라면 도저히 견딜 수 없어 보이는 혹한의 공간도 나온다. 현실의 인간이 그런 공간에서 지내기 위해서는 분명히 저런 능력치들이 필요하리라.

'이로써 완전히 증명됐네.'

「몬스터즈」가 애초에 현실을 겨냥했던 게임이라는 것이……. 그러니 얻을 수 있을 때 얻어두는 것이 좋을 거다. 아마 내 예상이 맞다면, 특정 공간에 오래 노출되어 있다 보면 알아서 각성할 것이다.

"그나저나 퀘스트가 2일밖에 남지 않았는데."

"그건 걱정 안 하셔도 됩니다. 이곳에 있기만 하면 무사히 넘길 수 있어요."

"으음, 정말인가?"

"네, 일단 부단장을 빈서율 씨로 임명하겠습니다. 서율 씨

통제하에, 적당히 휴식해 가면서 파티 사냥을 해주세요."

"제, 제가요?"

"네, 아델을 꺼내도 좋습니다. 이곳 초입부부터 시작해서 천천히 북쪽으로 올라가시면 됩니다."

아델만 있으면 딱히 걱정 없다. '보스' 주변까지 가지 않는 이상, 난이도도 도시나 별다를 바 없고.

"건호 씨는요?"

"전 따로 할 일이 있어요."

난 직접 싸울 생각이라, 이들과 함께하는 것보단 따로 사냥하는 게 더 효율적이다. 뭐, 말은 그럴듯하지만, 그냥 솔플로 자리와 경험치 효율을 극대화하겠다는 말이다. 이제부터 내가 갈 사냥터는 몹이 다섯 마리씩밖에 리젠되지 않는 구역. 괜히 나랑 같이 사냥하다가, 내가 전부 쓸어 담게 되면 이들의 성장이 더 느려지게 된다.

"할 일이요?"

"네."

나는 빈서율에게 짧게 설명했고 눈치 빠른 그녀는 순식간에 납득했다. 그녀도 그동안 못 키웠던 아델을 키워놓겠다고 했다.

"그럼 다들 나중에 봅시다."

"알겠어요."

나는 단원들을 빈서율에게 맞기고 남쪽 방향으로 내려갔다.

'연옥'은 커다란 고원의 형태. 그리고 보스인 '켈베로스'가 등장하는 위치는 남쪽이다. 일단 2일간 최대한 레벨업을 해두고,

3일 차 막바지에 보스를 공략할 생각이다.

"뿔하피, 나와!"

-끼이이아!

나는 연옥 뿔하피를 소환했다.

신나서 날아다니는 뿔하피. 난 가만히 서 있어도 땀이 줄줄 흐를 만큼 더운데, 뿔하피는 멀쩡했다. 오히려 제집 드나들듯 편해 보인다.

'이게 화염 저항의 위력이구나.'

역시, 꼭 얻어야 할 특성.

나는 한 바퀴 돌고 내려온 뿔하피의 등에 올라탔다.

"가자, 뿔하피. 너도 이제 2성 찍어야지."

[몬스터:'고통받는 영혼'(★)]

가벼운 죄를 씻고 있는 영혼.

처치 시 경험치 +50 exp

'우선은 이놈부터 잡자.'

뿔하피와 함께 내린 곳은 어떤 공터였다. 주변에는 '뭉크의 절규'를 연상시키는 영혼들이 둥둥 떠다니고 있다.

'검붉은 슬라임'처럼 간단하게 처리 가능하면서도 경험치가 짭짤한 녀석이다.

"뿔하피, 저놈들 좀 처리해 줘!"

우선 쉬운 놈들부터 잡아서 상태회복부터 해야겠다. 상태가 점점 악화되고 있는지 이제 창을 들 힘도 없다.

-끼아아아!

힘껏 괴성을 지른 뿔하피가 전장을 누비기 시작했다. 뿔하피는 아무리 같은 1성이라도 격이 다르다는 듯, 발톱으로 손쉽게 영혼들을 가르고 베었다.

[캐릭터가 Lv.8을 달성했습니다.]

[모든 상태 이상이 회복됩니다.]

"좋았어."

땅에서 빛이 솟아올라 온몸을 감싸자, 터졌던 피부가 아물기 시작했다. 어긋났던 뼈도 제자리로 돌아갔고, 찢어진 근육도 활용할 수 있도록 치유됐다. 더운 건 여전했지만, 그래도 이제는 조금이나마 숨통이 트인다.

"이제 같이 싸워줄게, 뿔하피."

나 역시 창을 집어 들었다. 뿔하피도 중요하지만, '엔트로피'도 중요하다. 내가 사냥을 해야만 '엔트로피'의 레벨이 오른다.

'더워도 좀만 참자.'

몹들을 찌르고 베며, 계속 남쪽으로 나아갔다. 곧 있으면 '연옥하운드'(★★)들이 서식하는 공간이 나온다. 사실 애초부터 목적지는 그곳이었다.

당분간은 나 혼자 거기서 지낼 생각이다. 놈의 경험치 효율이 이곳에서 가장 끝내주기 때문이다.

-크르르릉

-컹! 컹!

2시간쯤 지났을까, 시뻘건 갈퀴 늑대들이 무리 지어 등장했다. 저놈들이 바로 '연옥 하운드'. 내가 앞장서자, 놈들이 나를 향해 이빨을 드러냈다.

"와봐라, 경험치들아."

보니까 대략 다섯 마리. 놈들이 짖을 때마다 입에서 불똥이 튀긴다. 다리를 보니, 살벌하게 돋아 있는 울퉁불퉁한 근육들이 실하게 들어차 있다.

저건 좀 공포스러운데?

-크르르, 컹!

한 놈이 저돌적으로 돌진한다. 나는 생각을 멈추고 창을 들어 올렸다. 강렬한 충격이 양손을 뒤흔들었다.

-까앙!

그래도 2성이라는 건가? 놈의 엄청난 괴력이 느껴졌다.

'하지만, 나도 능력치만 보면 2성이야.'

나는 창에 맞아 튕겨 나간 놈의 육체를 향해 발을 굴렀다. 그리고 눈을 향해 힘차게 찔러넣었다.

-푸욱!

-크아아앙!

다행히 먹힌다. 아직 죽지는 않은 것 같지만, 이 정도면 해볼 만하다.

“다 댐벼!”

싸움은 지금부터다. 남은 늑대들이 우리가 1:1로 싸울 수 있도록 기다려주지 않기 때문이다.

‘침착하자.’

이제부터 나는 기계가 되어야만 한다. 오직 싸움만 하는 전투 기계. 위험 상황이 오면 뾜하피로 내뺀다. 그 후, 정비 후 다시 싸운다. 이런 전투방식이 가능한 것은 오로지 ‘아누비스의 손길’ 때문이다.

‘벌써 레벨 3이야.’

이미 눈을 찔린 늑대의 스피드가 현저하게 느려졌다. 320%의 대미지 또한 놈의 전투 의지를 폭삭 깎아내렸다.

‘제길 옆이군.’

옆에서 섬뜩한 느낌이 드는 찰나, 나는 곧바로 바닥을 굴렀다. 갑자기 튀어나온 늑대가 발톱을 휘두른 것이다.

“하악, 하악.”

흙먼지와 함께 살짝 튀는 핏방울, 무더위에 다시금 거칠어지는 호흡.

그래. 마냥 쉬울 거라고는 생각하지 않았다. 나는 재빨리 자세를 잡은 후 뒤로 물러나며 가까이 붙는 놈들을 창으로 위협했다.

푸욱! 푸욱!

‘응?’

가까이 오던 늑대 두 마리가 풀썩 쓰러졌다. 허공에서 날라

온 뿔들이 놈들의 앞발에 틀어박힌 탓이었다.

오, 이러면 쉬워지는데?

"잘했어!"

기동성이 떨어진 늑대는 상대하기 쉬워진다.

-크르르…….

늑대 두 마리의 어그로가 뿔하피에게 끌린다. 동료가 당했다는 것에 분노하는 것이리라. 각성한 뿔하피라 그런지 생각보다 더 도움이 된다.

'기회는 이때야.'

나는 틈새를 이용해, 쓰러져 있는 놈들의 숨통을 창으로 하나하나 끊었다.

이제 남은 것은 세 마리. 다음 표적은 아까 눈알을 잃은 채로, 날뛰는 녀석이다. 나는 쉴 틈 없이 움직여 창으로 놈의 대가리를 후려쳤다.

-끼잉.

쓰러져 고통을 호소하는 늑대. 나는 다시 한번 눈알을 찔러 그대로 밀어 넣었다.

'넌 늑대 특제 꼬치다. 이놈아.'

['연옥 하운드'(★★)를 처리합니다!]

적어도 30분 이상 싸울 것을 예상했는데, 벌써 세 마리를 처리했다. 남은 두 마리는 이제 다 된 밥이지 뭐.

난 한층 여유로운 발걸음으로 뾸하피에게 어그로 끌려 있는 두 놈에게 달려들었다.

얼마 뒤 다섯 마리를 전부 처리했다.

걸린 시간은 약 10분. 첫 사냥치고 나쁘지 않은 결과다.

-끼이아아!

뾸하피가 흥분했는지 발톱으로 놈들의 시체를 밟아대고 있었다. 아무래도 투기가 피어올라 더 싸우고 싶어 하는 것 같았다. 걱정 마, 지금부터 시작이거든.

잠깐 기다리니까, 늑대 다섯 마리가 다시 리젠됐다.

어느덧 '연옥'에 온 지, 이틀하고도 조금 더 지났다. 나는 그 동안 잠도 자지 않고 늑대를 잡았다.

-끼이이잉…….

뾸하피가 다가와 비비적거렸다. 하는 행동은 귀여웠지만, 표정은 '이 미친놈아, 그만해'라 말하고 있는듯했다.

"우리 여기까지만 할까?"

-끼아! 끼아!

뾸하피가 고개를 끄덕이며 날개를 간절하게 파닥였다. 내 말을 알아듣는 게 신기하다. 마치 애완동물을 기르는 느낌.

"그래, 일단 목표는 달성했으니. 쉬자."

-끼아아아!

난 신나서 날아다니는 뿔하피를 뒤로하고 근처 공터에 앉아 마지막 초코바 하나를 깠다. 빈서율이 챙겨줬던 2일 치 분량의 식량도 다 떨어졌다.

'지금 시기에 14레벨이라니.'

아직 메인 퀘스트 초반인 것에 비하면 확실히 고속 성장이긴 했다. '엔트로피'가 2성인데 벌써 만렙이니 말 다 했지. 아마 랭킹을 매길 수만 있다면, 무조건 한 자릿수 랭킹 안에 들 거다.

'화염 저항도 챙겨놨고.'

이곳에서 하루쯤 버텼을 땐가? 그때쯤 생겼던 것 같다. 확실히 능력치가 생기니 활동하기 편해졌다. 이제 웬만해선 땀을 흘리지 않는다.

'몬스터랑 스킬 칸도 뚫어놨으니.'

레벨 10을 넘기자 곧바로 뚫렸다. 오로지 사냥에만 집중하기 위해 신경 쓰지 않았었는데…….

'바로 까볼까?'

그래, 쇠뿔도 단김에 빼랬다고. 나는 몬스터 소환 이용권과 스킬 박스를 꺼냈다. 언제나 설레는 느낌. 이제 제대로 된 전력 증강을 해볼 생각이다.

Chapter 6

「하급 몬스터 소환 이용권」

「중급 몬스터 소환 이용권」

「최상급 캐릭터 전용 스킬 박스」

그것들은 영롱한 빛을 띄우며 내 앞에 떠 있었다.

'일단은 하급부터 가보자.'

하급은 '터'를 지었을 당시, 거래소 '랜덤 상점'에서 500골드에 구매했던 거다. 1성부터 2성까지의 몬스터를 랜덤으로 소환하는 녀석.

'이건 중급 소환을 위한 제물이지.'

「몬스터즈」를 하다 보면 흔히 볼 수 있는 광경이다. 더 높은 등급의 소환권을 개봉하기 전, 낮은 등급의 소환권부터 까보는…….

뭐, 어차피 확률이기에 별 의미는 없다지만 일종의 미신이다.

번쩍-

[낙타족 '메르스'(★)가 소환됩니다.]

'역시 1성이군.'

그것도 낙타족. 대충 정보를 살펴보니 스킬 하나짜리 폐급 중 폐급이다. 빈서율이 가지고 있는 '나르'의 반도 못 미친다. 이름만 봐도 안다. 메르스가 뭐야 메르스가. 한때 유행했던 역병 이름 아닌가.

'일단 보류하고.'

그래도 나쁘진 않다. 요놈은 뿔하피 등급 업그레이드 재료로 사용하면 되니까.

나는 다음으로 '중급 몬스터 소환 이용권'을 활성화했다. 요놈은 소환 폭이 1성부터 3성까지다. 3성만 떠주면 내가 더 바랄 게 없겠는데.

[곰족 '크래쉬'(★★)가 소환됩니다.]

[등록하시겠습니까?]

[Tip 소환수들은 오직 주인을 위해 움직이고 온종일 주인만을 생각한답니다. 그들을 아껴주세요.]

오 첫 2성이다. 이 빌어먹을 곳에 떨어진 후, 처음으로 등장한 2성! 대충 보니, 나름 준수한 능력치에 스킬 두 개를 지닌 곰족이다.

'좋았어. 너도 일단 보류.'

이놈은 '엔트로피' 업그레이드 재료로 사용할 생각이다. 엔트로피 3성을 만들기 위해서는 2성 두 마리가 필요하니, 하-이것 참 돈 먹는 하마가 따로 없네.

[등록하지 않은 몬스터는 '스테이터스'에 자동 보관됩니다.]

'자, 마지막으로 스킬 박스.'

난 다시 심장이 두근거렸다. 무려 S급 '캐릭터' 스킬을 확정적으로 주는 상자. 내가 가지고 있는 '아레스의 본능'(S급)의 성능이 엄청난 것처럼, 「몬스터즈」에서 S급이라는 단어가 주는 가치는 위대했다.

'이것만 잘 떠주면 돼.'

사실 앞선 소환 이용권은 하나도 중요하지 않다. 이게 몇백배는 더 중요하다. S급이니 알아서 어련히 잘 뜨겠지만 그래도 기대되는 건 별수 없다.

'가보자, 과감하게!'

"개봉한다."

[두근두근! 엄청난 기운이 상자에 집중됩니다.]

[캐릭터가 착용할 수 있는 S급 스킬을 랜덤으로 뽑을 수 있는

상자입니다.]

번쩍이는 황금빛 메시지, 손에 고이는 땀. 제발, 제발, 제발!
번쩍-

[빰빠바~]
[축하드립니다! S급 캐릭터 스킬을 뽑으셨습니다!]
[캐릭터 스킬 '네르갈의 재판'을 얻으셨습니다!]

'네르갈의 재판?'
네르갈. 익숙한 이름이었다.
'어디서 들어봤던 이름. 아!'
그래. 모를 리가 없었다. 놈은 시련의 탑 70층에 거주하던 보스 이름이었으니까.
커다란 날개, 몸집만큼 커다란 대검, 사자를 보는듯한 갈기와 이빨.
'까다로운 놈이었지.'
그런데 그놈의 이름이 여기서 왜?
이런 스킬은 여태껏 듣도 보도 못했다.

[스킬:네르갈의 재판]
[등급:S급]
[특성:액티브(Lv.1)]

[죽은 자들과 역병을 관장하는 싸움의 신 네르갈의 저주는 순식간에 온몸을 부식시킬 정도로 지독하다.
스킬 활성화 시, 유저와 계약이 가능하다.
계약은 상호 동의가 있어야 한다.
한쪽이 계약을 파기할 경우, 네르갈의 저주가 떨어진다.
서로의 동의가 있을 경우, 계약을 취소할 수 있다.]

'미친. 뭐, 이딴 스킬이.'

유저와 계약을 할 수 있는 스킬이라니.

'상호 동의'가 있어야 한다는 조건이 있지만, 그래도 나에게 유리한 조건으로 동의만 끌어낼 수 있다면 족쇄를 채울 수도 있는 사기적인 스킬이다.

'네르갈의 저주는 진짜 미쳤으니까.'

70층에서 수백 번 이상 경험해 봤다. 6성짜리 몬스터도 1분 만에 녹여 버리는 말도 안 되는 조건부 기술.

걸리면 즉사나 다름없다. '네르갈' 역시 패턴제 보스 몬스터이기에 가능한 기술이기도 했다.

['네르갈의 재판'(S급)을 캐릭터에 등록하시겠습니까?]

"오케이."

S급은 무조건 등록이지. 깊게 생각할 필요도 없다.

기분이 묘했다. 스킬은 마음에 들었지만, 알 수 없는 기시감이 느껴졌다.

'뭔가 이상해.'

아레스의 본능도, 네르갈의 재판도……. 뭔가 내 활동을 기반으로 딱딱 맞추어 나오는 느낌이었다. '합체족'을 사용하니 보란 듯이 운동신경 관련 스킬을 내줬고, 단원들을 테스트하니 보란 듯이 계약 관련 스킬을 내줬다. 특히 네르갈의 재판을 사용하면, 앞으로 쓸데없는 테스트 같은 것 없이도 단원을 손쉽게 늘릴 수 있을 거다.

'뭐지.'

마치 누군가가 위에서 지켜보며 계속 성장을 요구하는 느낌이었다.

'설마.'

문득, 「갓 컴퍼니」가 보냈던 쪽지의 내용이 떠올랐다. '간섭력'을 이용해 특전을 줬다는 그 내용이. 마치 나에게 탑을 깰 수 있는 능력을 몰아주는 느낌이랄까. 도대체 탑 100층에 뭐가 있길래, 나를 계속 그곳으로 유도하는 걸까?

'뭐, 어쨌든.'

누군가 도와준다면 나야 나쁠 거 없다. 일단, 당장 생존에 유리하니까. 난 그저 현재 이 순간을 살기 위해 최선을 다할 뿐이다.

-끼이아아!

나는 다시 뿔하피를 타고 북쪽으로 향했다.

[메인 퀘스트 ① 4. '단원 모집']

[제한 시간 00:11:10]

메인 퀘스트 종료까지 약 11분. 그전에, 단원들이 무사한지 확인해 보기 위해서였다.

"저기 있네."

'연옥' 최북단. 빈서율의 통제 하, 한창 사냥 중인 일행들이 보였다. 난 그곳을 향해 곧바로 하강했다.

"건호 씨!"

"형!"

"아저씨, 오셨어요?"

"왔는가."

그들은 과거보다 한껏 여유로운 표정으로 모여 앉아 있었다. 그리고 그들을 지키는 몬스터들은 적절한 진형으로 배치되어 파티 사냥을 지속하고 있었다.

'하, 원래 사냥이 이렇게 편한 건데.'

뭐, 어쩌겠는가. 합체족을 선택한 내 잘못이지.

"땀들 안 흘리시는 거 보니, 화염 저항, 얻으셨나 보군요."

"맞네. 정말 자네 말대로더군. 하루 정도 고생하니까 생겼어."

"맞아요. 형! 그전까진 진짜 힘들었어요!"

그때를 떠올렸는지, 할아버지와 서지호가 몸을 부르르 떨었다. 고생하긴 엄청 고생했나 보다.

"좋습니다. 고생하셨어요."

"그나저나 이제 약 10분밖에 남지 않았는데……."

"메인 퀘스트 때문이시죠?"

"그렇다네."

실패 시 사망. 규정된 파티는 채우지 못했지만 괜찮다.

이곳은 연옥. 메인퀘스트 '사망' 판정에서 벗어날 수 있는 유일한 공간. 나는 가볍게 심호흡을 했다. 일행들의 안색에도 긴장감이 떠올라 있었다.

"자네가 충분히 설명해 줬는데도, 통 불안해서 말이지."

"그럴 수 있죠. 걱정하지 마세요. 그리고, 단원이 적은 만큼 다음 퀘스트는 더 유리해질 겁니다."

"왜?"

"다음 퀘스트를 보시면 바로 알 거예요. 그전에 우선, 제가 말했던 목표는 달성하셨습니까?"

내가 이들에게 요구한 것은 두 가지.

레벨 10의 달성, 그리고 몬스터의 만렙.

"네, 건호 씨."

뒤에 있던 빈서율이 나섰다. 사실 이곳에 내려오면서, 이미 '심연의 눈동자'를 사용해 전부 확인한 상태였다. 다만 이 스킬은 비밀이기에, 물어보는 척했을 뿐이다.

"제가 다 확인했어요. 저는 레벨 11을 찍은 상태고, 나머지는 전부 레벨 10인 상태예요."

"몬스터는요?"

"아델과 쉐핀을 제외한 몬스터들은 전부 20레벨을 찍은 상태에요. 재료만 있으면 강화할 수 있을 거예요."

"좋습니다."

나름 준비는 됐다. 이제 다음 메인퀘스트가 오길 기다리기만 하면 된다.

시간은 계속 흘렀다. 이제 남은 시간은 1분가량. 나도 살짝 긴장되기는 한다. 확실하긴 한데, 혹시나 잘못될 수도 있는 거니까.

"그런데요, 건호 씨."

그때, 빈서율이 질문했다. 누적되는 긴장감 속에서 그녀의 목소리가 크게 울렸는지, 모두의 이목이 쏠렸다.

"말씀하세요."

"이번 메인 퀘스트 보상이 1,000골드잖아요. 그건 어떻게 되는 건가요?"

"그건 포기해야죠. 왜요?"

"그게 사실……."

순간, 그녀가 걱정하는 게 뭔지 깨달았다.

담건호 13,800 골드, 지병수 500 골드, 서은채 500 골드,
서지호 500 골드, 그리고 빈서율 0골드.

심연의 눈동자를 통해 봤던 단원들의 자금 상황이었다.

'특히 빈서율은 0골드…….'

이제 이들도 알고 있다. 「몬스터즈」에서 퀘스트로 벌어들이는 골드가 얼마나 소중한 자원인지. 게임 특성상 '필드보스'급을 잡거나, '사람'을 잡고 다니지 않는 이상 골드 수급이 무척이나 어렵기 때문이다.

"골드 때문이시죠?"

"마, 맞아요."

그러자 일행들이 단체로 고개를 끄덕였다. 빈서율뿐만 아니라 이들 모두의 고민이었을 거다. 나는 그 모습을 보며 슬그머니 웃었다.

"그건 걱정할 필요 없습니다."

[제한 시간 00:00:00]

내가 대답하는 도중, 마침 퀘스트가 끝나버렸다.

[메인 퀘스트 ① 4. '단원 모집'이 종료되었습니다.]

[현재 '소수정예'의 단원은 5/10입니다.]

[삐-삐-삐-삐-삐-삐-]

그때였다. 순간, 시야가 빨갛게 물들었다. 그리고 귀에 이명처럼 경고 신호가 울리기 시작했다.

"뭐, 뭐야!"

"건호 씨, 이게 뭐죠?"

"아, 아저씨."

단원들이 당황하기 시작했다.

[조건 미달성.]

[단원이 5명 부족합니다.]

[메인 퀘스트에 실패하셨습니다.]

쿠쿵-

땅이 흔들리기 시작했다.

"꺄악!"

여자들이 비명을 지르기 시작했다. 할아버지와 서지호도 공포에 가득 찬 얼굴로 바닥에 매달려 있었다.

'요란스럽긴.'

난 인상을 찌푸렸다. 어차피, 그냥 넘어갈 거 꼭 「몬스터즈」는 이런 식으로 긴장감을 유발시킨다. 생각해 보니 저번 튜토리얼 때도 괜히 땅 한번 뒤흔들었던 것 같은데. 별것도 없었으면서.

'분명 뜰 거야. '연옥' 히든 조건이.'

그렇게 시간이 조금 흘렀고, 이윽고 적색 메시지가 떠올랐다.

[메인 퀘스트 실패로 당신은 '사망' 판정됩니다.]

"사, 사망?"

"진짜 사망이라고?"

"우리 죽은 거예요?"

일행들의 눈이 휘둥그레졌다. 흔들리던 땅은 어느새 가라앉아 있었고, 단원들은 멍하니 허공에 뜬 적색 메시지를 바라보고 있었다. 난 그런 그들에게 다가갔다.

"그럴 리가 있나요. 이렇게 멀쩡하게 살아 있는데."

옛날에도 그랬다. 판정만 사망 판정이지, 이제 곧 추가 메시지가 뜰 거다.

"하지만, 분명히 메시지엔……."

"아마 정산 중일 겁니다."

"정산이요?"

"네, 메인 퀘스트 실패자들을 판단하고 거르는 작업이겠지요."

[삐빅-]

['연옥' 히든 조건이 발생합니다.]

[삶과 죽음의 경계선인 이곳에서는 모든 퀘스트의 사망 판정이 비껴갑니다.]

'역시나.'

예상대로였다. 나는 안도의 한숨을 내쉬었다. 확신은 있었다지만, 그래도 살짝 쫄리는 건 어쩔 수 없거든. 어쨌든, 목숨은 건졌다.

[메인 퀘스트 ① 4. '단원 모집'이 정산 중에 있습니다.]

[정산 완료.]

[채널 인원 총 65/125명]

[보상:Error]

드디어 퀘스트가 완료됐다. 65명이 살아남았다는 건, 우리 팀을 제외하고 총 여섯 집단이 살아남아 있다는 말.

'빨간 수염 팀처럼 다수 연합했을 가능성도 있으니.'

사실상 여섯 집단은 아닐 거다. 그중엔 서은채에게 몹쓸 짓을 했다는 그 집단도 있겠지. 그녀도 같은 생각을 했는지 침을 꼴깍 삼키고 있었다.

"보상이 에러라 뜨네요? 확인해 보니까 정말 0원이에요."

빈서율이 아쉬운 표정을 지었다. 그와 동시에 다시 메시지가 튀어나온다. 새로운 퀘스트의 도착이었다.

[새로운 메인 퀘스트가 도달합니다.]

[채널 인원 총 65/125명]

[제한 시간 168:00:00]

[메인 퀘스트 ① 5. '집단의 성장'

집단을 만들었으니, 이제 성장해야겠죠? 모든 '단원'의 레벨을 10 이상으로 올리세요. 금부터 제한 시간 동안 집단 탈퇴 및 가입이 비활성화됩니다.

성공 시:+2,000골드

실패 시:사망]

[Tip 집단의 레벨을 키워보세요. 더 많은 단원을 모집할 수 있답니다.]

"어?"
"퀘스트가?"
"와-진짜로?"
일행들의 눈이 휘둥그레진다. 내가 그들에게 요구했던 조건이 다음 메인 퀘스트인 줄은 꿈에도 몰랐을 것이다. 난 그런 그들을 마주 보며 웃었다.
"제가 걱정하지 말랬죠?"
사실상 이번 퀘스트는 무척이나 까다롭기로 유명했다. 10명의 단원 중 한 명이라도 레벨을 달성하지 못하면, 전체가 실패하기 때문이다. 자칫하면 변수가 많았을 뻔한 퀘스트를 그래도 무사히 넘겼다.

[조건을 달성하였습니다.]
[메인 퀘스트 ① 5. '집단의 성장'이 종료되었습니다.
보상:+2,000골드
다음 퀘스트 시작까지 대기합니다.]
[잔여 시간 167:59:00]

"허어, 대단하군. 168시간이면, 약 1주 정도인가? 많은 시간을 벌었어."
노인이 조용히 읊조리며 고개를 끄덕였다.
"아저씨는 다 알고 계셨군요?"
"그럼, 나름 유명한 퀘스트였거든."

「몬스터즈」가 망했던 이유 중 하나. 그게 바로 이 퀘스트다. 오직 인싸들만 할 수 있다고 욕먹었던 퀘스트.

'사실상 이게 난이도 최상이지.'

1주일 만에 레벨 10 이상을 달성할 폐인 10명이 공교롭게 같이 모여야 깰 수 있는 퀘스트다. 유저들은 오직 이 구간을 통과하기 위해, 저렙 때부터 발품을 팔아 파티 모집을 해야 했다.

'초창기 때는 그래도 괜찮았다지만.'

문제는 3년 후였다. 이미 게임이 망해 버린 상태에서 간간이 들어오는 신규 유저들이 대부분 이 구간에서 떨어져 나갔다. 패치가 없다 보니, 단원을 모으는 것만으로도 엄청난 진입장벽이 되었던 것이다.

"조금만 더 기다려 보세요."

"왜, 또 뭐가 더 있는가?"

"제가 말했었죠. 이번 퀘스트는 단원이 적은 만큼 더 유리해질 거라고."

"그랬지."

"그에 관한 결과가 아마 곧 나올 겁니다."

최초 업적 보상. 내 기억이 맞다면 이번에 그것은 이들이 걱정하는 자금 문제를 한 방에 해결해 줄 터였다. 게다가 이건 서버 최초가 아니라 채널 최초만 되어도 주는 거니 이변이 없다면 거의 100%다.

나는 가볍게 심호흡을 했다. 그러자 이윽고 기분 좋은 메시지가 등장했다.

[★★채널 최초로 집단을 성장시켜 '최고의 팀워크' 업적을 달성하였습니다. 집단 '소수정예'의 위대한 업적을 응원합니다.★★]

[특수 보상:30,000골드]

[골드는 인원수에 따라 분배됩니다.]

[각각 6,000골드를 획득합니다.]

"미친."

"유, 육천 골드? 정말이에요?"

"허얼, 진짜로? 개쩐다!"

본래는 3,000골드씩 받았어야 한다. 그러나, 우리는 '연옥' 특수 효과를 통해 그 두 배인 6,000골드를 뜯어냈다. 이는 내가 8년 차 고인물일 당시 신입 '소매넣기'를 하면서 많이 사용했던 방법이다.

소매넣기. 소매치기의 반대말로, 보통 고인물들이 새로운 뉴비가 들어오면 그 뉴비를 잡기 위해 마구 퍼주는 것을 뜻한다. 내가 '연옥' 히든 조건을 목숨을 걸면서까지 확신할 수 있었던 이유도 그거다. 이미 신입들을 대상으로 많은 실험을 거쳤었거든.

"어쨌든, 자금 문제는 해결했고."

이제 우리 '터'로 돌아갈 시간이다. 리셋된 거래소 '랜덤 상점'도 확인해야 하고, 건물도 업그레이드시켜야 하니까. 게다가 우리 귀여운 뿔하피도 빨리 2성으로 만들어줘야 한다.

"슬슬 준비들 하시죠."

“아직 시간이 하루 정도 남은 거로 아네만?”

[제한 시간 20:10:05]

할아버지 말대로 던전이 깨지려면 아직 20시간 정도 남았다.
“에이, 제가 설마 집에 갈 준비를 하라 했을까요.”
“그럼?”
“잡아야죠.”
“아, 설마.”
“네, 지금부터 이곳 ‘연옥’의 보스인 ‘케베로스’를 잡으러 갈 겁니다.”

‘케베로스’(★★). 지옥의 파수꾼이라 부르기도 하는 놈은 연옥과 지옥의 경계를 지키고 있는, 대가리가 3개인 개다.
“계속 남쪽으로 이동할게요.”
“네!”
“이번 보스는 생각보다 별거 없으니 긴장들 푸세요.”
“알겠어요.”
“알겠네.”
처음 만나보는 던전 보스. 하지만, 연옥 슬라임과 비교한다면? 식은 죽 먹기나 다름없다.

"아델은 어찌할까요?"

빈서율이 내 옆으로 다가왔다. 나는 일행의 선두에 서서 이동하고 있었고, 이제 곧 있으면 '연옥' 최남단에 도착한다.

"넣어두셔도 됩니다."

"그 정도로 쉽나 보네요?"

"네, 패턴제가 아니기도 하고. 어차피 초보자 사냥터일 뿐. 지금 전력이면 충분히 비벼볼 만합니다."

서버 최초로 잡는 던전 보스일지도 모른다. 저번 고스트 중대장 때처럼, 최초 업적을 먹으려면 기여도를 최대한 가져와야 하는데 아델이 끼면 힘들어진다.

'빈서율에게 뺏길 순 없지.'

가벼운 대화를 하다 보니, 앞에서 끔찍한 소리가 들려왔다. 어느새 보스 앞에 도착한 것이다.

-크르르르.

-케르르륵.

-으르륵…….

세 개의 대가리, 각자 다른 곳에서 발생하는 울음소리.

놈은 땅바닥에 엎어져 수면을 취하고 있었다.

과연 보스몹이라는 걸까.

확실히 그동안 싸웠던 놈들과는 달랐다. 저번에 잡았던 '연옥 하운드'보다 다섯 배는 더 큼직했고 이빨이나 발톱도 더 살벌했다.

"저놈을 죽이면 되는가?"

할아버지가 몬스터를 전방 배치했다.

"잠시만요."

난 놈, 아니, 놈들의 목을 살폈다. 신체 구조상 전 방향으로 꺾을 수 없는 켈베로스의 목.

"서지호."

"네, 형!"

"왼쪽으로 이동해서 신호하면 공격해. 그리고 빈서율 씨."

"네."

"서율 씨는 오른쪽을 맡아주세요."

"알겠어요."

단원들은 내 명령에 신속하게 이동했다. 그러자 뒤에 있는 서은채가 묻는다.

"포위하려는 거예요?"

"응, 놈들은 뇌가 3개라 정신없이 공격해 줘야 하거든."

"그럼 후방은요?"

"너와 내가 간다."

이곳에서 공격력이 가장 강한 나에게 서은채의 버프가 들어와야 한다.

"할아버지는 이곳에서 전방을 맡아주시고요."

"내가 전방을?"

"제가 후방에서 먼저 놈들 유인할 겁니다. 그때에 맞춰 몬스터를 출동시키면 돼요."

"알겠네."

이미 전략은 짜놨다. 이제 결단만 내리면 될 뿐. 그나마 이들은 몬스터가 대신 싸워주기라도 하지, 나는 직접 저놈과 혈투를 벌여야 한다.

'가보자.'

나는 창을 꺼내든 후, 신속하게 후방으로 움직였다. 물론, 뾸하피도 옆에 소환한 채로.

[요정족 '쉐핀'(★★)의 축복을 받습니다.]

서은채의 버프가 들어왔다. 스킬 레벨이 올랐는지 과거보다 조금 더 들어온다.

"후우, 후우."

나는 호흡을 조절하며 천천히 켈베로스의 후방에 다가갔다. 구린내인지 노린내인지 모를 악취가 느껴질 무렵.

"지금!"

있는 힘껏 놈의 척추를 향해 창을 내질렀다. 그와 동시에, 단원들의 몬스터들이 달려들기 시작했다.

-크와아앙!

-크르르르!

내 창에 맞은 켈베로스가 기겁하며 머리를 치켜들었다. 이곳저곳 정신없이 찾더니, 결국 가장 가까이 있는 나를 인지했는지 몸체를 돌렸다.

'어디 덤벼보시든지.'

난 아델에게 배운 찌르기를 이용해 가운데 있는 놈의 미간을 뚫었다. 워낙 몸체가 크기에 맞추는 것은 어렵지 않았다.

[크리티컬!]

-크아아아!

천둥처럼 울려 퍼지는 괴성. 남은 두 대가리에는 뿔하피의 뿔 한 쌍이 각각 하나씩 틀어박혔다.

그러나 놈은 던전 보스. 겨우 이것 한방에 쓰러질 리가 없다. 금방 제정신을 차린 놈이 다시 나에게 돌격해 왔다.

"빈서율!"

내 외침과 동시에 '나르'의 모래 방패가 나와 뿔하피를 감쌌다. 역시, 그녀는 확실히 전투 센스가 있다.

-짹짹!

-아우우우!

켈베로스의 공격이 한번 막힐 찰나, 남은 단원들의 몬스터들이 놈에게 달라붙었다.

'좋았어.'

역시 놈은 팀워으로 조져야 한다. 사방에서 덤벼드는 몬스터들에 신경이 꼬였는지, 움직임이 확실히 굼떠졌다.

'쉽네.'

이유는 확실했다. 왼쪽 대가리랑 오른쪽 대가리랑 서로 하려는 행동이 달라져서 그런다. 요놈들은 본인이 안전한 방향으로 최대한 움직이도록 설계되어 있거든.

한 3분쯤 지났을까?

놈의 상처가 점점 벌어지기 시작했다.

이제 치명타를 멕여야 할 때.

"타핫!"

나는 신속하게 점프해 켈베로스의 등 위에 착지했다. 싸우느라 정신없는 놈은 나 같은 건 신경도 쓰지 않고 있다.

'잘 가라.'

나는 다리로 가운데 놈의 목을 조인 후, 놈들의 목에 창을 미친 듯이 박아넣었다. 비명을 지르고 날뛰어도 계속 찔러 넣는 데만 집중했다. 끈적한 피와 불똥들이 터져 나와 내 피부를 적셨다.

-끼이이잉.

곧이어, 켈베로스가 비명을 멈췄다. 힘이 완전히 빠진 채로, 축 늘어져 쓰러졌다.

['켈베로스'(★★)를 처리합니다!]

[빰빠라밤! 축하드립니다!]

[★★1서버 최초로 던전 보스를 처리하여 '던전 개척자' 업적을 달성하였습니다. 당신의 위대한 업적을 응원합니다.★★]

[특수 보상:상급 몬스터 소환 이용권 2개]

'좋았어!'

고스트 중대장을 잡았을 때와 같은 보상이었다. 나에겐 뿔 하피를 줬고, 빈서율에겐 아델을 줬었던 그 보상.

"끄, 끝난 건가?"

"괜찮으세요?"

일행들이 서둘러 다가온다. 항상 느끼는 거지만, 이들은 직접 싸우는 나를 보며 질린 표정을 했다.

그럴 만도 하지. 나도 이런 괴물들이랑 치고받고 싸울 줄은 꿈에도 몰랐으니까.

"생각보다 할 만하죠?"

난 빈서율이 건네준 수건으로 몸의 피를 닦아냈다. 창에 묻은 피는 놈의 사체에 비볐다. 이제 곧 임무 완료 메시지가 뜰 텐데…….

[보스를 잡았습니다.]

[던전 해제 조건을 달성합니다.]

[삐빅-]

[비정상적인 접근 방식으로 난이도가 상승합니다.]

'뭐?'

또다. 저번 고스트 중대장 이후로 두 번째 겪어보는 현상.

"이, 이게 뭐죠?"

"건호 씨, 이거 저번에 겪었던!"

"다들 준비하세요!"

순간, 섬뜩한 느낌이 들었다. 뭔지는 모르지만, 피부 끝까지 느껴지는 힘의 파동.

[근처에 '켈베로스'(★★)가 소환됩니다.]
[근처에 '켈베로스'(★★)가 소환됩니다.]
[근처에 '켈베로스'(★★)가 소환됩니다.]
[근처에 '켈베로스'(★★)가 소환됩니다.]
[근처에 '켈베로스'(★★)가 소환됩니다.]
[근처에 '지옥의 켈베로스'(★★★★)가 소환됩니다.]

'이런 ×발?'
"4성짜리 던전 보스라고요? 제가 잘못 본 거 아니죠?"
"제기랄, 나도 그렇게 봤다네!"
"일단 모두 도망치세요!"
나는 긴급히 파티원들에게 명령했다. 비정상적인 접근이 뭔지, 왜 현실이 폰 게임과 다르게 흘러가는지는 모르겠지만, 이번 사건으로 확실히 느꼈다.
'게임 시스템은 나한테 비협조적이다.'
왜지? 내가 너무 빠르게 성장해서? 최초 업적들을 독식했기 때문에?
좋은 스킬들을 퍼주는 것 보니, 그것 때문은 아닌 것 같은데……. 어쨌든 확실한 건, 게임 시스템이 나를 계속 위기 상황으로 몰려 한다는 것.

"이곳에서 최대한 멀어져야 합니다!"

무려 4성 보스다. 지금 우리의 전력으론 무슨 수를 쓰더라도 막을 수 없다. 아델을 꺼내면 되지 않느냐고? 아델은 고작 저렙 몬스터. 필드 보스와는 격이 다르다. 최선의 방법은 도망치는 것뿐.

"아저씨."

나와 같이 있던 서은채가 물어온다.

"응?"

"이거 해결할 수 있는 거 맞죠?"

"해 봐야지!"

"연옥의 진짜 보스가 저 4성짜리인 거예요?"

그건 아니다.

'연옥'은 초보자 사냥터. 보스는 그냥 2성짜리. 저건 나도 처음 보는 변종이다.

'지옥의 켈베로스'(★★★★). 기존 켈베로스보다 10배 정도 큰 녀석. 놈은 이 구역을 꽉 채운 채로 날 오연하게 바라보고 있었다. 그 압도적인 기세에 절로 몸이 저릿하게 떨려왔다.

"일단 잔말 말고 도망쳐!"

처음 겪어보면 답이 없는 상황. 하지만, 나는 10년 차 고인물. 이런 상황도 수없이 겪어봤다.

"딱 1분."

"네?"

"절대 싸울 생각 말고, 딱 1분만 버티면 돼."

답은 던전 해제에 있다. 던전이 깨지는 조건은 딱 두 가지. 제한 시간이 지나거나, 보스를 잡거나.

난 분명히 보스를 잡았다. 내 경험에 의하면, 던전은 보스를 잡은 후 약 1분 후에 깨진다.

-크아아아!

-크르르! 킹!

'빌어먹을.'

놀랍게도 총 6마리의 보스가 전부 나와 서은채가 있는 방향으로 돌진했다. 아니, 정확히는 놈들 전부 나만 바라보고 있었다. 마치, 나를 꼭 제거해야 한다고 프로그래밍 된 기계 같았다.

'역시 뭔가 있어.'

시야에는 보이지 않았지만 느껴졌다. 누군가가 악의를 가지고 날 바라보고 있는 느낌. 직감이었지만 확실했다.

'갓 컴퍼니는 아닐 테고.'

갓 컴퍼니는 날 도우려는 입장이었으니까.

그렇다면, 갓 컴퍼니를 방해하는 세력이라도 있다는 걸까?

어쨌든, 지금은 잡생각을 할 때가 아니다. 놈들은 커다란 갯과의 동물. 한낱 인간의 스피드보다 확실히 빨랐다.

"서은채!"

"네!"

"잘 들어. 놈들의 어그로가 전부 나한테 끌린 것 같다. 너는 지금부터 딱 5초 후에 옆으로 틀어 빈서율에게 달려가. 지금은 그녀가 제일 안전할 거야."

"네? 그럼 아저씨는요?"

"같이 있으면 다 돼지는 거야. 난 어떻게든 버틸 수 있어."

그녀의 달리기는 형편없다. 평범한 소녀가 속도를 최대한 내봐야 얼마나 빠르겠는가. 차라리 나 혼자 도망가는 게 더 편하다.

그러나 그녀는 망설이는 눈치다. 본능적으로 감지한 것이다. 내가 혼자서 위험에 맞서려는 것을.

"내가 편해서 그런 거야! 어서!"

"그, 그래도!"

켈베로스들과의 거리가 점점 좁혀졌다.

"서은채. 내가 뭐랬지? 어떠한 순간에도!"

"통제를 따른다. 제길, 죽지 마세요!"

그녀가 곧바로 방향을 꺾었다. 켈베로스들은 예상대로였다. 서은채에겐 관심도 없다는 듯, 오로지 나를 향해 달려들었다.

"뿔하피!"

난 즉시 뿔하피를 재소환했다. 그리고 그 위에 올라탔다.

'이런 개 같은.'

이미 놈들에게 전부 따라잡혔다. 공중에 마저 뜨기도 전에, 가장 선두에 있는 켈베로스가 대가리를 들이밀었다. 재빨리 창을 휘둘러 놈의 머리를 쳐냈다.

'이런 제기랄.'

그러나 놈의 머리는 하나가 아니다. 곧바로 다가오는 두 개의 다른 쪽 대가리. 영리하게도 목표는 내가 아니라 뿔하피였다. 포위된 상태도 아니었기에, 동작 역시 신속 정확했다.

'소환 해제.'

나는 그냥 뿔하피를 넣었다. 고작 몇 초만 버티면 되는데, 각성한 몬스터를 잃기에는 너무 아까웠으니까.

상황이 역전됐다. 불과 몇 분 전까지만 해도 우리 일행들이 켈베로스를 포위했었는데, 이제는 내가 놈들에게 포위당했다. 난 가쁜 숨을 내쉰 채로 창을 힘겹게 휘둘러 놈들을 위협했다.

-크르르르…….

-크르르…….

총 다섯 마리의 켈베로스. 수많은 눈동자가 나를 노려본다. 놈들은 방금 전 공격에서 위기감을 느꼈음일까, 선불리 덤벼들지 못했다.

'좋아, 이렇게 조금만 시간을…….'

그러나 상황이 항상 기대하던 데로 흘러가는 것은 아니었다.

퍼억!

상상 이상의 거력이 몸에 부딪혀 왔다. 순식간에 몸이 하늘로 튀어 올랐다. 온몸에 느껴지는 통증은 내가 여태껏 느꼈던 모든 고통 중 최고봉이라 자신할 수 있다.

"커헉!"

입에서 피와 위액이 품어져 나왔다. 자세히 보니, 하얀 갈비뼈가 살을 뚫고 튀어나와 있었다. 가슴뼈가 다 박살 난 것이다.

"크아아악!"

아팠다. 너무도 아팠다. 온몸이 욱신거렸다. 겨우 '지옥의 켈베로스'가 휘두른 앞발 한방에 이 꼴이 되어버렸다.

'제…… 기랄.'

개새끼들, 적당히 해야지. 아무리 생각해도 벌써부터 4성 보스는 너무하잖아. 그리고 놈은 여타 알고 있던 4성 보스들보다도 좀 더 강한 것 같다.

'저런 걸 상대로 어떻게 버티라고.'

나는 눈을 질끈 감았다. 이제 움직일 수도 없다. 벌써 정신이 몽롱해 오기 시작했다. 놈의 후속타가 날라오기 전에 1분이 끝나길 빌 수밖에 없다.

-크와아아!

이윽고, 놈의 후속타가 내 머리를 향해 떨어져 내렸다. 제기랄. 이렇게 죽는 건가.

까앙!

그러나 들려오는 건 내 머리 터지는 소리가 아니었다. 고막을 찢을듯한 쇠 울림이었다.

까앙! 까앙!

그 쇠 울림은 두 번 세 번, 계속 울려 퍼졌다.

'뭐지?'

난 슬며시 눈을 떴다. 그러자 보이는 것은 중세기사 아델. 그리고 아델과 싸우는 커다란 켈베로스.

아델은 힘겹게 켈베로스의 공격을 막아내고 있었다. 그 충격만으로도 온몸에서 피를 쏟아낼 정도였다. 제길, 아델은 히든카드라 벌써 죽으면 안 되는데…….

"건호 씨! 이걸 어떡해! 어쩜 좋아!"

어느새 빈서율이 다가왔다. 그녀의 뒤에는 서은채가 서 있었다. 어렴풋이 보니 눈물을 흘리고 있다.

서지호와 할아버지 역시 자신의 몬스터를 활용하여 내 주변을 차단해 주고 있었다.

"크흑……!"

"말하지 마세요. 은채야, 지혈 좀 도와줄래?"

"흐흑, 네……."

지금 지혈 같은 걸 신경 쓸 때가 아닌데…….

1분 동안 버텨내야 하는데…….

머릿속에 온갖 걱정이 일었지만, 계속 생각을 이어 할 수는 없었다. 의식을 잃었기 때문이다.

내가 의식을 잃기 전 어렴풋이 본 게 있다면 아마…….

[던전이 해제됩니다. 본래 있던 곳으로 이동합니다.]

"숨을 쉬세……! 건호##"

"아저씨……! ##@."

흐릿한 시야 속에서 긴급한 목소리가 몽롱하게 울려 퍼졌다. 정신을 차리려 해봐도 너무 졸렸다. 그래서 다시 자기로 했다.

"어떻게 옮기죠?"

"들것을 만드세. 내가 방법을 알아."

"일단 전 물 좀 먹이고 있을게요. 지호랑 은채, 너흰 주변 경계 좀 해줘. 부탁할게."

"알겠어요!"

"네!"

입가에 닿는 축축한 것 때문에 잠에서 깼다. 건조해져 갈라져 가는 입과 목이 부드럽게 젖었다. 타오르던 갈증이 조금이나마 해소됐다. 더 달라고 하고 싶은데 다시 의식이 사라졌다.

"점점 괜찮아지고 있는 것 같아요."

"주거지에 회복 효과가 있어서 다행이야."

"그렇죠?"

"내가 돌보겠네. 자네도 좀 쉬어야지."

"저는 괜찮아요."

온몸에 열이 끓는다.

속이 답답하고 고통스러워 잠시 잠에서 깼을 때 들은 소리. 아무래도 내 주거지에 도착한 것 같다. 다행이었다.

캐릭터가 회복할 수 있는 방법은 총 네 가지.

레벨업, 주거지 휴식, 힐링 포션, 힐링 스킬.

이렇게 네 개뿐이다. 아직 몸을 움직일 수도 없을 정도로 힘들었지만, 그래도 점차 나아지는 게 느껴졌다.

"거, 건호 씨?"

몸이 찌뿌둥하고 팔이 저렸다. 꽤나 오래 멈춰 있었는지 신경이 눌렸나 보다.

"정신이 드세요?"

그래도 통증은 완전히 사라졌다. 머리에 일던 열도 식었고, 몸 상태도 예전으로 복구됐다.

"아아……."

가래 낀 목소리가 흘러나왔다. 눈을 뜨니, 빈서율의 얼굴이 보인다. 그동안 간호하느라 고생했는지 안색이 초췌하다. 괜스레 미안하네.

"……서율 씨?"

"네, 네! 말씀하세요. 몸은 어때요. 어지러운 곳은 없고요?"

"괜찮아요. 그나저나 어떻게…… 된 겁니까?"

나는 허리를 세우며 물었다. 상태가 엄청 심각했었는데, 이토록 완벽하게 치유되다니…… 생각보다 주거지 효능…… 좋은데?

"시간은 얼마나 지났고요."

궁금한 게 많았다. 상황을 보아하니, 던전은 무사히 깨졌던 것 같은데.

"쓰러진 지 벌써 5일 째세요. 얼마나 놀랐는지 아세요? 그 무시무시한 놈들은 던전이 뒤늦게 깨지는 바람에 생겨난 거겠죠?"

"으음, 그건…… 아, 혹시 다친 사람은……?"

"아뇨, 다행히 피해 본 사람이나 몬스터는 없어요. 다 건호 씨 덕분이죠."

난 고개를 털어 시야를 집중했다. 다음 메인 퀘스트 시작 시간을 확인하기 위해서다.

[다음 퀘스트 시작까지 대기합니다.]

[잔여 시간 32:40:00]

'헐.'

기껏 벌어놓은 시간이 고작 이틀도 남지 않았다. 이건 살짝 타격이 크다. 아델에게 훈련도 받고, 몬스터도 키웠어야 하는 건데…….

"아, 건호 씨."

"네?"

"배고프시죠? 지금 밤이라 일행들 전부 자고 있긴 한데, 급한 대로 뭐 좀 드실래요?"

빈서율이 일어나 무언갈 가져왔다. 뜨끈해 보이는 수프였다.

"웬 수프에요?"

"건호 씨 돌보면서 요리 좀 배웠어요."

"요리요?"

갑자기?

저번에 확인한 결과, 주거지 냉장고에 간단한 식자재가 있었긴 했는데.

"다들 건호 씨를 보고 이번에 뭔가 깊이 느낀 게 있나 봐요. 저도 그렇고요."

"그게 무슨……."

"건호 씨가, 그리고 몬스터가 싸울 동안, 우리가 할 수 있는 게 하나도 없다는 게 슬프더라고요. 가만히 있는 게 뭔가 비효율적이기도 하고."

빈서율이 간이 책상에 수프를 올렸다.

이런 건 또 어디서 난 거야?

"그래서 저는 요리와 석궁. 나머지 일행들도 뭔가 집단에 도움이 될 만한 일들을 찾기 시작했어요. 특히 지호 같은 경우 그날 이후 훈련소에 박혀서 나오지도 않더라고요."

"으음……."

그건 '합체족'이 없으면, 별 소용 없을 텐데.

그래도 나쁘지 않은 결과다. 생존하기 위해, 뭐라도 하는 게 가만히 있는 것보다는 수백 배 나으니까.

"일단, 서율 씨도 좀 쉬세요."

"아뇨. 전 괜찮은……."

"말 좀 들어요. 꼭 명령으로 해야 하나요?"

지금은 밤. 그래도 너무 많은 시간을 날려 버렸기에, 서둘러 움직여야 한다. 다음 퀘스트를 위한 준비를 시작해야지. 그러나 그녀는 딱 봐도 너무 피곤해 보이는 상태. 휴식이 필요해 보였다.

"후우, 알겠어요."

"빈서율 씨."

난 수프를 한입 떠먹으며 그녀를 불렀다.

"네?"

"고맙습니다."

그리고 내 진심을 담은 마음을 전했다. 오늘, 아니 지금까지 보여줬던 그녀의 호의. 그리고 기억이 뜨문뜨문하지만 날 살리려 했던 일행들의 노력.

"별말씀을요. 당연한걸요."

난 이제 그들의 호의에 보답할 생각이었다.

일단 빈서율을 보낸 후, '터'로 나왔다. 아까 수프를 먹으면서, 앞으로 해야 할 일들을 대충 정리해 놓은 상태.

뽑기, 몬스터 강화, 거래소 '랜덤 상점' 스캔, 건물 업그레이드, 베르트랑 창술 훈련.

의식이 없어, 그동안 못했던 것들을 처리해야 한다.

'일단 뽑기부터 가보자.'

'던전 보스 처치' 최초 업적으로 얻은 상급 몬스터 소환 이용권 2개. 나는 1성부터 4성까지의 몬스터를 무작위로 뽑게 해주는 그 영롱한 소환권들을 꺼냈다.

'이번에도 뿔하피 1성이면 진짜…….'

정말 빡칠 거 같았다.

실제 「몬스터즈」 게시판에서 '가장 허무하고 화나는 순간' 랭킹을 매긴 적이 있다. 거기서 압도적으로 1위 했던 게 '비싼 소환권에서 1성만 주구장창 나올 때'였다.

'확 빈서율한테 맡겨 버릴까?'

나는 망캐, 그녀는 축캐. 왠지 그녀는 못 해도 3성 이상은 띄워줄 것 같았다.

'에이, 그런 게 어딨어.'

어차피 확률 싸움일 뿐. 그녀를 깨우기도 뭐 하고 그냥 남자답게 까보기로 하는 순간, 위에서 난데없이 쉐넌이 나타났다.

[건호오오오!]

"뭐야, 쉐넌이야?"

[뭐야! 뭐야! 어떻게 된 거야! 다친 덴 괜찮은 거야?]

"보다시피 문제없지."

[그렇지? 깜짝 놀랐잖아. 혹시 어떻게 되는 줄 알고.]

"응? 깜짝 놀라? 네가 왜?"

쉐넌이 호들갑을 떤다. 그래서 궁금했다. 그냥 단순한 도우미일 뿐인 요정이 왜 내 걱정을 하는 거지?

[왜라니! 건호가 없으면 난 어떡하라고!]

"내가 어떻게 되든 너랑 무슨 상관인데? 무슨 불이익이라도 받는 거야?"

[으음……?]

갑자기 맹한 표정을 짓는 쉐넌.

[무, 무슨 소리 하는 거야. 건호가 없으면 더 이상 건물 업그레이드도 못 하고, 터도 못 넓히니까 그러는 거지.]

"또 말 더듬네. 아, 내가 하우징 시스템을 이용하면 너한테 이득 되는 거라도 있나 보지?"

[에씨! 무슨 말을 그렇게 섭섭하게 해! 난 그냥 진심으로 걱정한 거라구! 이 바보야!]

"걱정?"

[그래! 유저와 요정은 동업자이자 파트너니까! 난 건호가 이곳에서 생존하길 진심으로 바라는 존재 중 하나라고!]

쉐넌이 양쪽 팔을 허리에 짚고 꾸짖듯 말했다. 보통 사람들이 봤으면 귀엽다고 좋아했을지 몰라도 난 아니다. 쉐넌의 말중에서 이상한 점을 곧바로 캐치해 냈으니까.

"존재 중 하나? 내 생존을 바라는 자가 또 있어?"

[잉?]

"설마, 그때 널 설계했다는 그놈인가?"

[으이잉?]

"뭘, 으이잉 이야 확! 당황하는 것 보니 맞구만!"

[아니거든! 나 당황 안 했거든!]

"그리고 내 생존을 진심으로 바란다면, 아는 정보 정도는 다 털어놔 줘야 하는 거 아니야?"

내 물음에 쉐넌이 땀을 삐질삐질 흘린다.

"맞지?"

[하…… 하하, 난 바빠서 이만. 혹시 부를 일 있으면 말해!]

"하는 일이 뭐가 있다고 바빠?"

[그럼! 뿅!]

내 말을 무시한 쉐넌이 신속히 도망쳤다. 저러는 거 보니까, 괜스레 더 궁금해진다. 정말, 시련의 탑을 견뎌내야 말해주려나?

'에이, 뽑기나 하자.'

괜히 더 생각해 봐야 머리 아프다. 더 캐내 봐야 지금 당장은 말해줄 것 같지도 않고.

나는 곧바로 소환권을 활성화했다.

[조류족 '그린핀'(★★)이 소환됩니다.]

'휴, 그래도 2성이네.'

1성이 아닌 것만으로도 안도의 한숨이 나온다. 대충 정보를 확인하니 역시 쓰레기 재료 수준이다.

'곧바로 한 번 더.'

[합체족 '퀴리오스'(★★)가 소환됩니다.]

'응?'

합체족?

눈이 자동으로 번쩍 뜨였다.

또 합체족이라고? 정말?

[몬스터:'퀴리오스'(★★)]

[종족:합체족]

[레벨:1 (Exp 0/50)]

[보유 스킬:2/2]

합체(Lv.1):합체 시 힘5, 민첩5, 체력5 증가

소환(Lv.1):'수련용 석궁' 소환 가능

[Tip 각성과 등급 업은 다른 개념이랍니다. 각성을 어떻게 하냐고요? 그건 비~밀~]

'엔트로피랑 비슷하네.'

과거 '엔트로피'가 철검을 소환했다면 '퀴리오스'는 석궁을 소환하는 정도?

'하, 석궁이라고?'

자연스럽게 빈서율이 떠오른다. 안타깝게도 합체족은 중복으로 사용하는 것이 불가능하다. 그렇다고 재료로 써버리기엔 살짝 아까운 몬스터.

'팀의 전력을 위해서는 그녀에게 주는 게 맞긴 한데…….'

문득 이런 생각이 든다. 내가 운이 좋은 게 아니라, 빈서율이 운이 뛰어나서 이런 녀석이 튀어나온 게 아닐까 하는…….

'그래. 선물로 주자.'

내 목숨을 구해준 게 고맙기도 했고, 만약의 사건에 대비해 믿을 만한 그녀를 키워놓을 필요성이 있었다.

'또 켈베로스 같은 사건이 언제 발생할지 모르는 거니까.'

가볍게 생각한 나는 곧바로 '강화소'로 이동했다. 그와 동시에 '연옥 뿔하피'를 소환하고 '엔트로피'를 합체 해제했다.

손바닥에 나타나는 구슬, 살짝 기운이 빠지는 느낌.

'엔트로피'를 해제한 건, 이번이 처음이다.

[강화소(Lv.1)에 오신 것을 환영합니다!]

[강화할 몬스터를 올려주세요.]

강화소는 자그마한 제단이었다. 내가 다가가자, 육망성의 문양이 그려진 제단이 빛나기 시작한다.

"뿔하피, 저기로 올라가."

-끼이아아!

['연옥 뿔하피'(★)를 '연옥 뿔하피'(★★)로 등급 업그레이드하시겠습니까?]

[재료:미등록 1성(★) 몬스터 1개]

"저번에 떴던 메르스로 간다."

순간 제단의 빛이 하늘로 솟구치기 시작했다. 그와 함께 변화하는 뿔하피의 몸. 날개가 더 크게 돋아났고 뿔이 더 길어지기 시작했다. 뭉툭했던 코도 살짝 오뚝해졌고, 눈과 입도 더욱 커졌다. 옛날엔 6살의 페이스였다면, 지금은 10살 정도의 모습이다.

'아직 어려 보이는 건 변함없네.'

어느 정도 시간이 흐르자-

[축하합니다. '연옥 뿔하피'(★★)로 등급 업그레이드되었습니다!]

-끼이이아!

뿔하피가 신난다는 듯 괴성을 터뜨렸다. 나는 이어서 '엔트로피'의 등급 업그레이드도 진행했다. 2성짜리를 3성으로 강화하기 위해서는 강화소 레벨이 2가 되어야 하기에, 쉐넌을 불러 3,000골드를 내고 업그레이드까지 시켰다.

[룰루~ 벌써 건물 2렙이 나오다니! 우리 건호는 다른 유저들이랑 다르게 골드가 많아서 좋다니깐?]

"누가 우리 건호야?"

[어쨌든, 업그레이드 완료! 나중에 또 불러줘~]

다행히 아직 저렙 구간이라 그런지 업그레이드 시간은 얼마 걸리지 않았다.

['엔트로피'(★★)를 '엔트로피'(★★★)로 등급 업그레이드하시겠습니까?]

"그린핀과 크래쉬를 사용한다."

['그린핀'(★★), '크래쉬'(★★)를 제물로 바칩니다. 잠시만 기다려 주세요!]

[축하합니다. '엔트로피'(★★★)로 등급 업그레이드되었습니다!]

'좋았어.'

급한 불은 껐다.

남은 돈은 19,800 골드. 이제 제대로 된 쇼핑을 시작해 볼까?

다음날. 남은 골드는 1,800뿐. 거래소 '랜덤 상점'엔 오로지 잡템밖에 뜨지 않아 구매를 패스했고, 남은 돈은 전부 건물에 투자했다.

방어 타워 Lv.2를 달성하기 위해 드는 돈은 3,000골드.

방어 타워 Lv.3을 달성하기 위해 드는 돈은 5,000골드.

방어 타워 Lv.4를 달성하기 위해 드는 돈은 10,000골드.

총 18,000골드가 순식간에 사라졌다.

'다음 메인 퀘스트를 쉽게 가져가려면, 무조건 질러야지.'

원래 정석은 레벨 3까지인데, 어차피 조삼모사. 그냥 레벨 4까지 시원하게 질러버렸다. 그리고 레벨 1과 레벨 4의 격차는 거의 하늘과 땅 차이. 이미 내 '터' 주변은 살벌한 전투 타워들로 가득 차 있었다. 레벨 1 때 방어 타워가 한 개뿐이었던 것에 비교하면 대단한 발전이었다.

'제길, 골드 좀 더 모아야 하는데.'

생각보다 건물에 드는 골드가 막대하다. 뭐, 아직까지는 괜찮다. 잘만 풀리면, 앞으로 돈은 급격하게 많이 들어올 테니.

"허허, 자네 일어났구먼."

"어? 할아버지."

해가 뜨자 일행들이 내 '터'로 몰려들었다. 느낌을 보아하니, 빈서율이 소식을 전한 것 같았다.

"아저씨!"

"건호 형!"

그동안 정이라도 붙은 걸까, 서 씨 남매가 갑자기 달려들었다. 나는 양쪽에 붙들어 꼭 달라붙어 있는 그들의 머리카락을 헝클어 주었다. 서은채는 그날 날 버려두고 방향을 꺾었던 게 마음에 계속 걸렸는지 펑펑 울기까지 했다.

잠깐의 회포 후, 서지호가 결연한 표정을 지었다.

"형."

"왜."

"저도 강해지고 싶어요."

"강해져?"

"네, 형처럼 강해져서 도움이 되고 싶어요. 그러니까 방법을 알려주세요."

그가 고개를 공손하게 숙였다. 그러자 할아버지 역시 나섰다.

"나도 마찬가질세. 은채나 서율이는 몰라도 나는 민폐만 끼치고 있었어. 그래도 이 게임을 잘 아는 자네가 방향성을 제시해 줬으면 좋겠네."

"방향성이요?"

"혹시 내가 도울 만한 것이 있으면 알려달라는 말일세. 내 진심을 다해서 돕겠네. 믿어주게."

"아아."

나는 고개를 끄덕였다. 사실 단원들을 한 번쯤 케어해 줘야겠단 생각이 있긴 했다. 앞으로의 메인 퀘스트도 그렇고 나 역시 이들의 도움이 필요한 상황이 올 테니까.

"큼큼, 좋습니다."

일행들을 한곳에 모아둔 나는 목을 가다듬었다.

"사실 빈서율 씨에게 들었습니다. 여러분들이 제가 없는 동안 뭐라도 하려고 훈련소에 들어가 계셨다는 사실을요. 사실 가장 중요한 게 그겁니다. 뭐라도 하는 것. 가만히 있는 것보다 조금이라도 발전하기 위해 발버둥 치는 것. 그러한 각오만 계속 유지할 수 있다면 생존 확률 이 급격하게 올라갈 거예요."

나는 그들의 눈동자를 하나하나 쳐다봤다. 그러자 느껴졌다. 그들이 결심한 굳센 다짐이. 활활 타오르는 각오가.

할아버지 말이 맞았다. 이들은 이미 노력할 준비가 되어 있었다. 내가 이들을 위해 해줄 수 있는 것은 그저 방향성을 제시해 주는 일.

"이제부터 제가 여러분들을 위해, 정확히 뭘 할지를 정해 드릴 겁니다."

"뭘 할지요?"

으음, 어디 보자.

우선 「몬스터즈」에서 파티할 때는 올라운더보다는 한 분야를 집중적으로 파는 게 더 효율적이고 경제적이니까.

"그렇습니다. 우선 우리 팀의 포지션을 나눠볼게요."

"포지션?"

"네, 우선 우리 팀의 유틸 딜러는 빈서율 씨와 제가 맡고 있죠."

일행들이 고개를 끄덕인다. 아델과 나는 명실상부 집단 내 최강 딜러니까.

"은채가 버퍼라는 것에 이견이 있는 분도 없을 거고요."

"맞습니다."

"맞아요."

「몬스터즈」에서 버퍼는 보통 힐러도 겸한다. 힐링이 가능한 몬스터가 나오면 서은채에게 몰아줄 계획이다. 여러 종류의 몬스터를 보유해서 딜링도 힐링도 가능한 올라운더로 가는 게 더 좋지 않겠느냐고?

그거야 초반이지. 나중 가면 어차피 한계는 찾아온다. 그래서 대다수의 오래된 팀들은 서로 필요한 몬스터를 교환해가며 한 가지에 집중하는 방식을 많이 썼었다.

'혼자 하는 게임이 아니니까.'

이 게임은 절대 솔플이 안 된다. 애초에 '시련의 탑'부터가 무조건 파티플레이를 해야 클리어할 수 있게 구성되어 있다.

'확실히 올라운더보단 한 분야만 파는 게 낫지.'

그게 더 효율적이고 경제적이다. 무려 수억 마리의 몬스터가 존재하는 게임인데, 등록할 수 있는 몬스터의 숫자는 한정적이기 때문이다. 개인 혼자서 모든 포지션을 차지하기에 한계가 있다는 말이다.

"할아버지."

"말 하시게."

"할아버지는 이제부터 전문 탱커십니다."

"탱커?"

"네, 앞에서 몬스터들의 공격을 막아주는 핵심 역할이죠. 아주 중요한 역할이 될 겁니다."

"내가 탱커 같은 중요한 역할을 맡을 만한 이유가 있는가?"

"이번에 라이를 2성으로 올리셨더군요."

곰족 '라이'(★★). 할아버지가 주로 쓰는 몬스터다. 곰족은 기본적으로 체력이 높고, 스킬이 방어계열로 붙을 확률이 높기 때문에 탱커에 적합하다.

"그랬지."

"곰족은 탱커들의 기본이라 불립니다. 끝까지 키워보세요. 잘 키우면 분명히 보답할 효자 몬스터가 될 겁니다."

"하지만, 탱커는 서율이의 '나르'도 있지 않은가."

맞다. '나르'도 나름 탱커. 하지만 낙타족의 주목적은 짐꾼이다. 게다가 이미 등록한 상태라 인계도 못 하니…….

"낙타족은 초반에만 반짝 쓰는 용도입니다. 후반에 쓰기엔 몬스터 칸이 아깝죠."

"아, 그런가?"

"네, 이제부터 할아버지는 단원들의 공격을 받아주기 위한 전술이나 방법 등을 연구하고 숙달 반복하셔야 합니다. 팀원들과 계속 소통하면서 분야에 맞는 몬스터도 트레이드하셔야 하고요."

항상 내가 신경 써줄 수는 없다. 앞으로 단원들이 더 늘어날 텐데, 그때마다 모든 걸 내가 해줄 수는 없으니 방향성만 정해주는 것이다.

"거래소 매물도 항상 신경 써야겠구먼?"

"그렇죠."

"알겠네, 맡겨주게."

할아버지가 결연한 표정으로 고개를 끄덕였다.

'좋아. 다음은 서지호.'

그의 몬스터는 조류족 '짹짹'(★★), 그리고 여우족 '레드 팍스'(★). 모두 딜보다는 기동성이 뛰어난 몬스터들이다. 특히 여우족은 '함정 찾기'나 '함정 격파'에 특화되어 있다.

"지호, 너는 앞으로 팀의 정찰을 맡는다."

"저, 정찰이요?"

서지호의 표정이 살짝 좋지 않다. 무언가 마음에 들지 않는 듯했다.

"왜 마음에 안 들어?"

"그, 그게 뭔가 멋이 없잖아요."

"멋? 멋이 없다고?"

갑자기 이게 무슨 중2병 같은 발언이란 말인가. 설마 얘는 지금 이 상황을 게임으로 받아들이고 있는 건가?

"서지호! 너 지금 그게 무슨 말이야?"

"누, 누나."

"그게 얼마나 철없는 소리인지 생각은 하고 말하는 거야?"

"아니, 됐어. 내가 설명할게."

난 나서서 꾸짖는 서은채를 만류했다. 강요하기보단, 정찰의 중요성에 관해 설명해 주고 이해시켜주는 것이 백번 낫다. 뭘 하더라도 자기가 하고 싶어야 그 효율이 배로 뛰는 법이니.

"지호야."

"……네."

"지피지기 백전불태라는 말 들어봤니?"

"백전백승 아니에요?"

"뭐든, 알아들은 것 같으니 말할게."

“네.”

“정찰은 팀에서 사실상 제일 중요한 역할이야. 사냥하든 던전을 가든 탑을 공략하든 어떤 파티에서도 정찰이 빠지는 일은 없어.”

정찰의 중요성은 말해봐야 입 아프다. 처음 가보는 던전의 함정들을 탐색 및 파괴해야 하고 탑을 공략하기 위한 정보들을 수집도 해야 한다. 또한, 기동성이 갖춰져 있기 때문에 사냥 시 사냥감 유인 역할까지 한다.

‘팀의 감초 같은 역할이지.’

나는 그러한 점들을 일단 설명했다. 그 역할을 받아들이는 것은 서지호의 몫. 만약 계속 애처럼 군다면 더 이상의 케어는 없을 거다.

‘현실은 녹록지 않으니까.’

어쩔 수 없다. 물론, 단원으로는 계속 남겠지만 점점 도태되겠지. 나중에 꼭 필요한 인재 취급을 받을 것이냐 짐 덩어리 취급받을 것이냐는 오로지 그의 선택에 달려 있다. 이곳 세상에서 어리다는 이유로 봐줄 사람은 누구도 없으니까.

“해볼게요.”

“좋아.”

다행히 서지호의 눈빛이 바뀌었다. 아까보다는 훨씬 나아졌다.

‘이제 됐어.’

포지션은 다 정해졌다. 부족한 포지션도 분명 있었지만, 아직 초창기다. 이 정도 분배만으로도 충분하다. 천천히 추가하거나 새로운 인원을 영입하면 되겠지.

"자, 그럼 이제 다들 훈련소에서 각자 분야에 맞는 몬스터의 스킬 숙련도를 쌓아봅시다. 아까 말했다시피 골드는 일단 웬만하면 방어 타워에 투자하시는 거 잊지 마시고요."

"네!"

"알겠네."

"아 참, 그리고 빈서율 씨."

"네?"

"서율 씨는 잠깐 남으세요."

일행들이 모두 사라진 뒤, 그녀가 다가왔다. 어떤 용건인지 궁금한 표정이었다.

"무슨 일이세요?"

"이거, 받으세요."

나는 새벽에 얻었던 '퀴리오스'를 그녀에게 건넸다.

"이, 이건?"

"어제 운 좋게 구했습니다. 아직 몬스터 등록 칸 남으셨죠?"

"……그렇긴 한데."

"원거리 전용 합체족인 것 같으니 등록해서 써보세요."

"제가 합체족을요?"

"본래 사용하려던 석궁 활용도가 훨씬 높아질 겁니다."

딱히 버그에 대해서 설명하지는 않았다. 본인이 열심히 하다 보면 점점 올라가는 능력치를 발견할 수 있겠지.

"……정말 고마워요, 건호 씨."

"고마우면 가시죠."

"네? 어딜요?"

"어디긴요. 못한 훈련 시작해야죠."

약 하루. 이제 시간이 얼마 없다. 다음 퀘스트가 도달할 때까지, 아델에게 못다 한 창술을 배워야 한다.

'베기랑 때리기 차례였지?'

베르트랑 창술의 기본 3요소는 찌르기, 베기, 때리기. 아직 창술의 기본도 못 떼고 있는 상태다. 빨리 진도를 빼고 싶었다.

"아! 아델 때문이시죠? 소환해 드릴까요?"

"네."

"알겠어요! 잘됐네요. 저도 같이 훈련해요. 사실 오늘 석궁 연습 좀 해볼 참이었거든요."

빈서율이 환하게 웃었다.

하루는 빠르게 흘러갔다. 처음은 빈서율과 함께하는 기초 체력 단련. 트랙을 달려 체력을 키우고 온몸 운동을 통해 근력을 키웠다.

그 이후에는 아델의 창술 과외. 아델은 내 습득 능력에 감탄하며 '베기'와 '때리기'를 알려줬다.

"잘하고 있다. 담건호. 하지만 자만해서는 안 돼. 항상 기억해라. 기초가 중요하다."

"알고 있어."

"찌르기, 베기, 때리기. 이 세 동작은 숨 쉬는 것과 같이 자연스럽게 튀어나올 정도로 연습해야 해. 그래야 보법과 연계도 쉬워지고 응용 기술도 배울 수 있다."

아델도 나에게 몰입했다. 단지 주인의 명령 때문이 아닌, 정말로 나를 가르치는 데 재미를 느끼고 있는 것 같았다.

"어깨에 힘 빼라! 힘이 들어간 동작은 육체를 빨리 지치게 한다."

"후우, 하아."

"힘은 공격 포인트에만 주면 된다. 힘을 효율적으로 써야 체력소모를 아끼고 더 오래 싸울 수 있어!"

"하악, 하아."

"허벅지에 집중하고 자세를 더 낮춰라! 모든 힘은 하체로부터 나온다."

그동안 많이 쉬었기에, 나는 잠도 자지 않고 훈련에 집중했다. 해가 지고 완전히 어두워져도, 훈련장에 있는 등불과 하늘에 있는 달빛에 의존했다. 지금 생각해 보니 예전보다 시력도 훨씬 좋아진 것 같다.

"이 정도면 자세는 조금 잡힌 것 같군."

"그래?"

"일주일 정도 연습하면 다음 진도로 나가도 되겠어."

"좋았어!"

동틀 준비를 하는 새벽. 하늘이 푸르스름해질 때도 나는 창을 휘둘렀다. 늘어난 능력치 때문인지, 예전보다 쉽게 지치진 않았다.

"하악, 하악."

터질 것 같은 심장과 장마처럼 흘러내리는 땀은 과거와 동일했지만 말이다. 나는 고개를 흔들어 땀을 털어내고 주변을 확인했다. 같이 훈련하던 빈서율은 어느새 챙겨온 담요를 덮고 자고 있었다. 나를 지도하는 아델 때문에 주거지에 돌아가지 못한 탓이다.

"이제 그만해도 좋다. 담건호."

"아냐, 더 할 수 있어."

"휴식도 훈련이다. 근육이 너무 지쳤어. 더 이상의 반복 운동은 효율적이지 못해."

"……."

"농담이 아니다. 힘이 빠진 상태에서 불완전한 자세로 반복할 바에 하지 않는 게 낫다."

"후우."

나도 잘 안다. 욕심이 너무 앞서고 있다는 것을. 그러나 내가 무과금으로 세계 4위의 고인물이 될 수 있었던 그 원동력 또한 바로 욕심이다.

"네 말은 창술 연습을 그만하란 거지?"

"그렇다."

"그렇다면 다시 체력 단련 하면 되겠네."

나는 창을 내려두고 다시 트랙을 돌기 시작했다. 근육? 어차피 근육은 주거지 효과를 받으면 순식간에 회복된다.

'그럼 아무 문제 없는 거 아냐?'

그러면서 확인해 보니 힘과 민첩이 각각 1씩 올랐다. 이제 슬슬 훈련 대비 상승 효과가 떨어지고 있었다. 아마 날이 갈수록 능력치를 올리는 것은 더 힘들어질 것이다.

'강도를 천천히 올려야겠어.'

육체의 중량이 가볍게 느껴질 정도다. 이제 모래주머니를 달든, 훈련 방식을 바꾸든 뭔가 변화를 줘야 할 때다. 아마 훈련장의 레벨을 올리면 더 다양한 훈련 기구들이 나올 거다.

'그래도 많이 변했네.'

난 달리면서 천천히 땀에 젖어 있는 내 몸을 확인했다. 울긋불긋 튀어나온 복근과 전완근, 그리고 화나 있는 가슴과 어깨. 더 두꺼워진 허벅지. 과거의 나와는 확실히 다른 모습이었다.

'그렇게 많은 시간이 지난 것도 아닌데.'

확실히 몸이 좋아졌다. 아무래도 육체와 근육이 능력치에 어울리도록 변해가는 것 같았다. 아마 이 정도 몸이면 웬만한 운동선수가 와도 못 비비지 않을까 예상해 본다.

단련은 해가 뜰 때까지 지속됐다. 따사로운 햇볕에 빈서율이 깼고, 나는 주거지로 돌아가 정비했다. 샤워실에서 몸도 씻고, 에너지가 될 음식과 수분도 섭취했다.

그리고 일행들이 점차 내 주거지 앞으로 모일 때 즈음.

[다음 퀘스트 시작까지 대기합니다.]

[잔여 시간 00:00:00]

마침내 시간이 되었다.

[삐빅-]

[채널 내 모든 인원이 메인 퀘스트를 완료하였습니다.]

[집단 탈퇴 및 가입이 다시 활성화됩니다.]

[새로운 메인 퀘스트가 도달합니다.]

[채널 인원 총 55/125명]

[제한 시간 168:00:00]

[메인 퀘스트 ① 6. '집단 이동'

집단이 성장했으니, 이제 제대로 된 터를 잡아보자구요.

하지만, 그냥 하면 재미없잖아요?

지금부터 제한 시간 동안 지정된 구역에 집단의 '터'를 옮기세요. 제한 시간이 끝났을 때, 지정된 구역에 '터'가 있어야 성공입니다.

성공 시:+5,000골드, 중급 몬스터 소환 이용권 5개, 최상급 몬스터 소환 이용권 1개

실패 시:보상 없음]

[지정된 구역은 채널 중앙에 무작위로 등장합니다.]

[지정된 구역은 수용인원에 한계가 정해져 있습니다.]

[Tip 집단끼리 항상 싸우는 것만이 답이 아니랍니다. 양보도 전략이에요.]

'드디어!'

메인 퀘스트 ①의 마지막. 이곳 채널에 있는 모든 사람이 전부 모일 때가 왔다.

'집단 이동.'

본격적인 채널 확장을 위한 마지막 단계. 메인 퀘스트는 그동안 퍼져 있던 사람들이 모일 수밖에 없는 달콤한 보상을 내걸었다.

중급 몬스터 소환 이용권 5개.

「몬스터즈」 플레이 당시엔 우스웠던 보상이었다. 일정 수준 이상 과금하는 자들에겐 정말 아무것도 아니었으니까.

'그러나 지금은 다르지.'

모두가 무과금인 지금. 소환권만큼 가치 있는 보상도 없다. 나야 최초 업적들을 많이 선점했기에 비교적 많은 소환을 했다지만, 다른 사람들은 소환권 하나를 얻기 위해 혈안이 되어 있을 거다. 그동안 그만큼 인색하게 줬으니까.

'그리고.'

최상급 몬스터 소환 이용권 1개.

'이건 무조건 얻어야 해.'

무려 3성(★★★)에서 5성(★★★★★)까지의 몬스터 한 마리를 랜덤으로 소환할 수 있는 주문서. 그 막강한 태생 5성을 뽑을 수 있는 유일한 주문서이기도 했다. 아마, 이번 퀘스트를 성공하냐 못하냐에 따라 집단 간 격차는 더욱 심하게 벌어질 거다.

"다들 봤나? 생존 인원이 65명에서 55명으로 줄었네."

할아버지가 굳은 표정으로 말했다.

어느새 떠날 준비를 하고 모인 일행들.

"네, 봤어요. 한 집단이 퀘스트를 못 깼나 봐요."

빈서율이 안타깝다는 표정을 짓는다. 잠정적으로 적이 될 수도 있는 자들이었지만, 그래도 살아 있던 생명이 죽는다는 것은 마음을 싱숭생숭하게 만든다.

"벌써 이렇게나 많이 죽다니. 씁쓸하네요."

"후우, 그러게나 말일세."

할아버지도, 빈서율도, 서씨 남매도 긴장한 듯 무기를 고쳐 잡았다. 정신 똑바로 차리지 않으면 자신들도 언젠가 그렇게 될 수 있다는 것을 인지한 것이리라. 나는 그런 그들을 향해 힘을 넣어줬다.

"자! 이제 출발합시다."

[좋아, 좋아! 출발하자구! 빨리 가서 지정된 구역을 차지해야지!]

그 순간, 쉐넌이 날아와 내 어깨 위에 안착했다. 보아하니, 다른 일행들 역시 각자의 요정 NPC가 달라붙어 있다. '터'는 이미 깔끔하게 정리된 상태.

'봐도 봐도 신기해.'

요정들이 지팡이를 이리저리 휘두르자 본래 '터'가 있던 장소가 사라졌다. 그리고 본래 있었던 건물들이 다시 만들어졌다. 마치 이 공간에 아무 일도 없었다는 것처럼 깔끔하게.

[왜, 뭘 그렇게 빤히 봐?]

"그냥 믿기지 않아서."

[뭐가 믿기질 않아. 난 우리 건호가 더 믿기지 않는걸? 룰루~]

"뭐야, 왜 이리 신났어?"

[신날 수밖에! 빨리 중앙으로 이동해서 건호의 멋진 '터'를 다른 요정들에게 자랑해야 한다고!]

뭐야. 이 바보는…….

나는 고개를 절레절레 흔들며 중앙을 향해 발걸음을 지속했다. 일행들 역시 날 따라왔다.

'우선 중앙으로 이동해 지정된 구역을 찾는다.'

지정된 구역. 내 기억이 맞다면, 채널 당 총 2개의 구역이 지정된다.

1구역당 수용인원은 10명. 딱 1개의 집단이 들어갈 수 있을 만한 크기의 땅이 하얀 홀로그램으로 표시될 것이다.

'경쟁이 치열하겠지.'

무려 55명의 생존자가 있는데, 구역에 터를 잡을 수 있는 사람은 고작 20명뿐. 보상의 내용으로 봤을 때, 지금까지 생존한 사람들은 집단도 있겠다, 웬만하면 도전할 것이다.

나는 일행들에게 대충 지정구역의 이미지를 떠오르는 데로 설명한 후, 비슷한 것을 발견하는 즉시 보고할 것을 지시했다.

"먼저 선점하시려는 거예요?"

석궁을 꺼내 들고 경계하던 빈서율이 다가왔다. 아델을 꺼내둔 상태이기에 필드에 서성이던 잡몹들은 알아서 비껴갔다. 이제 어느 정도 레벨이 오른 상태라 저런 잡몹들까지 처리하며 가기에는 비효율적이다.

"아니요."

"엥? 그럼요?"

"그냥 그 주변에서 훈련만 할 겁니다."

구역을 선점하는 것은 하수들이나 하는 짓. 어차피 제한 시간은 168시간. 1주나 주어졌다. 괜히 먼저 들어가 다른 집단들과 박터지게 싸울 필요는 없지.

"아, 어차피 마지막에 들어가 있기만 하면 되니까요?"

나는 말 없이 고개를 끄덕였다. 우리는 그냥 레벨업에만 신경 쓰다가 힘 빠진 놈들을 치우고 들어가면 된다.

걸음은 계속됐다. 그렇게 약 30분 정도를 걸었을까.

"다들 멈추세요."

나는 자세를 낮추고 오른손을 들었다. 그러자 빠릿빠릿하게 움직이는 일행들. 곧바로 몬스터를 소환하고 전투태세를 갖춘다.

"생존자들이에요. 1개 집단인 것 같은데 어떡할까요?"

빈서율이 석궁으로 상대를 조준하며 말했다. 전방에는 10명의 사람들이 있었다. 그들도 이동하다가 우리를 발견해서 경계하는 모습이었다.

"제가 가서 말해보죠."

같은 생존자끼리 처음부터 적대할 필요는 없다. 나는 창을 꺼내 든 채로 저들에게 천천히 걸어나갔다.

"멈추시오!"

앞에서 누군가가 외쳤다. 저쪽 무리의 리더로 보이는 자. 탄탄한 몸과 멋들어진 턱수염을 가진 중년인이었다. 나는 조심히 그를 스캔했다.

[이름:양종현]

[나이:43]

[집단:베어]

[레벨:11 (Exp 3,500/20,000)]

[등록 몬스터:3/3]

'그림하일드'(★★★), '케일'(★★★), '니무'(★)

[보유 스킬:1/3]

'치타의 발걸음'(B급):캐릭터 민첩+10

[능력치]

힘21, 민첩31, 체력21

[보유 골드]

1,500골드

'헐, 3성이 벌써 2개? 미쳤는데?'

다른 루트로 최초 업적 좀 따낸 사람일까?

꽤나 빌드가 탄탄하다. 게다가 몹도 나쁘지 않다.

'그림하일드'(★★★)는 '마녀족'으로 저주에 특화되어 있는 몬스터. '케일'(★★★)은 '보호족'으로 캐릭터를 수호하는 몬스터.

'이건 둘 중 하나야.'

또 다른 고인물이거나 아니면, 운이 정말 미친 듯이 좋았거나.

"내 말 안 들리시오? 창을 내려놓으시오!"

양종현이 걸걸한 목소리로 소리쳤다. 일단 나는 저들의 통제에 따르기로 했다.

창을 내려놓자 그가 다시 물었다.

"나는 양종현이라 하오. 그대는 누구요?"

"저는 담건호라 합니다."

"여긴 무슨 일이오. 무슨 볼일이라도 있는가?"

"아, 메인 퀘스트를 클리어하러 가던 길이었습니다. 그쪽들이랑 이동하는 방향이 같은 것 같아서 인사차 들른 것뿐입니다."

나는 사실대로 말했다. 만약 가는 길이 같다면 지금부터 계속 마주쳐야 할 텐데, 계속 경계한 채 이동한다면 서로 피곤해지는 거니까.

"정말인가?"

"네, 우리는 당신들을 적대할 생각이 없어요."

"인원은 몇 명인가."

"다섯 명이요."

"아, 그 의문의 집단이로군. 어떻게 다섯 명으로 살아남을 수 있었지?"

양종현이 궁금하다는 듯 물어왔다.

"제가 대답해야 할 의무가 있나요?"

내 물음에 잠깐의 침묵이 흘렀다.

"후우, 그랬구먼. 예민하게 굴어서 미안하오. 그동안 워낙 나쁜 놈들이 많아왔어서."

"괜찮아요. 이해합니다."

"멤버를 보니 그런 부류는 아닌 것 같군. 인상도 선한 편이고."

아마 할아버지와 서 씨 남매를 보고 하는 말일 거다. 디스토피아 세계에서 노인과 애는 살아남기 힘든 존재라 생각하는 게 보통이니까.

"그럼 그쪽들도 중앙 지역으로 가는 거요?"

양종현의 물음에 나는 말 없이 고개를 끄덕였다.

"그럼 그동안만 같이 동행하는 건 어떻소?"

흐음, 동행이라. 살짝 고민했는데, 누군가가 길을 돌아가지 않는 이상 어차피 계속 부딪쳐야 할 상대. 게다가 양종현에 대한 호기심이 살짝 생겼기에 나는 고개를 끄덕였다.

"뭐, 서로의 활동에 터치하지 않는다는 조건이면 좋습니다."

"그건, 물론이오."

양종현 역시 고개를 끄덕였다.

그렇게 그들과의 동행이 이어졌다.

나는 '심연의 눈동자'를 사용해 그들을 쭉 둘러보았다.

'나머지는 다 평범해.'

레벨 갓 10을 넘긴 상태. 몬스터들도 그저 그렇고, 스킬 숙련도도 낮다.

'어떻게 버텨왔는지 모를 정도야.'

양종현을 제외하고 상태가 다 최악이었다. 멤버들도 대부분 나잇대 있어 보이는 노년층들. 나는 계속 이동하면서 이들의 행동을 면밀히 살펴봤다.

결과적으로, 이들에 대한 판단은.

'오합지졸.'

그들은 우리가 합류하고 1성들이 다가오지 않자, 더 이상 안 싸워도 된다는 사실에 안도했다.

뭐, 거기까진 괜찮다. 그동안 지쳐 있었을 수도 있으니까.

문제는 2성 몬스터들이 등장했을 때였다. 참고로, 2성 이상 몬스터부터는 아델의 '위압' 효과를 받지 않기에 직접 처리하고 지나가야 한다.

"다들 전투 준비!"

내 명령에 기민하게 반응하는 단원들에 비해 그들은 그냥 눈을 깜빡거릴 뿐이었다. 몬스터들을 꺼내놓고 별다른 명령 없이 대기만 하는 그들. 단원들이 내가 짜준 포지션대로 몬스터를 다 처리할 동안, 그들은 '우와우와' 거리며 감탄만 할 뿐이었다.

'마인드가 글러 먹었어.'

나는 이해할 수 없었다. 저것들 하나가 다 소중한 경험치들인데……. 그걸 뺏어 먹고 있는 건데, 어떻게 저렇게 반응할 수가 있지?

"대단해. 저기 봐, 영희 엄마. 젊은 처자가 직접 싸우고 있어."

"옴마야, 그러게. 무슨 가스내가 석궁을 쓴데에?"

"그래도 저기는 뭔가 좀 체계적으로 싸우는데?"

"대단하긴 허네. 우리 종현 씨를 보는 것 같구먼. 든든허이."

그저 아침드라마 보듯 관람하고만 있을 뿐이었다. 세상에, 이런 이들을 이끌고 지금까지 살아남았다고?

나는 고개를 돌려 양종현을 찾았다. 그는 고개를 흔들며 한숨을 내쉬고 있었다. 곧이어 눈이 마주친 양종현이 나에게 다가왔다.

"봤소?"

"네? 어떤걸요?"

짐짓 모르는 척하자 그가 고개를 까딱거렸다. 그 방향에는 가만히 앉아서 구경하는 그의 단원들이 있었다.

"저들을 말이오."

"아."

"보아하니 그대가 이 집단의 리더인 것 같은데, 참 대단하오."

"……."

"몬스터즈. 알고 있지 않소?"

그는 한층 여유롭게 사냥하고 있는 일행들을 바라보더니 확신한 듯 물었다. 나 역시, 거기까지는 숨기고 있지 않았기에 말없이 고개를 끄덕였다.

"역시 저들은 그대가 키웠나 보군. 그럴 것 같았소. 딱 분위기만 보면 알거든."

"분위기요?"

"저들이 자네를 얼마나 신뢰하고 있는지 말이오."

"아."

"뭐, 몬스터즈라 하면 나 역시 3년 정도 즐긴 바 있지."

역시. 유저일 수밖에 없다. 그렇지 않으면 저런 빌드업이 설명이 안 된다. 내가 할 말은 아니지만 벌써 스킬 하나에 3성 2개라니.

"후우……."

한숨을 한 번 더 내쉰 그가 갑자기 사정을 토로했다.

"혹시, 실례가 안 된다면 내 말 좀 들어줄 수 있겠소?"

"그러세요."

"후우, 고맙소. 큼큼, 세상이 이꼴 난 이후로 정말 힘들었소. 저들은 우리 헬스장, 아니, 우리 아파트 주민 중 남은 생존자들인데……. 내가 살기 위해 데리고 있었던 인원들, 그러니까 이렇게 딱 10명 빼곤 다 죽었소. 사실 지금까지 살아 있는 것도 기적이지. 지금도 밤낮으로 항상 생각한다오. 다 버리고 그냥 나 혼자 살아볼까."

"답답해서요?"

"보면 알지 않소? 저들은 애초에 게임 시스템이 뭔지도 모르오. 그저 내가 시키는 대로만 해오고 있을 뿐이지. 뭐, 그게 나쁘다는 건 아니오. 다만, 저들은 의지도 없고 모든 걸 귀찮아하고 있소. 내가 아무리 윽박지르고 달래봐도 아무런 소용이 없단 말이오. 게다가 의지박약에 절대 발전할 생각이 없는 치들이지. 그런데도 내가 저들을 이끌고 있는 것? 지금까지의 메인 퀘스트 때문이지 책임감 때문은 절대 아니오."

참으로 기구하다. 지금까지 메인 퀘스트가 팀원을 유도했기에 데리고 있을 수밖에 없었다는 말이다.

저들이 없었으면 그도 죽어야 했을 테니까. 뭐, 그래도 나였으면 진즉 버리고 솔플 했겠지만.

"흐음……. 그걸 굳이 저한테 말하는 이유는 뭡니까?"

"그냥 무언갈 바라고 하는 말은 아니오. 그대 말대로 그저 답답해서. 그냥 누구라도 알아줬으면 좋겠다는 마음이었소."

나는 그저 고개를 끄덕였다. 냉정한 말이지만, 틀린 말은 아니다. 세상일은 모른다지만, 「몬스터즈」는 극악의 난이도로 유명했던 게임. 저들이 이렇게 버티고 있을 날도 얼마 남지 않았을 거라 확신한다.

짧은 대화가 끝나고, 우리는 행군은 지속했다.

40분 이동, 20분 휴식. 속도는 적당하게.

구역을 선점할 생각이 없는 이상, 굳이 서두를 필요는 없다. 이동 중 나오는 몬스터들은 다행히도 전부 우리 단원들이 가져갔다. 그리고 슬슬 날이 어두워졌을 때, 양종현이 다시 다가왔다.

"오늘은 여기서 휴식하는 게 어떻소?"

"그러시죠."

슬슬, 사냥보단 훈련이 고팠는데 잘됐다.

초저녁, 숙영 준비가 시작됐다.

나는 할아버지와 함께 자리를 선정했다.

"건물 내부보단 골목 쪽이 나을 거예요."

"알겠네. 그쪽에 자리를 잡지."

건물 내부는 몬스터들이 빠르게 리젠된다. 어차피 나야 밤새 훈련할 거라지만, 일행들은 충분한 휴식을 취해줘야 하기에 건물 내부보단 외부에 자리를 잡는 것이다.

"근데 왜 '터'에서 안 자고 밖에서 숙영하는 거야?"

서지호가 물어왔다. 내가 답하려는데, 기특하게 서은채가 먼저 선수 쳤다.

"여기다 '터'를 옮기면 위치가 노출될 우려가 있어서 그런 거 아닐까? 시끄럽잖니."

"아…… 그 나쁜 놈들이 올 수도 있으니까?"

"그렇지. 그리고 지호야."

"응?"

"지금 같은 상황에서 넌 뭘 해야 하지?"

"아, 경계!"

서지호가 서둘러 '짹짹'을 날려 보냈다.

'영리하네.'

보통 사람들 같으면 당연히 몬스터 득실대는 곳에서 야영하느니 주거지에서 따뜻하게 자려 할 텐데, 어린 나이에 벌써부터 생각이 깊다. 빈서율과 할아버지는 나르에 실어놨던 짐들을 꺼내 골목에 깔아두었다. 각종 요리 도구, 식자재, 캐노피, 침낭 등등…….

"오, 이게 다 뭡니까?"

나는 깜짝 놀랐다. 그냥 편의점에서 쌓아뒀던 통조림과 건빵, 라면만 있는 줄 알았던 나르에게 이런 짐들이 있었다니?

내 질문에 빈서율이 요리 도구와 식재료를 챙기며 답했다. 그녀와 서은채가 요리를 담당하기로 한 것이다.

"혹시 몰라 챙겨둔 거예요. 나르의 '견디기' 스킬이 벌써 레벨 4까지 올라서 이제 250kg까지 짐을 들 수 있더라고요."

"그래요? 그래도 이런 걸 다 언제……."

"건호 씨 쓰러져 있을 때, 할아버지랑 지호가 이곳저곳 순찰했나 봐요."

"아."

폐건물이나 주변 상가들에서 이것저것 수집했었나 보다. 그녀의 답에 할아버지가 고개를 저으며 말했다.

"아니, 전부 다 서율이가 시켜서 한 걸세. 식자재도 서율이가 꾸준하게 모은 거야."

식자재를 수집하는 방법은 간단하다. 나도 '터'를 건설하고 처음 알았던 건데, 주거지 냉장고에는 각종 식재료가 랜덤으로 극소량 채워져 있다. 문제는 이것을 먹든 먹지 않든 24시간마다 계속 무작위로 보충된다는 것.

그걸 아깝게 생각했던 빈서율이 그동안 따로 빼서 모아뒀나 보다. 와, 이건 나도 생각 못 했는데.

"젊은 처자가 참 알뜰하지?"

"에이, 할아버지도 참."

"그래, 오늘 요리는 뭘 할 생각인감?"

"오늘은 간단하게 라면이요. 저번에 편의점에서 쟁여둔 거 다 털어야 해서요."

"오, 라면 좋지."

둘이 죽이 잘 맞는다. 나는 할아버지와 함께 캐노피를 설치하며, 분주하게 요리 준비 중인 빈서율을 바라봤다.

먼저 땅을 고르고 화로를 만든다. 라이터로 불을 피우고 냄비를 거치시킨다. 그 일련의 과정들이 꽤나 어설펐지만, 그래도 연습을 많이 한 티가 났다.

'그러고 보니 앞으로 요리를 담당한다고 했던가.'

감동이었다. 지금까지 나 혼자 생존을 준비한다는 생각에 알게 모르게 마음이 무거웠는데, 그녀 또한 모르는 곳에서 이렇게 열심히 하고 있었다니…….

빈서율뿐만이 아니었다. 그녀 옆에서 식자재를 다듬는 서은채. '짹짹'을 날려 보내 주변을 경계하는 서지호. 골목 양쪽 사이로 탱커들을 배치해 놓은 할아버지까지.

'적어도 몇 년은 굴러먹은 팀 같네.'

피식- 웃음이 나왔다. 이러면 안 도와줄 수가 없지.

원래 내 성격이 그렇다. 적극적으로 노력하는 사람에겐 안 줄 것도 주지만, 수동적이고 의지만 하는 사람에겐 줄 것도 안 주게 된다.

"자네는 밥 먹고 또 훈련할 생각인가?"

캐노피를 다 설치하고 침낭을 배열하던 할아버지가 물어왔다.

"그래야죠. 그동안 많이 쉬었으니까요."

"크음, 훈련도 좋지만, 몸 관리에도 신경 좀 쓰게. 다들 말은 안 해도 걱정이 많아."

"걱정이요?"

"자네가 우리의 리더 아닌가. 두려운 게지. 자네가 무너지면 우리 전부가 무너지는 것과 다름없으니까."

보글보글-

간단한 라면 요리가 다 되어갈 때쯤- 근처에서 높은 언성이 들려왔다. 양종현 쪽 집단인 것 같았다.

"음? 무슨 일이라도 있나?"

할아버지가 고개를 갸웃했다.

"글쎄요. 반대쪽 골목에 자리 잡기로 했었는데."

"가봐야 하는 거 아닌가? 무슨 일이라도 생긴 거면."

"제가 가보겠습니다."

제기랄. 하필 식사 시간에.

오랜만에 맡아보는 라면 향에 군침이 돌던 찰나였는데.

양종현 무리는 가까이에 있었다. 대충 상황을 보니, 몇몇 사람들이 의견이 안 맞는 듯 말다툼이 있는 것 같았다.

하늘을 보니 서지호의 '짹짹'도 흥미롭다는 듯, 그 상황을 지켜보고 있었다.

"양가, 갑자기 왜 그러는 거여? 이 날씨에 노숙이라니. 우리 나이에 입 돌아갈일 있어?"

"오늘 걷느라 삭신이 쑤시는데, 터에서 쉬면 안 되겠는감?"

"그러게 말이여. 왜 멀쩡한 집 놔두고 노숙을 하자는 거여?"

갑작스러운 노숙이 불만인 노인들과-

"아이고, 어르신들. 여기는 중앙 근처입니다. 안 그래도 퀘스트 때문에 사람들 모이고 있을 텐데, 갑자기 대규모 터를 설치하게 되면 위치가 노출된단 말입니다."

그들을 달래고 있는 양종현의 모습.

'와-미쳤네. 이건.'

불과 몇 시간 전 나에게 속마음을 털어놓던 양종현의 모습이 인제야 완전히 이해가 됐다. 남은 집단 인원들이 어떤 자들인지 파악도 안 된 상태에서, 자신들의 위치를 노출하겠다고?

사람 다섯이 모이면 한 명 정도는 또라이가 있다지만, 어떻게 이렇게 단체로 생각이 없을 수가 있단 말인가.

"위치가 노출되는 게 도대체 뭐가 문제여?"

"그러게, 퀘스튼지 뭔지가 사람을 모으는 거랑 '터'랑 무슨 상관인감?"

"맞네그려! 이 날씨에 노숙하는 것보다 더 위험한 게 있는겨? 아무래도 난 터를 설치해야겠어."

"아이고, 안됩니다!"

결국, 그들 중 행동력 있는 아줌마 한 명이 개인 요정 NPC에게 뭐라 뭐라 말을 했다. 얼마 뒤, 땅이 흔들렸다.

쿠구구구-

'뭐, 뭐야. 진짜로?'

결국, 사고가 터졌다. 리더의 동의 없이 터를 옮겨 버린 것이다. 약 100평 정도의 일대가 고른 땅으로 변해 버리고, 자그마한 레벨1 짜리 주거지 하나가 올라온다. 그 장면을 본 양종현이 주먹을 꽉 쥐고 부들부들 떨었다. 그의 분노가 여기까지 느껴질 정도다.

"하- 아줌마!"

"왜, 종현 씨. 무슨 문제라도 있어?"

"……지금 문제라고요?"

말문이 막힌 듯 입을 뻐끔거리는 양종현.

와, 이걸 참다니. 보살이라도 되는 걸까? 나였으면 바로 쌍욕 박았을 텐데…….

"우리만 피해 입는 거면 상관 안 합니다. 그런데 지금은 다른 팀들과 동행중이지 않습니까. 그 사람들이 피해 입으면 어쩔 겁니까?"

"……종현 씨는 우리 팀 아니야? 왜 저들 눈치를 봐? 그것도 오늘 만난 사람들인데?"

"맞아, 이건 종현 씨가 잘못했어. 우리도 좀 서운해."

다른 사람들도 아줌마의 편을 들기 시작했다.

"서운하다고요? 이런 식으로 하면 저도 더는 리더 역할 못 합니다!"

"뭐? 고작 터 가지고 너무 과민반응하는 거 아냐?"

"……고작이요?"

복잡해지는 갈등에 지끈거리는 관자놀이를 부여잡는 양종현. 나 역시 고개를 저으며 그 모습을 바라보고 있을 때, 뒤에서 일행들이 다가왔다.

"무슨 일인가? 갑자기 땅이 흔들려서 요리를 다 쏟아부었네."

"건호 씨, 어떻게 된 거예요? 갑자기 웬 터가 생겼지? 누가 터를 옮겼어요?"

"흠, 아무래도 자리를 떠야 할 것 같습니다."

더 이상 이들과 함께 동행할 수 없다는 것이 내 판단이었다. 그저 마녀족을 들고 있는 양종현에 대한 호기심에 잠깐 동행했던 것뿐, 딱히 미련 따위 없었다.

"그럼 바로 짐 챙길까요?"

"지호도 다시 불러야겠네요."

일행들이 떠날 채비를 하려 하자, 양종현이 신속히 다가왔다. 우리의 모습을 인제야 본 것 같았다.

"잠깐 기다리시오!"

"네? 무슨 일이십니까."

"……떠나려는 것이오?"

"그렇습니다."

"이거 미안하게 됐소. 본의 아니게 피해를 줘서."

"괜찮습니다. 뭐, 보아하니 의도한 것도 아니고."

"하아."

깊은 곳에서 터져 나오는 한숨.

그 순간, 나는 궁금해졌다.

"왜, 저들과 함께 다니는 겁니까?"

"……."

"어차피 일정 인원을 요구하는 메인 퀘스트는 전부 끝났습니다. 그런데도 저들과 굳이 함께 다니는 이유가 있습니까?"

무력 3성을 두 개나 가진 인재다. 게다가 「몬스터즈」 3년 차. 어느 집단에서나 환영할 만한 인재인 것이다. 물론, 나에게는 아무것도 모르는 애송이나 다름없지만.

"내가 나가면 저들이 끔찍하게 죽을 게 눈에 뻔하기 때문이오. 그래도 쌓아온 정이 있는데 버리고 떠나기엔 내 마음이 너무 여려서 말이지."

"그렇군요."

과연, 떠나지 않는다고 해도 저들이 오래 살까 의문이 들었지만 굳이 말은 하지 않았다. 더 이상 참견하는 건 쓸데없는 오지랖일 뿐이다. 그도 내 마음을 알았는지 그저 손을 내밀어왔다.

"만나서 반가웠소. 개인적으로 그대의 팀이 참 부럽더군."

"별말씀을요."

"진심이오. 나중에 기회가 되면 또 보도록 하지."

우리는 마지막 인사 후 서로 등을 돌렸다. 할아버지와 빈서율도 양종현과 서로 목인사를 했다. 도로에서 어떤 거한이 튀어나온 것은 그때였다.

"크흐흐- 잔챙이들이 여기 있었군!"

갑자기 들려오는 소리에, 나와 양종현은 동시에 고개를 돌렸다.

"멍청하게 이곳에다 터를 짓다니! 리더! 이곳이오!"

커다란 키에 떡 벌어진 어깨. 팔뚝에 새겨진 문신. 옆에 있는 커다란 늑대족 몬스터 한 마리. 스테이터스를 살피자 집단 '킬러'라는 곳에 소속되어 있는 것 같았다. 레벨은 12. 몬스터는 2성이다.

'이런, 터 짓는 걸 듣고 왔나 보군.'

딱 보니, 전문 사냥꾼들이었다. 분위기만 봐도 안다. 적어도 사람 수명은 죽여본 눈빛이다. 사람을 죽이면 골드와 소유한 아이템이 떨어진다. 그걸 노리고 전문적으로 사람을 PK 하는 집단을, 게임에선 사냥꾼 집단이라 부른다.

'구역을 선점하는 데 정신 팔렸을 줄 알았더니.'

소리를 듣고 바로 올 줄이야.

하긴, 저들 입장에선 주변 사람을 다 처리하면 자연스럽게 구역을 선점하게 되는 거니까.

"이런 제기랄. 어르신들! 전부 몬스터를 꺼내세요!"

눈치챈 양종현이 신속하게 움직였다. 그러나 거한도 빨랐다. 옆에 있던 늑대가 하울링을 외쳤고 그것을 들은 저들의 집단이 하나하나 모이기 시작했다.

"뭐, 뭐여? 저들은? 설마 우릴 공격하려고 그러는 거여?"

"그것참, 살벌하게도 생겼네, 그래."

"터로 이동해서 몬스터를 배치하세요! 빨리!"

만들어진 터가 하나 있다지만, 방어 타워도 짓지 않았는지 텅 빈 공간이다.

쯧, 저렇게 배치하면 당하기 더 쉬워질 텐데. 나 역시 혹시 모를 놈들의 공격에 대비하기 위해 할아버지를 쳐다봤다.

'응?'

그러나 부들부들 떨며 거한을 노려보는 할아버지.

'설마.'

그놈들인가? 할아버지와 튜토리얼을 함께 진행했다던. 서은채에게 몹쓸 짓을 하려 했다던 그놈들.

"도, 도망쳐야 하네."

"그놈들입니까?"

"맞네, 놈들은 적어도 스무 명 이상일 걸세. 게다가 저들의 리더는 자네랑 비슷한 느낌이야."

"저랑 비슷하다고요?"

"놈도 퀘스트가 뭔지 다 알고 있었어. 자네처럼 말일세. 이건, 위험해."

아아, 그거. 겨우 그거 가지고 나와 비슷하다고 하면 섭한데. 하긴, 할아버지 입장에선 나나 놈이나 똑같아 보일 수도 있겠다.

'그래도 조심해야 해.'

놈들은 20명 이상. 만약, 저 리더처럼 3성이 많다면 마냥 무시할 수는 없다. 아무리 나나 아델이 있다 해도 물량으로 밀어붙이면 어떻게 될지 모르는 거니까. 그런데…….

"아무래도 도망치는 건 힘들 거 같네요."

나는 할아버지에게 말했다. 골목에서 도망쳐오는 서은채와 서지호를 봤기 때문이다. 저들이 이곳으로 피해 온다는 것은, 이미 놈들이 이 구역 전체를 포위했다는 말. 이미 늦었다.

"다들 방어 배치하세요. 놈들도 선불리 공격하진 않을 겁니다."

이쪽은 15명, 저쪽은 20명. 다른 집단도 있다고 가정할 때, 놈들도 굳이 피해를 감수하진 않을 거란 게 내 생각이다.

"크하하- 안녕들 하신가! 오, 구면인 자들도 있구만!"

어느새 놈들의 몬스터로 둘러싸인 주변. 왼쪽 눈에 칼자국이 새겨진 사내가 앞으로 나선 것은 그때였다.

나는 놈의 스테이터스를 빠르게 훑었다. 이름은 강권석. 그리고 몬스터는 3성짜리 공격형 두 마리다. 그리고 쌓여 있는 골드가 12,000. 하- 이거 사람 좀 많이 죽였나 본데?

"저놈일세."

할아버지가 조용히 읊조렸다.

서은채가 내 옆에 바짝 붙었다. 덜덜 떨고 있는 게 많이 긴장한 것 같았다. 이거, 언젠가 만날 줄은 알았지만, 생각보다 더 빠르게 만나 버렸다.

to be continued

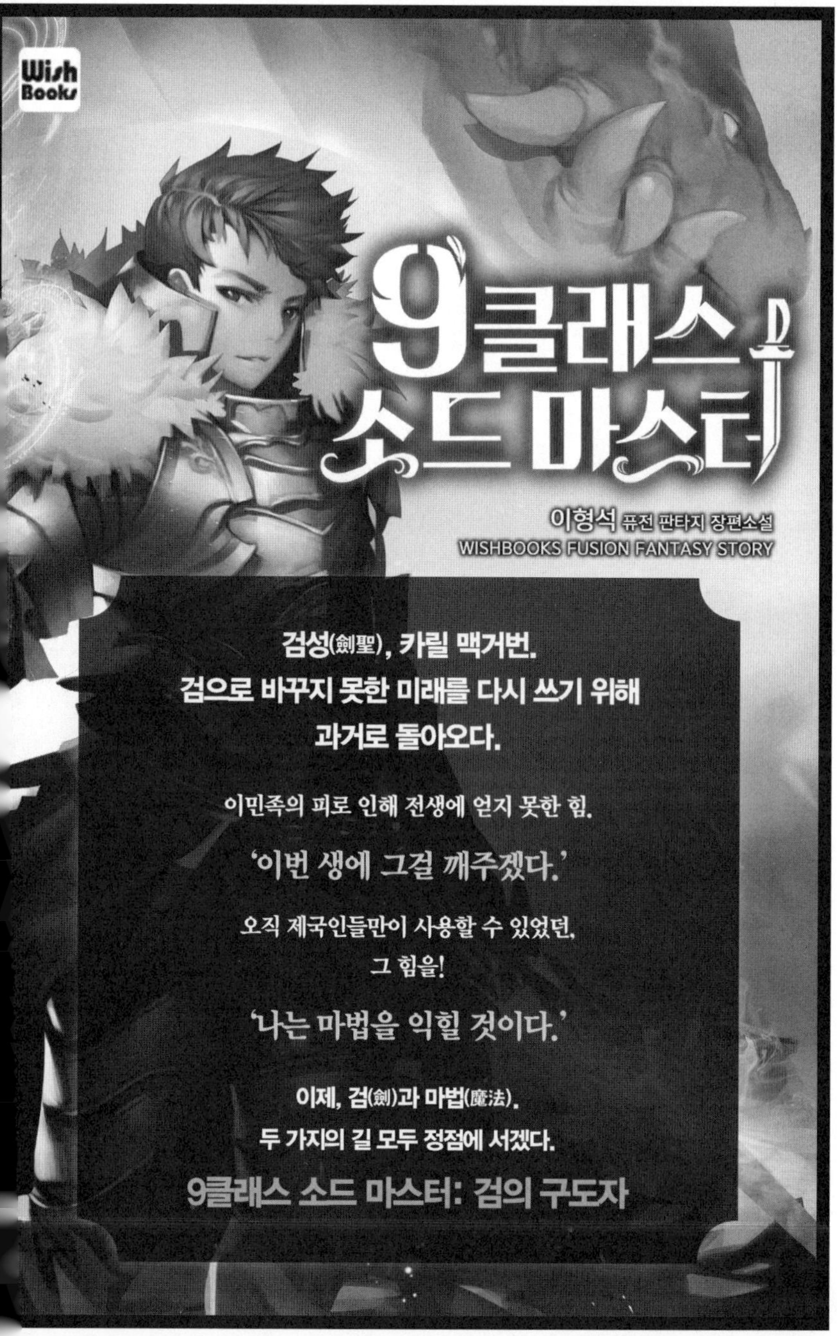
Wish Books
9클래스 소드 마스터
이형석 퓨전 판타지 장편소설
WISHBOOKS FUSION FANTASY STORY
검성(劍聖), 카릴 맥거번.
검으로 바꾸지 못한 미래를 다시 쓰기 위해
과거로 돌아오다.
이민족의 피로 인해 전생에 얻지 못한 힘.
'이번 생에 그걸 깨주겠다.'
오직 제국인들만이 사용할 수 있었던,
그 힘을!
'나는 마법을 익힐 것이다.'
이제, 검(劍)과 마법(魔法).
두 가지의 길 모두 정점에 서겠다.
9클래스 소드 마스터: 검의 구도자

Wish Books
흙수저 판타지 장편소설
회귀자 사용설명서
어느 날, 이세계로 소환되었다.
짐승들이 쏟아지고, 믿을 수 없는 위기가 닥쳐오나.
가지고있는 재능은 밑바닥.
[플레이어의 재능수치는 최하입니다.]
[거의 모든 수치가 절망적입니다.]
선택받은 용사든, 재능 있는 마법사든,
시간을 역행한 회귀자든.
모든 것을 이용해야 한다.
살아남기 위해.
"쓰레기면 뭐 어떻습니까. 살아남기 위해서
뭔 짓인들 못 하겠어요?"

Wish Books
만 년 만에 귀환한 플레이어
나비계곡 퓨전 판타지 장편소설
WISHBOOKS FUSION FANTASY STORY
어느 날, 갑작스럽게 떨어진 지옥.
가진 것은 살고 싶다는 갈망과 포식의 권능뿐.
일천의 지옥부터 구천의 지옥까지.
수십만의 악마를 잡아먹고 일곱 대공마저 무릎 꿇렸다.
“어째서 돌아가려 하십니까?”
“김치찌개가… 김치찌개가 먹고 싶다고.”
먹을 것도, 즐길 것도 없다.
있는 거라고는 황량한 대지와 끔찍한 악마뿐!
“난 돌아갈 거야.”
「만 년 만에 귀환한 플레이어」

Wish Books
밥만 먹고 레벨업
박민규 게임 판타지 장편소설
WISHBOOKS GAME FANTASY STORY
바사삭, 치킨. 새벽 1시에 먹는 라면!
그런데 먹기만 해도 생명이 위험하다고?
가상현실게임 아테네.
먹고 싶은 음식을 먹을 수 있는 유일한 방법!
[식신의 진가가 발동됩니다.]
[힘 1, 체력 1을 획득합니다.]
「밥만 먹고 레벨업」
"천년설삼으로 삼계탕 국물 내는 놈이 세상에 어디 있나!"
"여기."

Wish Books
무공을 배우다
목마 퓨전 판타지 장편소설
WISHBOOKS FUSION FANTASY STORY
"무(武)를 아느냐?"
잠결에 들린 처음 듣는 목소리에 눈을 떴을 때,
눈앞에 노인이 앉아 있었다.
"싸움해 본 적 있나?"
"없는데요."
[무공을 배우다.]
20년 동안 무공을 배운 백현,
어비스에 침식된 현대로 귀환하다!
'현실은 고작 5년밖에 지나지 않았다고?'